Månpocket

Kajsa Ingemarsson

SMÅ CITRONER GULA

Månpocket

Denna Månpocket är utgiven enligt överenskommelse med
Bokförlaget Forum, Stockholm

MIX
Papper från
anvarsfulla källor
FSC® C083411

Omslag: Nina Leino/PdeR®

Tryckt hos CPI – Clausen & Bosse, Leck, Tyskland 2013

ISBN 978-91-7503-132-3

Det var inte första gången någon tog henne på brösten. Det var inte heller första gången en man flåsade i hennes öra och tryckte sitt erigerade kön mot henne. Men det var första gången någon gjorde det mot hennes vilja.

Agnes stod upptryckt mot vinkällarens kalla, fuktiga tegelvägg som redan, kände hon, hade skrapat upp huden på hennes högra skuldra. Hon hörde den grötiga rösten som väste i hennes öra. *Salope!* Gérard släppte ena handen om hennes bröst och började fumla för att få in den mellan hennes lår istället. Agnes stod blickstilla, som om den trinde lille fransmannen som just svor över hennes knälånga kjol hade paralyserat henne med sina kladdiga händer och sina franska porrglosor.

Till en början hade hon förstås protesterat. Sagt nej och ursäkta, försökt använda sig av den vanliga taktiken. Glida undan, parera. Se till att det fanns folk i närheten. Men ensam nere i vinkällaren hade hon inte kommit undan. Gérard Cabrol var hennes chef och han ansåg sig uppenbarligen ha rätt att ta sig vissa friheter med personalen. Klappar i rumpan hade hon för länge sedan vant sig vid och sexistiska kommentarer om hennes utseende fick henne inte mer än att trött höja på ögonbrynet. Det fick hon ta, resonerade hon, det kom helt enkelt med jobbet. Men situationen hon nu befann sig i var annorlunda, rejält annorlunda, det insåg Agnes också.

Gérard hade fått in handen under kjolen och han stönade nöjt. Han visste att han var nära nu och segervisst drog han ner på tempot en aning. Kallade henne *ma chérie* och *mademoiselle Edin* och tog sig tid att hårdhänt knåda insidan av hennes lår innan han slutligen skulle kröna sin ”uppvaktning” med att dra fram sin *bite* och lyckliggöra Agnes där mot tegelväggen.

I det läget visste hon inte var det kom ifrån, men plötsligt blev hon förbannad. Inte tyst muttrande, inte försiktigt avvisande, utan riktigt jävla förbannad. Allt hon svalt under månader av tafsande, månader av förolämpande kommentarer om hennes fysiska företräden och brister välldе fram.

Hon höjde sina händer som dittills hängt kraftlösa längs hennes sidor, och måttade en kraftig knuff i bröstet på Gérard. Han svor till och tappade för ett kort ögonblick balansen, tog ett snedsteg men återfick snabbt jämvikten. Han kastade sig på henne igen och fräste så saliven sprutade. Vad höll hon på med, den otacksamma slynan!? Den här gången var Agnes beredd, kroppen hade intagit stridsläge, alla musklerna var spända. Hon hoppade vigt åt sidan och Gérard dundrade in i väggen. Hade inte situationen varit så hemsk, hade hon skrattat när han stötte näsan i det oputsade teglet.

Det var ingen lek längre, inte ens för Gérard. Han var rasande. Den korta, tjocka kroppen skakade och han var rödlila i ansiktet, utom på näsan där skrapsåret lyste klarrött. Han var visserligen kortare än hon, men säkerligen starkare, och Agnes fortsatte att backa för att komma bort från hans vevande armar. Vinkällaren var inte stor och det tog inte många steg förrän hon backat in i en hylla med prydligt uppradade flaskor. Gérard nådde fram till henne innan hon hann tänka ut en flyktväg. Han kastade sig över henne och började slita i hennes vita blus. Några knappar for med ett litet klirrande iväg över stengolvet. Behån blottades, men Gérard gav sig inte tid att njuta av utsikten. Han var målinriktad nu och den här gången gick det snabbare för honom att få upp hennes kjol. Han fumlade med gylfen och svor på franska åt Agnes som försökte komma fri.

Han hade kilat fast henne mellan två hyllor och det var i princip omöjligt för henne att komma loss, men hon såg sin chans när han var tvungen att ta till också andra handen för att få upp gylfen. Hon sträckte ut armen och fick tag på det enda lösa föremål som stod till buds. En vinflaska. Agnes höjde den över huvudet och skulle precis drämma till när Gérard fick syn på flaskan. Han tvärstannade och skrek till.

”*Arrête!* Stopp!” Rösten nästan brast. Han såg plötsligt förskräckt ut och försökte sträcka sig efter flaskan, men han nådde inte längre än till Agnes handled. Förgäves viftade han med sina armar så Rolexklockan på höger handled klirrade mot manschettknappen. ”Har du sönder den så dödar jag dig!”

”Släpp mig!” skrek hon till. Inte ett ljud hade hon fått ur sig tidigare under den ojämna kampen mot tegelväggen och hennes röst lät konstigt hes. Gérard backade hastigt ett steg bort från henne. Han hade hunnit få ner gylfen, konstaterade Agnes utan att sänka armen med flaskan. Hon var förvånad över den effekt hennes vapen hade fått, som om hon slitit fram en uzi ur behån och hotat att göra köttfärs av honom.

Han backade ett steg till och sänkte rösten så att den bara lät som ett hotfullt tungrotsmuller. ”Du lägger tillbaka den där. Nu! Hör du det! Det är min restaurang, du gör som jag säger! *Sale putain, merde!*” Agnes rättade till kjolen med den fria handen och försökte dra igen blusen. Hon kände sig väldigt lite som den hovmästare hon varit när hon för tio minuter sedan gått ner i källaren för att hämta en flaska Chablis och två Châteauneuf-du-Pape.

Så hörde de plötsligt steg i trappan, det var förmodligen Philippe som var på väg ner för att höra vart vinet tagit vägen. Förmodligen hade gästerna klagat, de såg ut som sådana som klagade. Unga kostymkillar som ville imponera på sina betydligt äldre gäster. Agnes var tacksam över det nu. Gérard ryckte till. Snabbt rättade han till kavajen, stoppade ner skjortan som kommit lite utanför på ena sidan och tog ett reflexmässigt tag för att dra upp byxorna. Det senare gjorde ingen större skillnad, magen var i vägen.

När Philippe kom in i det lilla rummet som utgjorde vinkällaren, stannade han till och tittade på dem. Först på Agnes som krampaktigt höll vinflaskan i sina armar, sedan på Gérard som fortfarande var rödlila i ansiktet, om än i en något mildare nyans nu.

”Vad är det som händer?” frågade han. ”Varför dröjer det så? Gästerna har klagat.” Så fick han syn på flaskan som Agnes kramade som om den vore en osäkrad handgranat. Han visslade till. ”Château Pétrus 1990 … Det var som fan, är det någon som har beställt den?”

Gérard harklade sig. ”Nej, jag bara visade Agnes den här vinflaskan och berättade hur värdefull den är. Inte sant Agnes?” Han stirrade på henne. Agnes svalde, visste inte vad hon skulle säga. Hon hade ingen aning om vad det var för flaska hon hade fått tag på. För henne var det ett vapen hon höll i, inte något som passade bra till bräserad kalvlever. Försiktigt tittade hon ner på den dammiga buteljen i sin famn och läste på etiketten. *Château Pétrus* stod det med röda, snirkliga bokstäver. Årtalet var tryckt i svart strax ovanför. Den såg antik ut, som om den snarare vore från 1890. Hon hade sett den en gång tidigare, på sin rundtur i restaurangen när hon först skulle börja på Le bateau bleu. Hon mindes inte hur mycket den kostade, men summan var femsiffrig, i storleksordningen hembio eller bättre begagnad bil. Gérard hade ropat in den på en auktion i London för ett par år sedan och nu låg den bara och väntade på att en tillräckligt rik vinälskare skulle lägga ner något av sin förmögenhet för att få smaka på detta förmodade himmelrike av druvor.

Agnes blev plötsligt alldeles darrig. Inte bara för att hon precis insett vad det var hon tänkt drämma Gérard i skallen med, utan kanske framför allt för att ilskan och rädslan sakta släppte taget. Hennes knän började skaka. Konstigt, hon trodde att det bara var i tecknade filmer sådant hände. Handflatorna var svettiga och hon stammade osammanhängande när hon svarade Philippe. ”Jag skulle … alltså, lägga tillbaka, eh … hämta vinet, alltså …”

Hon lösgjorde sakta flaskan ur greppet i famnen, sträckte den långsamt mot dess plats i hyllan där hålet efter den saknade buteljen gapade tomt. Gérard och Philippe följde henne med blicken. Ingen sa något. I samma stund upptäckte Agnes glipan i blusen. Ju mer hon sträckte ut armen desto mer syntes det av hennes behå. Vad skulle Philippe tro? Att hon bjudit ut sig för Gérard? Hon förde hastigt upp handen för att dra ihop den trasiga blusen. Det var den rörelsen som gjorde det, som fick flaskan att glida ur hennes svettiga hand och med ett kras landa på stengolvet. I tusen bitar.

Hon hörde hur Philippe drog efter andan, såg hur Gérards ansikte på en hundradels sekund gick från rödlila till pappersvitt. Bara näsan lyste fortfarande lika röd. Hur länge det var tyst där nere i den lilla vinkällaren visste hon inte, men när Agnes till slut tog till orda kändes det som en smärre evighet.

”Hoppsan”, sa hon långsamt och tittade uttryckslöst på Gérard. ”Du har visst glömt gylfen öppen.”

Agnes slängde sig på sängen. Hon hade inte ens orkat ta av sig ytterkläderna, bara sparkat av kängorna och gått raka vägen in till sovrummet. Nu låg hon på rygg i den grå duffeln med händerna knäppta över magen och stirrade upp i taket. Lampan var smutsig, noterade hon. Mot det mattgröna glaset syntes små svarta prickar, förmodligen flugor som förirrat sig in i kupan och sedan aldrig tagit sig ut igen. Ganska sorgligt egentligen. Och äckligt.

Klockan var bara halv tio. Hon brukade aldrig vara hemma så här dags, det var restaurangpersonalens eviga dilemma. Arbetstiderna. Aldrig en lugn kväll hemma, alltid i tjänst när andra människor kopplade av. Det var länge sedan hon följt en teveserie. Det skulle väl bli tid för det nu, tänkte hon och drog en djup suck.

Det hade inte varit något ömt avsked från Le bateau bleu. När Gérard till sist hade återfått talförmågan hade han bara mellan sammanbitna tänder väst åt henne att lämna restaurangen omedelbart, *tout de suite!* Han ville aldrig se henne där mer, faktum var att han aldrig ville se henne mer över huvud taget. Vare sig med eller utan kläder. Det sista han fått ur sig var något som Agnes, med hjälp av tre års skolfranska och lite fantasi, lyckats tolka som ”Din frigida kossa!”. Just den kommentaren sårade henne inte nämnvärt, hon hade fått utstå betydligt värre tillmälen under sina sex månader på Le bateau bleu, det var inte därför hon nu låg och studerade döda flugor och undrade om hon någonsin skulle orka resa sig igen. Det var sin karriär hon sörjde.

Hon hade varit så glad för jobbet. Hennes första som hovmästare. Och på *den* restaurangen dessutom! Hon skulle få chansen att gå vidare, lämna alla underbetalda servitrisjobb bakom sig och ta ett steg framåt. På Stockholms, nej förmodligen hela Skandinaviens finaste franska restaurang. Bara att få komma på intervju hade gjort henne lycklig. Hon hade svarat med foto precis som annonsen i Dagens Nyheter krävt. Radat upp alla sina jobb, från Gullans kök där hon jobbat extra sedan hon var sexton, via pizzerior, grillbarer, lunchrestauranger och, på senare år, en del riktigt hyfsade krogar. Sådana som serverade västerhavstorsk med glaserade rotsaker, och gödkyckling med salviapesto och soltorkade tomater. Om man räknade Gullans kök hade Agnes arbetat som servitris i nästan halva sitt liv. Åtminstone till och från. Hon tyckte faktiskt att hon hade förtjänat sin chans som hovmästare, även om det överträffat hennes vildaste drömmar att det skulle bli på Le bateau bleu.

Till en början hade Gérard varit trevlig och korrekt, om än något flirtig. Som äldre gentlemän kan vara. Hon tyckte visserligen att hans franska brytning var charmig, men att han skulle kunna vara något mer än så slog henne aldrig in. Han var ju nästan jämngammal med hennes pappa.

Hon trivdes på jobbet, även om en del av den kvinnliga servispersonalen viskade bakom hennes rygg. Avundsjuka förstås, för att hon hade fått chansen. Sånt stack i ögonen på folk, det visste Agnes. Därför var det ännu viktigare för henne att göra bra ifrån sig, inte ge dem skäl att ifrågasätta hennes kompetens. Gérard brukade komma med uppmuntrande beröm, och Philippe, som var den servitör som jobbat där längst, hjälpte henne med det praktiska. Hon ansträngde sig verkligen och efter några skakiga veckor tyckte Agnes att hon började kunna sitt jobb. Lätt och ledigt hälsade hon gästerna välkomna, lotsade dem till deras bord och föreslog en drink före maten. Bar ut dry martinis och tog emot beställningar per telefon. Hon visste vilka gäster som alltid skulle reserveras ett bord, oavsett om de så ringde fem minuter innan de kom. Det var hennes jobb att hålla kort i rockärmen, och efter ett inledande intermezzo med en känd industripamp som med en halvtimmes varsel ville ha ett bord för tolv en fredagskväll, lärde hon sig knepen med att stuva om i listorna och maximera antalet gäster.

Hon älskade den stora, luftiga lokalen med takmålningarna, de pampiga kristallkronorna och den mörka träpanelen som gav den ett distingerat utseende. I all sin ståtlighet var det ändå en trivsam lokal. Slitna orientaliska mattor på golven mjukade upp och dämpade ljudet, och de vita spetsgardinerna, som alltid var fördragna och silade in ljuset i milda stråk, fick Agnes att tänka på de gamla vackra tjeckiska restaurangerna hon sett i Prag. I taket hängde också skeppet, den blå båten, som gett restaurangen dess namn. Enligt historien hade den tillhört en änka som låtit bygga en modell av det skepp som hennes make omkommit på i storm. Agnes visste inte om det var sant, Philippe hade en gång sagt att Gérard köpt båten från en nedlagd pizzeria i Paris. Det ena behövde kanske inte utesluta det andra.

På Le bateau bleu hade alla ätit, från Olof Palme till Robbie Williams. Det var utan överdrift stans mest kända krog och den var ständigt fullsatt. Agnes förstod det. Hon hade själv varit gäst på restaurangen en gång, när hon och Tobias precis hade träffats. Han ville fira något, hon mindes inte riktig vad, ett jobb kanske, och hade bjudit ut henne. Hon kunde fortfarande minnas vad hon ätit. *Steak frites.* Hon trodde Tobias drev med henne när han insisterade på att det var det hon skulle beställa. Biff med pommes frites … Ursäkta, men det hade hon ätit förut och det fanns faktiskt gränser för hur gott det kunde vara. Men Tobias hade inte gett sig och det var hon glad för. Det var definitivt en av de godaste måltider hon ätit i hela sitt liv. Dessutom var servicen oklanderlig och hon hade för några timmar fått känna sig som en prinsessa. En förälskad prinsessa.

Tänk att hon hade fått jobb på just den restaurangen. Och sparken därifrån.

Hon måste ha slumrat till för när hon väcktes av telefonen var klockan nästan halv ett på natten. Hon var svettig och yr och famlade förvirrat efter telefonen bredvid sängen. Hon fick tag i den precis innan svararen gick på. Hennes ”hallå?” lät ynkligt.

”Agnes, är du hemma redan? Jag hoppades … jag menar, trodde, att det skulle vara telefonsvararen.” Det var ett fruktansvärt oväsen i bakgrunden, hon kunde nätt och jämnt höra Tobias genom slamret. ”Varför är du inte på jobbet?” Agnes försökte samla ihop sig.

”Jag har försökt att ringa dig hur många gånger som helst.”

”Jaså. Ja, jag har inte haft mobilen på, vi har ju gigat.” *Gigat.* Han uttryckte sig fortfarande som om han stått på scen med sitt garageband trots att han turnerat med Christer Hammonds rockshow i nästan ett år. ”Var det något speciellt du ville, eller?”

”Ja.” Agnes visste inte var hon skulle börja. Hon hade försökt ringa Tobias flera gånger på vägen hem och innan hon somnade. Hon ville att han skulle vara här hos henne. Nu. Hålla om henne. Trösta henne. Säga att allt skulle bli bra och att det var rätt åt den gamla skitstöveln att hon haft sönder flaskan. Att det var synd att hon inte krossat den i huvudet på honom. Hon behövde Tobias, han var den ende som kunde dra upp henne just nu. Hon visste att allt det där otäcka skulle försvinna om han bara höll om henne. Hans smekningar skulle radera Gérards äckliga tafsande från hennes kropp. Hans tröstande ord skulle få henne att förstå att hon inte alls skulle behöva steka hamburgare på

McDonald's under resten av sitt liv. ”Jag önskar att du vore här”, pep hon till sist fram medan tårarna började rinna.

”Va?” vrålade Tobias. ”Du får prata högre! Det är lite party på gång här.”

”När kommer du hem?” snorade Agnes så tydligt hon kunde. Det blev tyst i luren, hon hörde hur folk skrålade i bakgrunden. Någon spelade gitarr, några sjöng. ”Tobias, hör du mig?” ropade hon.

”Ja, jag hör dig. Du, vi kan väl höras lite senare …”

Agnes hann knappt svara innan Tobias hade sagt hej då och lagt på luren. Det var inte alltid lätt att förstå sig på honom. Till exempel varför han ringde upp henne mitt i natten trots att han inte trodde att hon var hemma och trots att han uppenbarligen inte ville prata. Så mycket tröst hade det inte blivit för hennes del, men hon hade i alla fall fått höra hans röst.

Agnes var precis på väg att ta av sig duffeln som hon somnat i när telefonen ringde igen. Den här gången var hennes ”hallå?” stadigare när hon svarade. Rösten i andra änden var densamma, men sorlet i bakgrunden hade minskat något. Tobias måste ha förflyttat sig en bit från festen.

”Hej, det är jag igen …”

”Vad hände?”

Tobias tvekade innan han svarade. Hon fick nästan intrycket av att han tog sats.

”Du gumman”, sa han långsamt. ”Det kanske inte är någon jättebra tajming det här, men jag vill vara ärlig mot dig.” Han pausade igen. Agnes började känna sig illa till mods, var han inte alltid ärlig mot henne? ”Jag vet inte riktigt när jag kommer hem, det har blivit en del ändrade planer …”

”Vad då för planer?” Agnes bet ihop och pillade lite på några väl kamouflerade fläckar i det grå yllet. Hon orkade inte höra mer om extraföreställningar i Härnösand och dubbla matinéer i Sundsvall. Det vore inte första gången turnén skulle förlängas, nya föreställningar läggas in. Agnes brukade vara förstående, unna honom karriär och framgångar, men i dag orkade hon inte det. ”Jag vill att du kommer hem, nu! Jag har haft det hemskt, jag...” Hon började snyfta igen.

”Du, gör inte det här mer komplicerat än det är nu. Agnes...” Han la på ett mjukt tonfall.

Hon veknade något, men muttrade ändå missnöjt. ”Den där förbannade turnén är visst alltid viktigare än vad jag är...”

”Men lilla gumman, det här handlar inte om turnén.” Han gjorde en paus.

”Nähä?”

”Jag...jag har träffat en tjej...” Agnes slutade snyfta. Efter några tysta sekunder fortsatte Tobias, aningens mer besvärad nu. ”Det är en av körtjejerna, Ida. Den blonda du vet, med piercad navel...” Agnes hade varit med några gånger och träffat ensemblen. Hälsat på körsångare, musiker, dansare och solister. Ja, hon hade till och med fått hälsa på Christer Hammond själv, *The King of Rock'n'Show!* Men någon piercad navel mindes hon inte. Däremot ett par väldigt stora bröst. Tobias verkade ha läst hennes tankar. ”Ja, du kanske aldrig såg naveln förresten, men hon har ganska stora... Ja, rejäla bazookas, om du förstår vad jag menar.” Han skrattade till, som för att lätta upp stämningen. Det hjälpte inte nämnvärt och Tobias blev allvarlig igen. ”Ja, det kanske inte är så himla schyst att ta det här på telefon, men jag vill vara ärlig mot dig, Agnes. Du har alltid varit ärlig mot mig. Och det vore inte rätt av mig att köra dubbelt, eller hur?”

”Nej.” Agnes nästan viskade. Hon visste inte riktigt om hon hade förstått. Hade Tobias precis gjort slut med henne?

”Vi får ta det praktiska senare när jag kommer hem. Vi håller ju på tre veckor till nu, sedan har vi turnépaus. Då kanske jag kan titta in, hämta lite saker och så där.”

”Men... var ska du bo, då?” Agnes famlade efter något konkret att hålla sig i. Fakta. Tobias verkade lättad över hennes fråga. Hon hade inte ballat ur, inte börjat skrika. Hon verkade på det hela ta det bra.

”Hos Ida, sa jag inte det? Förlåt, man är så vimsig när man är förälskad!” Han skrattade till igen. ”Du klarar dig nu va, gumman? Det blir ju ingen jätteskillnad, eller hur? Jag är ju nästan aldrig hemma ändå. Du kommer att fixa det här. Du är stark, Agnes!” Ett svagt pip hördes i luren. ”Hoppsan, nu börjar visst mina batterier att ta slut, det kanske är bäst att vi slutar här. Det är ju inte helt billigt att ringa från mobilen heller. Hör av dig om det är något, annars ringer jag som sagt dig när …” Så bröts samtalet.

Det tog en stund innan Agnes förmådde lägga ifrån sig luren. Trots att hon fortfarande hade duffeln på sig frös hon. Hon kunde se sin spegelbild i fönstret. Ansiktet var blekt och håret hade tovat sig i nacken. Gråten hade fått mascaran att rinna ner på kinderna och ögonen var rödkantade.

Sakta tog hon av sig ytterplagget, lät det ramla ner på sovrumsgolvet. Den vita arbetsblusen hon hade under gick fort att ta av. Det var bara de två nedersta knapparna som fortfarande fanns kvar. Hon knäppte upp behån och tog av den också. Hon tittade ett ögonblick ner på brösten som ingen någonsin kallat ”rejäla bazookas”. Det syntes ett litet blåmärke på det vänstra. En souvenir från Gérard. Så krängde hon av sig den svarta kjolen och strumpbyxorna, vek undan det vita överkastet och kröp ner mellan lakanen som knölat sig av hennes tyngd. Hon slöt ögonen och tänkte. Att det hade varit en dålig dag. En mycket dålig dag.

Det tog en stund innan Agnes slutade förebrå sig för att hon druckit så mycket kvällen innan. Det var förklarligt, symptomen var desamma som efter en rejäl fylla: huvudvärk, torr i munnen, ont i kroppen, minnesluckor. Den skarpa vintersolen träffade henne rätt i ansiktet och hon blinkade irriterat och yrvaket. Hon hade tydligen glömt att dra ner rullgardinen i går. Det var inte för solens skull hon brukade göra det, utan för att inte grannarna skulle se rakt in i hennes sovrum som vette mot gården. Hon låg en stund och tittade mot fönsterna på huset mitt emot. Hon kunde inte se någonting där inne, det blänkte för mycket i rutorna. Förmodligen var det tvärtom för deras del. Full insyn. Hon kände sig lite obehaglig till mods och satte sig upp i sängen med täcket hårt virat om sig. Försökte samla sig. Hon hade sovit dåligt, ryckigt, och under några få, lyckliga minuter hade hon ingen koll på varför. Nu kom det tillbaka. När insikten nådde henne stönade hon till och sjönk kraftlöst tillbaka ner på kudden. Nej, hon ville inte vakna till den här dagen.

Hon knep ihop ögonen och borrade ner ansiktet i kudden. Det blev svårt att andas efter en stund och hon vände ansiktet åt sidan. Stirrade in i väckarklockan som tickade stilla på sängbordet. Det var fortfarande tidigt, ingen anledning att gå upp ännu. Ingen anledning att gå upp över huvud taget. Hon var inte utvilad, hade säkert vaknat en gång i halvtimmen under natten, så egentligen var det väl inte så konstigt att hon somnade om.

Agnes vaknade med ett ryck av rasslet från brevinkastet. Posten hade kommit, morgonen hade övergått i förmiddag och Agnes tvättid hade pågått i tjugosju minuter.

Kanske var inte en missad tvättid hela världen, det hade hänt förr. I och för sig inte ofta om hon skulle vara ärlig, men just nu kändes det som om hennes liv hängde på några timmars tillgång till två Wascomat-maskiner och ett torkskåp ungefär lika effektivt som en polarbris. Visst, hon hade blivit av med sitt jobb, sagt adjö till sin karriär och dessutom blivit dumpad av sitt livs kärlek till förmån för två silikonbröst med tillhörande bimbo, men någon ordning och reda skulle det i alla fall vara i hennes liv.

Hon slängde sig upp ur sängen och irrade, utan en tanke på grannarna, omkring i lägenheten på jakt efter joggingbyxorna och en t-shirt, samtidigt som hon försökte samla ihop sin smutstvätt. Sex minuter tog det innan hon var beredd att slänga sig ner i tvättstugan med två fulla Ikea-kassar och ett paket Ajax som läckt tvättpulver över hela hallen. Hon gav upp tanken på hissen, den var så liten att hon inte skulle få plats med sina påsar. Istället baxade hon dem ner för trappan de tre våningarna till källardörren. Bara för att upptäcka att hon givetvis glömt nyckeln till tvättstugan. Upp igen. Hon började känna sig snurrig i huvudet. Någon middag hade hon inte ätit, än mindre någon frukost.

Väl uppe vid lägenhetsdörren var hon tvungen att stanna till ett ögonblick och böja ner huvudet mot marken. Det svartnade för ögonen. Hon hade alltid varit lång, längst i klassen, smal som en sticka och blodtryck lågt som det holländska slättlandet. I åttonde klass hade hon svimmat i skolans luciatåg. Marie-Louise, som varit lucia, hade surat i flera veckor efteråt för att Agnes fått all uppmärksamhet. Hon, som burit den elektriska ljuskronan över sitt Timotej-doftande hårsvall, tyckte det var oerhört fräckt av Agnes att sno showen. Hon hade till och med, under förnedrande omständigheter, tvingat Agnes att be om ursäkt. Agnes tyckte dock att hon fått revansch den dagen hon fick veta att Marie-Louise hunnit bli trebarnsmor vid tjugotvå års ålder. Det var kanske inte så konstigt att hon varit mån om sin tid som skönhetsdrottning, med tanke på vilket hastigt slut den måste ha fått.

När Agnes till slut fått upp källardörren och genomsvettig släpat ner sina kassar blev hon stående på tröskeln till tvättstugan. En kille hon aldrig sett förut tryckte precis igång den ena tvättmaskinen. Den andra var redan på och det svaga klirret av jeansknappar hördes mot trummans glasruta. Han tittade upp mot Agnes, log och sa hej. Agnes log inte tillbaka.

”Ursäkta, men vad sysslar du med?” väste hon istället. Killen slutade le.

”Ja, jag tvättar”, sa han tveksamt.

”Det ser jag väl! Men varför tvättar du på *min* tvättid!?” Hon ställde ner kassarna med en duns. Paketet med Ajax ramlade ur den ena påsen, med öppningen neråt. Det blev en hög med tvättmedel på golvet.

”Förlåt, jag trodde tiden var ledig. Jag läste på bokningstavlan att om ingen börjat tvätta inom en halvtimme så …”

Agnes avbröt honom. ”Jag hade ju skrivit upp mig, eller hur? Du såg ju mitt namn på tavlan, eller hur? Du kunde inte tänka dig att jag kanske bara var försenad? Har du stått här med tidtagarur, eller? Hur många minuter hann det gå? Fyra?”

”Nästan en kvart faktiskt. Jag är hemskt ledsen, det var verkligen inte meningen att ta någons tid, jag trodde bara att …”

”Men det gjorde du.” Agnes lät så syrlig hon kunde. Han började se generad ut. ”Och vem är du, förresten?” Hon hade inte sett honom förut. Det var inte många lägenheter i huset och bodde han här borde hon ha lagt märke till honom. En jämnårig granne skulle definitivt ha stuckit ut bland de andra hyresgästerna. En gång hade hon hört två av granntanterna prata om Ragnar Dahlberg som en "stilig ung man". Killen framför henne kunde kanske vara lite äldre än hon, det var svårt att säga, yngre än Ragnar Dahlberg i alla fall. "Bor du ens i huset?"

"Jag är nyinflyttad. På andra våningen. Jag är verkligen jätteledsen." Agnes tittade på honom. Han var okammad och orakad, iklädd ett par gräsliga bruna manchesterbyxor, en urtvättad tennisströja i en gråbeige nyans och badtofflor utan strumpor. Agnes kunde se små hårtofsar på stortårna. Hon tittade äcklad bort. "Jag kan försöka avbryta tvätten, men jag tror inte det går på de här maskinerna. Risken är att det blir översvämning här nere och det skulle ju knappast göra saken bättre." Han försökte le igen, men slutade snabbt när han märkte att Agnes inte skulle låta sig charmas. "Du kan ta över så fort jag är klar med den här maskinen. Vill du att jag knackar på hos dig när jag är klar?"

"Nej." Hon ville verkligen inte att han, eller någon annan, skulle knacka på hos henne. Hon ville vara ifred. "Men tack för erbjudandet", muttrade hon och lämnade tvättstugan. Hon stannade till utanför dörren och bokade en ny tid två veckor senare, den första lediga. Så hasade hon sig uppför trapporna igen med sina överfyllda kassar.

När hon kom in i lägenheten fick hon syn på sig själv i hallspegeln. Den utrunna mascaran hade hon fortfarande inte tvättat bort, det ljusa håret var inte längre bara tofsigt där bak. En stor, konstig hårbulle stod ut vid ena örat också. Knullrufs kunde man ha kallat det under lyckligare omständigheter. T-shirten med texten *Jag blir snygg av öl*, en ironisk present från Lussan efter en vild helg i Roskilde för en massa år sedan, hade två rejäla O'boy-fläckar framtill. Joggingbyxorna var åtminstone hyfsat rena och hade säkert sett okej ut om hon inte hade satt på sig dem bakochfram.

Agnes suckade och satte ner kassarna på hallgolvet. Vad spelade det för roll att hon såg ut som om hon just släppts ut från någon psykvårdsmottagning? Vad spelade det för roll att hon missat sin tvättid och nu skulle få vänta två veckor på ett par rena jeans? Allting var ju relativt, var det inte så?

”Men kära barn, kommer du! Vilken överraskning!” Maud föste in sin dotter i hallen. ”Att du inte ringde innan. Jag menar, vilken tur att vi var hemma.” Hon tog ett steg bort från Agnes och ropade med hög röst. ”Sven, kom upp! Agnes har kommit!” Det dröjde några sekunder, så hördes det välbekanta knarret från de blanklackade furuplankorna i trappan. Pappa kom upp i hallen och när han fick syn på Agnes stegade han omedelbart fram och kramade om henne.

”Men lilla vän, kommer du! Vilken överraskning! Visste du att Agnes skulle komma, Maud?”

”Nej, inte en aning. Att du inte ringde, lilla gumman …”

”Vilken tur att vi var hemma!”

Agnes log för sig själv, det märktes att hennes föräldrar varit gifta länge. Och nej, hon hade inte ringt i förväg, men tanken att hennes föräldrar skulle vara någon annanstans än hemma en söndagseftermiddag, var helt omöjlig. Hon hade inte fått en chans att öppna munnen ännu, men när hennes mamma tystnade ett ögonblick för att hämta andan, passade hon på.

”Jag tänkte att ni kunde bjuda på söndagsmiddag.” Agnes sniffade i luften. Det luktade redan mat trots att det inte var mer än tidig eftermiddag. Det förvånade henne inte. Hennes mamma tyckte om att laga mat, på helgerna brukade hon starta med middagsförberedelserna strax efter frukosten. Gott brukade det bli också, även om utbudet av rätter knappast kunde kallas innovativt.

”Ja, men vad roligt! Jag har lagat sjömansbiff, men den ska puttra några timmar till. Vi skulle precis fika. Är du lika kaffesugen som vi?”

”Säkert.”

”Kom in, lilla gumman! Sven, ställer du fram en kopp till.” Maud vände sig mot Agnes. ”Eller vill du hellre ha glas? Madeleine dricker alltid sitt kaffe ur glas numera. Men det kan väl inte vara praktiskt? Blir det inte väldigt varmt?” Hon såg bekymrad ut.

”Jo. Och kopp blir jättebra.” Agnes hade fått av sig ytterkläderna och följde efter sin mamma in i köket. ”Hur är det i Länninge, då?” Hon tittade sig omkring. Inte mycket i villan hade förändrats sedan hon flyttade därifrån, trots att det var nästan tio år sedan. Det enda nya hon kunde upptäcka i köket var Icas väggalmanacka. Den var ny för i år. En snötyngd rönnbärsgren var motivet för januari.

”Jo då, det är sig likt.” Maud slängde en hastig blick på sin man. ”Precis som vanligt, inte sant, Sven?” Sven nickade instämmande.

”Ja”, la han till efter en stunds tystnad. ”Förutom nere i centrum då. De har enkelriktat Strömgatan.” Han rynkade missnöjt på ögonbrynen.

”Jaså?”

”Jag förstår inte vad det skulle vara bra för. Nu blir man ju tvungen att köra runt ett helt kvarter för att kunna parkera på torget.”

”Det låter ju dumt.” Agnes fick anstränga sig för att inte säga något ironiskt. Stockholm var så enkelriktat att man var tvungen att köra via Arlanda för att ta sig från Aspudden till Östermalm. Ett extra kvarter lät inte särskilt allvarligt i hennes öron. Själv hade hon knappt kört bil alls sedan hon flyttade, det behövdes inte. I Stockholm hade knappt någon hon kände ens körkort. I Länninge hade alla det.

”Ja, jag förstår inte vad de tänker på, politikerna.” Det var ett standardsvar från hennes pappa. *Politikerna* hade ansvar för allt. Allt dåligt i alla fall.

”Annars, då?”

”Annars är det som vanligt”, fyllde mamma i. Agnes hade ingen svårighet att föreställa sig det. Länninge var ingen stor stad. Knappt en stad ens, mer en ort, ett brukssamhälle. Den lilla stadskärnan bestod i princip bara av två huvudgator sammanbundna av låga trähus och ett och annat trevåningshus i tegel från stans blomstringsperiod under sextiotalet. Mitt i låg torget som fungerade som parkeringsplats. En naturlig samlingspunkt, precis som Roland's, caféet. Lördagsförmiddagar behövde man aldrig stämma möte med kompisarna, de satt på Roland's. Var annars? Åtminstone var det så förr, när de fortfarande gick i skolan. Nu hade de flesta av Agnes bekanta familj och barn sedan länge, och förmodligen inte så mycket tid att hänga på café. Det gjorde inte så mycket för Agnes del. Det var inga hon direkt umgicks med längre, och det var länge sedan hon varit nere i centrum.

De gånger hon åkte hem stannade hon för det mesta i sina föräldrars villa som låg en liten bit utanför stan. Ibland gjorde hon några små avstickare för att hälsa på gamla klasskompisar, men det blev alltmer sällan. Det var svårt att hålla kontakten. Förutom Agnes var det bara en tjej till från klassen som inte hade barn. Och den tjejen ansågs allmänt lite konstig, lesbisk eller något, som några av hennes klasskamrater antytt när Agnes träffat dem strax före jul. Agnes hade inget emot barn, hon ville också ha egna. Så småningom. Hon hade pratat med Tobias om det några gånger, mest på skoj, och konstaterat att ingen av dem verkade ha någon brådska med att stadga sig. Först skulle de njuta av livet, hade Tobias sagt, resa och ha kul. Agnes kunde bara hålla med, de hade ju varandra. Det andra fick väl komma när det var dags, det fanns ju tid. Så hade hon tänkt då. Nu var läget ett annat.

Pappa hällde upp kaffe och mamma sköt över fatet med tigerkaka. Agnes tog en bit, den största, och tog en klunk av kaffet.

”Hur är det med Madde?” frågade hon snabbt. Hon ville i det längsta skjuta upp rapporteringen från sitt eget liv. Hon hade kommit för att få lite tröst, se att allt var som det skulle någonstans i alla fall. Sin egen olycka hade hon ältat dygnet runt de senaste dagarna. Hon behövde en paus.

”Bra. Hon jobbar på som vanligt på dagiset. Jag tror hon trivs. Eller vad tror du, Sven?”

”Ja, jag har inte hört något annan.”

”Och så ... men det kanske hon vill berätta själv ...”

”Vad då?” Agnes tittade nyfiket på sin mamma som i sin tur tittade frågande på sin man. Sven ryckte på axlarna. ”Men, berätta!”

”Jo ...” började Maud tveksamt. Agnes avbröt.

”Hon är väl inte med barn?!”

”Nej.” Maud skrattade lite ansträngt, Agnes visste att hon och pappa längtade efter barnbarn. ”Nej, men hon och Jonas ska flytta ihop.”

”Men, de bor väl redan ihop?” Madde och Jonas hade, till och från, i flera år delat bostad i nedervåningen på Jonas mammas villa.

”Ja, jo, ... men på riktigt. De ska köpa radhus.”

”Uppe i Fredriksro”, la pappa till. ”Ett av de nybyggda radhusen.”

Agnes nickade sakta. ”Jaha, vad kul.” Hon lät nog inte tillräckligt entusiastisk för Maud började berätta om huset.

”Det är ett tvåvåningshus, 120 kvadrat, carport. Och så en liten tomt. Jag tror det är femton kvadrat framför huset, och vad kan det vara bakom? Fyrtio kanske?"

"Jag tror det blir perfekt", instämde pappa. Perfekt för vad, tänkte Agnes. För ett stilla liv med man, två barn, golden retriever, Volvokombi och en trekvartstjänst som barnskötare. Det var inte det att hon föraktade sin lillasyster för det liv hon valt att leva, men hon kunde inte låta bli att känna sig tacksam över att hon själv valt ett annat.

"Ja, vi har lovat att hjälpa till med rabatterna", fyllde mamma i. De ville inte ha något komplicerat, men vi talade om luktärter på framsidan och kanske ringblommor, digitalis... en liten kryddträdgård, några bärbuskar..."

Agnes avbröt henne. Hon hade svårt att tro att Madde och Jonas uttryckt några som helst önskemål om kryddträdgård och luktärter. Maddes ointresse för trädgårdsskötsel var om möjligt ännu större än hennes eget. "Och Jonas, då?" frågade hon istället. "Hur är det med honom?" Förutom att hon slapp trädgårdspratet skulle frågan hålla hennes föräldrar borta från den oundvikliga dissekeringen av hennes eget raserade liv en liten stund till. "Är han kvar på verket?" Det blev tyst en sekund och Agnes såg hur Maud slängde ännu en snabb blick på sin man. Sven harklade sig.

"Ja, än så länge."

"Vad då? Vad menar du?" Visserligen var Jonas bara tjugosju, men tanken att han skulle lämna Länningeverket var nästan löjeväckande. Hon hade ställt frågan som ett skämt. Jonas hade jobbat som svetsare där sedan han slutade skolan. Svor över det ibland, sa att han skulle söka sig därifrån, men både han och alla andra visste att det inte skulle hända. Att jobba på verket var en livsstil, under tre generationer inarbetad i stadens medvetande. Länninges Industrimekaniska Verkstad, som det fullständiga namnet löd, var för Länninge vad Jesus var för Svenska kyrkan. Det ena var inte tänkbart utan det andra. Att förkortningen löd LIV var mer än en slump.

Att inte Agnes hamnat på verkets lönelista var närmast ett mirakel. Både mamma och pappa jobbade på fabriken och hade inte moster Gullan behövt extrahjälp på sin lunchservering hade Agnes säkert också fått sommarjobb där. Kanske ett kortare vikariat efter skolan, förlängning, provanställning … och så vips hade det gått tio år. Det var inget hon gillade att tänka på, hon var nöjd med hur hennes liv såg ut, eller rättare sagt, hade sett ut till för fyra dagar sedan. Hon ville gärna se det som att hon gjort ett val, brutit sig loss ur småstadens förväntningar och skapat sig ett eget liv.

Det var annorlunda med Madde. Hon hade hela tiden sagt att hon inte tänkte jobba på verket. Och med hennes envishet var det ingen som förvånades över att så heller inte blivit fallet. Att hon däremot blivit ihop med en verksarbetare fick bli hennes lilla eftergift till det samhälle som föraktade den som gjort sig för ”fin” för fabriksarbete.

”Nja, sluta och sluta …” Pappa började tala igen. ”Han kanske blir så illa tvungen.” Agnes tittade frågande på sina föräldrar. Hade hon missat något?

”Du såg inte nyheterna i går?” frågade mamma till slut. Agnes skakade på huvudet, hon hade varit ute och gråtit sig igenom en kväll med Lussan, det hade blivit sent. ”De ska lägga ner verket.”

”Va!?” Agnes höll på att tappa kaffekoppen. Hade de sagt att kungahuset skulle läggas ner hade hon inte blivit mer förvånad. ”De kan väl inte lägga ner verket? Vilka ’dom’ förresten?”

”Amerikanarna.”

”Men herregud, det var ju bara häromåret de köpte verket.”

”Sex år sedan”, fyllde mamma i. ”De har tydligen inte lyckats få någon lönsamhet i verksamheten.”

”Det var det dummaste jag har hört! Länningeverket har alltid varit lönsamt! Då måste det vara de nya ägarna som har gjort något fel.”

”Ja, det är möjligt, men kontraktet med Saab har inte förlängts … De pratar om konkurrens från nya marknader. Tiderna ändras, säger de.”

”Men det är ju inte klokt, kommer de hit från USA och köper upp vår fabrik bara för att lägga ner den!” Agnes var upprörd. Hon märkte inte ens att hon just kallat fabriken för ”vår”. ”Vad då, så verket ska stängas helt och hållet, är det så?”

”Nej, inte helt”, fortsatte Sven. ”De ska behålla utvecklingsavdelningen, men hela kärnverksamheten, tillverkningen, ska flyttas till Estland.”

”Till Estland! Men vad är det här? De kan väl inte bara flytta fabriken till Estland. Hur ska det gå för Länninge, då?”

”Ja, det ser väl inte så ljust ut”, suckade Maud. ”Det blir en stor demonstration nu i veckan, men ... jag skulle inte tro att det gör någon skillnad.”

Agnes tystnade ett ögonblick och tittade på sina föräldrar. ”Men ni då?” frågade hon till sist. ”Får ni också sparken?” Sven samlade ihop sig något innan han svarade.

”De har formulerat det lite annorlunda.” Han tog upp en näsduk ur fickan och snöt sig ljudligt innan han fortsatte. ”Alla över femtiofem har erbjudits förtidspension. Villkoren är ganska bra. Ja, det blir ju rejält minskade inkomster förstås, men de har kryddat erbjudandet en del. Fortbildning om man vill, och så ...”

”Vi fick erbjudandet redan förra månaden, så vi hade ju en aning om vad som var på gång. Ryktena har gått ganska länge, men inget har bekräftats från företagsledningen.”

”Förtidspension!” fräste Agnes. ”Ska ni sluta jobba, ni har ju nästan tio år kvar! Det kan ni väl inte acceptera?” Hon brukade inte bli arg, inte å sina egna vägnar i alla fall. Men nu kändes det som om någon kört över hennes föräldrar. Hennes snälla mamma och pappa som aldrig gjorde något ont, som aldrig gick mot rött och som aldrig skvallrade om sina grannar, fast somliga var både otrogna och alkoholiserade. Det gjorde henne arg. Hur kunde någon vara elak mot människor som bara ville väl? Agnes tittade omväxlande på mamma och pappa. Maud harklade sig försiktigt.

”Jo”, sa hon till slut. ”Vi har redan skrivit på papperna.” Det blev tyst i köket. Det här var bara för mycket. Agnes visste helt enkelt inte vad hon skulle säga. Till slut fortsatte mamma att tala. ”Jag har ju haft ont i knäna i flera år nu och pappa har ju faktiskt inte så himla många år kvar till pensionen ändå. Vi funderade mycket på det och när vi väl vant oss vid tanken kändes det faktiskt ganska befriande. Jag menar, vi har jobbat i många år nu.”

”Ja, och att vara montör är inget dåligt jobb”, fyllde pappa i. ”Men det har ju sina begränsningar…”

”Det vore väl inte så tokigt att få några års fritid också innan man blir alltför skröplig? Vi kanske till och med skulle kunna skaffa lägenhet i Spanien, som Gullan…” Mamma tittade vädjande på Agnes innan hon fortsatte. ”Det är ju värre för de unga, för Jonas.” Hon såg bekymrad ut. Sven tog vid.

”Ja, men det ordnar sig nog. Han är ju duktig och företagsam. Jag menar, se bara på minigolfklubben. Hade det inte varit för Jonas hade det inte funnits några minigolfmästerskap i Länninge, eller någon klubb heller för den delen. Jag är säker på att han kommer att hitta något jobb, bara han väl börjar söka.”

”Hur många är det som får sparken? Fyrahundra?”

”Trehundraåttiotvå.”

”Okej, så han ska söka jobb i konkurrens med trehundraåttiotvå andra arbetslösa verksarbetare…” Agnes skakade på huvudet. ”Hur ska de kunna köpa hus förresten om Jonas inte har något jobb? De klarar sig väl knappast på Maddes lön?”

”Vi har lovat att gå i borgen.” Sven tittade myndigt på henne och, som för att avvärja eventuella protester tillade han: ”Och det ska du veta att vi skulle göra för dig också, om det skulle behövas någon gång.”

Agnes gjorde en liten paus. ”Men ni, då? Vad ska ni göra nu? När slutar ni förresten?”

”Om tre veckor.”

”Jösses! Så snabbt!”

”Ja, villkoren blev bättre ju tidigare man gick med på att sluta.”

”Vilka svin!”

Mamma låtsades inte om kommentaren. Hon var inte van att klaga. Det fanns något gott med allt som skedde, var hennes devis. ”Det passar ju väldigt bra egentligen. Du vet, vi kan ju börja med beskärningen så fort snön smälter bort, inte sant, Sven?”

”Jo, och det är mycket att göra i år. Vi fick ju knappt några Transparente blanche förra året. Jag tror att det är dags att göra en rejäl föryngring av det där trädet nu.”

”För att inte tala om bigarråerna, och krusbärsbuskarna…”

Agnes suckade. Hennes föräldrar hade kommit in på sitt älsklingsområde igen. Trädgården. De kunde prata om den i timmar. Den var inte stor, en ordinär villaträdgård, men de älskade den över allt annat. Ja, det hade gått så långt att Agnes börjat betrakta trädgården som ett tredje syskon. Det var inte det att Sven och Maud brydde sig mer om sin trädgård än om sina två döttrar. Nej, inte alls, men kanske lika mycket. Agnes slutade vant att lyssna när mamma förlorade sig i beskrivningen av vårlökar och klängrosor. Det här var inte Agnes område. Hon var ungefär lika intresserad av trädgårdsskötsel som hon var av handarbete och veteranbilar. Nej, mindre, troligen.

Mamma och pappa pratade på en stund. Det var uppenbart att det inte skulle bli någon brist på sysselsättning när de nu skulle lämna mer än trettio år av sitt liv bakom sig och bli pensionärer. Det var ju alltid någon tröst. Annars var det för jävligt det hon fått höra. Hur staden skulle klara den här smällen fattade hon inte. Hon satt en stund tyst och funderade när hon till slut avbröts i sina tankar av sin mor.

”Men snälla nån, här sitter vi och pratar! Kommer med sådana dåliga nyheter. Stackare, och du var alldeles oförberedd. Nej, nu får vi prata om någonting roligt istället. Berätta om jobbet, Agnes! Och om Tobias.”

Självförtroende hade aldrig varit Agnes bästa ämne. Med jobbet på Le bateau bleu, och titeln som hovmästare, hade det visserligen stigit en del, men efter det snöpliga slutet var hon nu nere på nya rekordlåga nivåer. Hon kunde inte ens förmå sig att gå till arbetsförmedlingen. Vad skulle hon säga om sin senaste anställning? Vad skulle hon lämna för referenser? Hon kunde inte bara utelämna det senaste halvåret från sin CV. Även om hon gärna ville. Skulle hon mot förmodan hamna på en intervju skulle hon ofelbart få frågan om varför hon lämnat sitt senaste jobb. Vad skulle hon säga då? Jag fick sparken för att min chef inte fick ligga med mig. Vem skulle tro på det? Eller ännu värre. Jag tappade en Château Pétrus i marken. Hoppsan! Sånt händer. Inte. Förresten kände förmodligen hela krogvärlden redan till det, rykten gick fort i restaurangbranschen. Gérard hade med största säkerhet sett till att utmåla henne som en opålitlig satmara för alla som ville höra på. Dessutom ägde han inte bara Le bateau bleu, hans restaurangimperium omfattade de flesta av stadens finaste krogar. Och det var ju där hon ville jobba.

Hon ville inte tillbaka till servitristrampet på halvtaskiga kvarterskrogar med fler ”knep” i köket än gästerna mådde bra av att känna till. Men det var på sådana ställen hon skulle få söka jobb, åtminstone tills flaskintermezzot var glömt. Restauranger med ägare som inte brydde sig om resuméer och CV:n. Hade du tillräckligt snygga ben kunde du alltid få plats i servisen och slänga ut plankstek och filet mignon black & white till gäster som knappast skulle märka om det så var utbankad råtta med potatismos på plankan, så länge den serverades med starköl. Hon hade gjort den svängen. Det hade tagit tid att jobba sig uppåt och det kändes minst sagt bittert att plötsligt ha blivit tillbakaknuffad till ruta ett igen. Det kanske var lika bra att hon började steka hamburgare på McDonald's istället. Om de ville ha henne.

Dessutom längtade hon efter Tobias. Så hjärtat höll på att skrumpna ihop. Visst var hon arg, men ändå ville hon ingenting hellre än att ringa honom. Höra om det kanske inte var ett missförstånd alltihop. Hon var till och med beredd att förlåta honom för det där med Ida. Det var ju sånt som hände, och i hans bransch var det lätt att bli frestad, det förstod Agnes. Men Lussan hade förbjudit henne. Sagt att hon personligen skulle ansvara för att Agnes blev inspärrad på sinnessjukhus om hon så mycket som *tänkte* siffrorna i hans telefonnummer. Hon hade inte gett sig förrän Agnes, med två fingrar på sin konfirmationsbibel, lovat väninnan att inte ringa Tobias. Kanske var det löftet som hindrat henne, kanske någon sorts mystisk självbevarelsedrift som förmodligen borde ha varit betydligt mer utvecklad. Åtminstone om Lussan fått bestämma.

Och visst var hon duktig som inte ringde, men hon berättade å andra sidan inte för Lussan att hon somnade varje kväll med Tobias bild på kudden bredvid sig. Hon hade häktat loss det inramade fotot som hängt mitt emot hennes säng för att kunna ha honom nära sig. När taklampan var släckt på kvällen kunde hon annars bara se konturerna av honom där borta på andra sidan väggen.

Det var så hon låg nu, med porträttet stött mot magen. Hon

tittade på hans långa, bruna hår, de gröna ögonen, den välformade hakan med en nonchalant antydan till skäggstubb. Mumlade hur mycket hon älskade honom, hur bra allt skulle bli bara han kom tillbaka till henne igen. Hon försökte hålla svartsjukan ifrån sig. Det var svårt. Hon blundade hårt och försökte föreställa sig honom så som han sett ut när de träffats första gången.

Han hade spelat med sitt band på Tre Backar, en liten krog där vartenda rockband hade startat sin karriär. För de flesta blev det inte mer än Tre Backar, men ett och annat band lyckades faktiskt ta sig vidare. 50 Million Fortune hade inte gjort det. Bandet hade upplösts efter några år, när det visade sig att inget skivbolag nappade på deras blandning av melodiös hårdrock och skramlig garagepunk. Den enda i gruppen som fortsatt med musiken var Tobias. Han var en duktigare gitarrist än bandet hade förtjänat och han fick faktiskt göra inhopp som studiomusiker ibland. Och sedan, för ett knappt år sedan, hade han fått jobb som gitarrist i Christer Hammonds musikaliska jättecirkus Millennium of Rock – the Greatest Rockshow Ever.

Agnes hade mer av en slump hamnat på Tre Backar den kvällen. Hon hade egentligen kommit för att lyssna på några kompisar från Länninge som trodde att de skulle erövra världen med sitt försök till Cardigans-pop. Men hon hade tagit fel på datum. När hon ändå var där, hade hon resonerat, kunde hon väl lika gärna stanna och titta på bandet, Fortune någonting. Väl där satt hon bara och stirrade. Sångaren, som också spelade gitarr, såg ut som en yngre och snyggare Gallagher-brorsa. Minus sammanväxta ögonbryn. Den långa luggen hängde ner över ena ögat. Linnet smet åt om den smala, men muskulösa, överkroppen. Leendet aningen skevt. Benen brett isär.

Hon hängde kvar lite med flit efter att bandet hade slutat spela och försvunnit iväg mot logen. Hon hade fått för sig att sångaren tittat på henne också, att han verkat intresserad. Hon var ingen van groupie, visste inte hur man gjorde och efter någon timme, då hon gjort allt för att få ölen att räcka, var hon beredd att ge upp. Bandet hade inte setts till och det började bli pinsamt tomt där nere i källaren. Hon drog sig långsamt mot utgången.

Halvvägs upp i trappan hade han hunnit ifatt henne. Tagit henne i armen och frågat om hon inte ville stanna och ta en öl. De satt och snackade länge, efteråt mindes hon inte om vad, bara att samtalet flutit så lätt. Till slut blev Tobias tvungen att gå ner och hjälpa bandet att packa ihop. Men först frågade han om han kunde få hennes telefonnummer. Agnes hade gått på moln i flera dagar tills hon insåg att han inte skulle ringa.

När hon några veckor senare fick se en affisch om att 50 Million Fortune skulle spela på en ungdomsgård i Farsta tog hon mod till sig och åkte dit. Hon var minst tio år äldre än alla andra i den glesa publikskaran. Först kände han inte igen henne, men när han förstod vem hon var bad han om ursäkt för att han inte hade ringt. Han hade tappat bort lappen, men sa att han var väldigt glad att hon dykt upp igen. Och Agnes var smickrad, även om han råkade kalla henne Anna två gånger samma kväll.

Efter det började de träffas. Ibland kom han med sina bandkompisar till krogen där hon jobbade. Hon smugglade gratisöl till dem så gott hon kunde och Tobias brukade dra ner henne i knäet och kyssa henne så att de andra gästerna såg. Hon gillade det inte riktigt, men kunde samtidigt inte säga nej. Tobias bara skrattade åt hennes protester och brukade släppa iväg henne med en liten dask på rumpan.

Efter något halvår hade han flyttat in hos henne. Åtminstone tidvis. Ibland bodde han hos någon kompis i ett par veckor, inte för att det var dåligt emellan dem, mer för att det passade honom just då. Han bara var sådan. Trygg i sig själv, tänkte Agnes. Och även om hon kunde känna sig hotad av hans flyktighet önskade hon ibland att hon också kunde släppa taget så där. Leva i stunden, sluta boka tvättider en månad i förväg och betala räkningar i tid. Lita på att saker ordnade sig. Tobias behövde ingen fast adress, inga fasta planer. Han ville bestämma över sig själv och över sin tid. Hon, som var allt Tobias inte var, ordnad, organiserad, planerad, hade svårt att hänga med. De hade bråkat en del om det i början, men Tobias hade inte ändrat sig. Istället hade Agnes gjort sitt bästa för att gilla läget. Och visst hade hon blivit coolare på senare år. Tobias var som han var. Det var ingen idé att försöka förändra honom. Han älskade henne, det var det viktigaste.

Hade älskat henne.

Agnes strök med fingret över kinden på Tobias porträtt.

När telefonen ringde var hon nästan säker på att det var han. Det var det inte. Det var Madde som fått veta av mamma och pappa vad som hänt.

”Så ni har tagit en paus, alltså?” sa hon frågande.

”Ja, eller ...” Agnes hade kanske friserat sanningen något när hon la fram den för sina föräldrar. ”Egentligen har han väl liksom gjort slut, kan man väl säga. På sätt och vis.”

”På sätt och vis? Jag fattar inte. Har han gjort slut eller har ni tagit en paus?”

Agnes suckade. Det gjorde ont i magen. ”Han har gjort slut”, sa hon till sist.

”Och varför det, om man får fråga?” Madde lät vass på rösten.

Agnes orkade inte linda in det mer. ”Han har träffat en annan. En av körtjejerna på turnén.”

”Nej. Fy fan, vilket svin!” Madde sa det långsamt, med eftertryck.

”Men han är inget svin, Madde. Man är ju inget svin för att man blir förälskad, det är ju sånt man inte rår för.” Agnes stod inte ut med att höra någon annan tala illa om Tobias. Hon tillät inte ens sig själv att göra det. Visst, han hade lämnat henne, men hon älskade honom faktiskt.

”Han är ett svin.” Madde upprepade sin dom. Med mer eftertryck den här gången. ”Och vet du hur jag vet det?” Hon fortsatte utan att vänta på svar. ”Jo, för en kille som är otrogen är ett svin. Och en kille som är otrogen flera gånger är ett ännu större svin. Det är ingen definitionsfråga. Det är ett faktum.”

”Men du kan inte säga så”, försökte Agnes lamt. ”Du känner ju honom inte. På riktigt.” Madde blev tyst ett ögonblick, så fortsatte hon.

”Ska jag berätta hur väl jag känner honom, Agnes?” Hon gjorde en konstpaus innan hon drog efter luft och fortsatte. ”Så väl att jag vet att han har stött på sin tjejs lillasyster när han skulle fira jul med deras familj …”

”Lägg av.”

”Jag är ledsen, Agnes. Jag har inte sagt något för jag vet hur kär du har varit, men det är sant. På kvällen på julaftonen, när du hjälpte mamma att diska och Tobias skulle följa med mig ut i garaget för att hämta en sopsäck till alla julklappspapper … Han försökte kyssa mig där i garaget, Agnes.”

”Sluta!”

”Och det var inte första gången, kommer du ihåg när jag var uppe på din födelsedag förra året?”

”Jag vill inte veta! Du hittar på!” Agnes nästan skrek.

”Nej, Agnes, jag gör inte det. Jag skulle aldrig ljuga om en sådan sak. Han frågade om jag inte …”

Agnes stod inte ut. Hon slängde på luren och satt sedan med den i knäet en lång stund. Till slut kom tårarna. Det var inte sant, hennes egen syster … På något sätt hade hon kunnat ta det andra. Det var engångsgrejer. Sånt som händer. Men Madde … Det var något annat. Hon önskade hon kunde skylla på att Madde ljög, men hon visste att det inte var så. Madde led av en nästan manisk drift att alltid säga sanningen. En ganska irriterande egenskap faktiskt. Har du klippt dig? Det ser inte klokt ut! Det kunde låta elakt, men var aldrig illa menat. Att säga sanningen var bara något Madde gjorde. Att hon hållit det här med Tobias för sig själv så länge måste ses som något av ett rekord.

Till slut la Agnes ifrån sig telefonen. Sakta vände hon på fotografiet hon fortfarande höll i famnen, la baksidan uppåt på sängen och började beslutsamt pilla på de små metallklämmorna. Till slut fick hon ut fotografiet. Hon tog en sista blick på det innan hon fattade tag om ändarna och rev det mitt itu. Hon rev och rev tills bitarna inte var större än konfetti. Då samlade hon ihop dem och gick ut i badrummet.

Det var svårt att spola ner dem. De var för glatta, ville inte sjunka, men efter fjärde spolningen var det så gott som tomt i toaletten. Bara en ensam liten bit flöt fortfarande omkring på ytan. Agnes gick ut i hallen och tittade sig i spegeln. Det fick vara nog nu, sa hon högt till sig själv. Det var dags att gå vidare.

”Jaha … Agnes. Och var har du arbetat de senaste … eh, sju månaderna, då?” Leif Grönberg bläddrade i sina papper medan han väntade på svaret. Agnes svalde, lika bra att få det gjort.

”På Le bateau bleu.”

Grönberg verkade inte imponerad. Namnet verkade inte säga honom något. Agnes var inte förvånad. Leif Grönberg såg inte ut som en man som hängde på lyxkrogar.

”Och varför slutade du där?” Han tittade upp från sina papper. Glasögonen hade halkat ner på näsan. Han sköt upp dem igen.

”Jag … vi …” Hon visste inte hur hon skulle börja. Mannen på andra sidan bordet hade börjat dra loss noppor från ärmen på sin hemstickade tröja. Han verkade inte ha bråttom. Agnes gjorde ett nytt försök. ”Jag kom inte överens med min chef.”

”Nähä.” Leif Grönberg tittade upp. Agnes tyckte sig se en skymt av nyvaknat intresse. Han la huvudet lite på sned. ”Är det något som du har råkat ut för ofta?”

Agnes började svettas, hon ville inte prata om det här. ”Nej.” Det var sant. Hon hade visserligen bytt jobb ofta, men det var så det var i restaurangbranschen. Krogar kom och gick. Personalen likaså. Hon hade aldrig fått sparken. Tvärtom, chefer brukade gilla henne. Hon kom alltid i tid, gjorde vad hon skulle, jobbade snabbt och effektivt, tog egna initiativ, sa aldrig nej till övertid. Inte ens obetald. Det som hände på Le bateau bleu var en engångsföreteelse. Hon mötte Leif Grönbergs blick. Glasögonen hade halkat ner igen. Han borde byta modell, det hade hänt mycket med glasögonmodet sedan -84. Hade Madde varit där hade hon förmodligen sagt det till honom. Han nickade sakta men såg inte ut som om han trodde henne.

”Det är bra om du och jag har en öppen dialog. Jag tror det kan förbättra mina chanser att hitta ett jobb till dig.” Agnes kände sig förolämpad. Hon sträckte lite på ryggen där hon satt i den obekväma besöksstolen på andra sidan Leif Grönbergs överbelamrade skrivbord.

”Du kan ju titta i mina betyg om du inte tror mig”, mumlade hon och tittade ner på händerna i knäet.

”Men, snälla du!” Grönberg slog ut med händerna i en teatralisk gest. ”Det är inte det att jag inte tror dig, självklart gör jag det. Jag är här för att hjälpa dig! Vad jag menar är bara att det blir lättare för mig att förstå vilken sorts jobb du vill ha om du ger mig fullständig information.” Hur fullständig då, tänkte Agnes. Vill du veta hur man säger ”hora” på sex olika sätt på franska, eller vill du veta hur det låter när världens finaste årgångsvin krossas mot ett stengolv? Leif Grönberg verkade inte kunna läsa tankar. Eller så var han ointresserad av fullständig information. Istället började han knappa på sin dator. ”Vi får väl se vad som finns, då”, suckade han och tryckte på enter. Han hade svårt att dölja sin besvikelse. Jobb var allt folk ville ha. Vart hade det mänskliga samtalet tagit vägen? ”Jaha”, han lyste upp något. ”Det ser ju bra ut det här!” Sexton träffar.” Han skrållade igenom listan. ”Då ska vi se … kallskänka, kallskänka, souschef, köksmästare … här har vi ett servitrisjobb! Stavros taverna i Högdalen söker servitris, gärna med erfarenhet. Det låter väl bra?”

Gärna med erfarenhet, det var restaurangkod för ung tjej med stora bröst eller snygga ben. Agnes brukade få kvala in i den senare kategorin. Men det var länge sedan hon haft ett sådant jobb.

”Finns det något annat”, frågade hon. Grönberg såg missnöjd ut men letade lydigt vidare.

”Här då. The Old Wreck på Södermannagatan söker servispersonal. Pubmat, ölservering...”

Agnes visste precis vad han talade om. Nikotinförgiftning och direktnummer till närmsta polisstation. Nej tack, hon vägrade att jobba på pub. Så desperat var hon inte, ännu. Då var till och med Stavros taverna bättre. Grönberg letade vidare. Han gick igenom ytterligare några krogar som sökte servispersonal. Indian Curry House, O'Harry's, Pizza Hut... Han försökte till och med intressera henne för en tjänst som frukostvärdinna på ett pensionat på Värmdö. Arbetstider: 04.30–12.00. Tjänsterum kunde ordnas. Agnes avböjde.

”Finns det inget jobb som hovmästare?” frågade hon när hon tog emot papperna som Grönberg hämtat från skrivaren ute i korridoren. Annonsen från Stavros taverna låg överst i den tunna högen.

”Hovmästare?” Leif Grönberg sköt upp glasögonen och satte sig ner igen. ”Jag såg inget i dina papper om hovmästare?” Agnes hade ingen större lust att förklara hur det hängde ihop.

”Du kanske kan titta i alla fall.”

”Ja, visst visst...” Grönberg plockade bort några noppor på ärmen innan han fortsatte. ”Det ser dåligt ut... hm, jo men, ser man på! Här har vi ett. Hovmästare sökes till Le bateau bleu. Låter franskt... Kan det vara något kanske?” Han tittade på Agnes över glasögonkanten. ”Jag printar ut det åt dig i alla fall.” Han tryckte på en knapp på tangentbordet och gick sedan ut i korridoren igen. Hon hörde hasandet från hans Birkenstock medan hon konstaterade att hon knappast hade gjort något större intryck på sin arbetsförmedlare. Eller så hade han bara väldigt dåligt närminne.

Grönberg kom tillbaka in i rummet. ”Man ska tydligen svara med foto”, sa han och räckte över papperet till henne. Agnes övervägde ett kort ögonblick om hon skulle förklara för honom varför. Att Gérard Cabrol inte ville lägga tid i onödan på intervjuer med kvinnor han bedömde som oattraktiva. Hon beslöt sig för att hoppa över. Leif Grönberg hade säkert varit ute och demonstrerat för kvinnans rätt redan 1969. Han skulle nog ha svårt att smälta det faktum att det fortfarande fanns män som dömde kvinnor efter deras yttre.

Agnes tackade för utskrifterna och tog emot de stämplade korten som bevisade att hon officiellt var arbetslös. Grönberg önskade henne lycka till med jobbsökandet, men skrev för säkerhets skull upp en ny tid en månad senare.

”Får du jobb innan dess, vore jag tacksam om du meddelar det.” Agnes nickade och sa hej då. Så lämnade hon Leif Grönbergs trånga lilla tjänsterum på arbetsförmedlingen, mer övertygad än någonsin om att framtiden var allt annat än hennes.

Agnes satte sig på ett café i närheten. Hon tog en försiktig klunk av den heta kaffelatten och tittade ut genom fönstret. Det var kallt ute, januari hade övergått i februari och snön låg i tjocka drivor på taken. Det såg livsfarligt ut, och var det förmodligen också. Överallt hade fastighetsägarna ställt ut bockar på trottoarerna. *Varning! Risk för ras.* Fotgängarna, de som orkade bry sig om faran, trängdes med bilarna på vägbanan. Det såg inte heller helt riskfritt ut. Agnes värmde händerna mot glaset, hon hade tappat sina nya skinnhandskar på tunnelbanan.

När telefonen ringde plockade hon upp den ur fickan på sin gamla duffel. Det var Lussan, från mobilen. Jäktad som vanligt.

”Du, jag måste fatta mig kort. Jag ska vara på Hälsingegatan om fyra minuter …”

”Var är du nu, då?”

”Sveavägen.” Lussan lät andfådd, hon gick fort. Agnes kunde se henne framför sig. Det korta, mörka håret ostyrigt av fartvinden, de rödmålade läpparna, de energiska stegen i höga stövelklackar. Hon kompenserade sin ringa längd väl. ”Jag tänkte bara att vi kanske kunde ses i kväll?”

”Visst, gärna.” Agnes hade haft nog av ensamma kvällar på sistone.

”Ska jag komma hem till dig? Jag kan ta med en flaska vin.”

”Gör det. När tror du att du kommer?”

”Vid åtta, kanske lite innan. Jag måste lägga ut lite saker på webben, men det borde inte ta så lång tid.”

”Jag kan fixa mat.”

”Du är en ängel. Vi syns, puss puss!”

Lussan la på och Agnes stoppade tillbaka telefonen i fickan. Hon fick lite dåligt samvete för att hon hade tid att sitta på ett café och glo när alla andra uppenbarligen jobbade. Hon tittade sig om i lokalen. Mammor med bebisar och så några ungdomar, förmodligen studenter. Och så hon, som var arbetslös. Arbetssökande. *In between jobs.*

När hon druckit upp kaffet tog hon tunnelbanan ut till Aspudden igen. Stannade till på Ica och köpte grönsaker. Det fick bli soppa i kväll. Hon hade redan dåligt med pengar. Hon hade inte vågat be om att få ut sin sista lön från Le bateau bleu. Det hade liksom inte varit läge att prata pengar med Gérard samtidigt som de klafsade runt i ett trettiotusenkronorsvin på hans källargolv. Och någon mer chans fick hon inte. Den uteblivna lönen fick hon väl se som en sorts ersättning för vinflaskan, en delbetalning. Den andra delen tyckte hon att hon redan betalt. I natura.

Hon ställde ifrån sig matkassen på den snöiga trottoaren utanför det smutsrosa funkishuset. Hon knappade in portkoden och dörren klickade till. Vant sköt hon upp den med ena axeln. Hon var trött, kassen var tung och hon svor till när hon såg hur gallergrinden till hissen precis drogs igen och hissen sattes i långsam rörelse med ett ryck. Fan, också! Hon hann få en skymt av den nye grannen som speglade sig med ryggen vänd mot henne.

”Schyst, tack för att du väntade”, mumlade hon efter honom innan hon började gå uppför trapporna. På andra våningen stod han och fumlade med sina nycklar till lägenheten. Han hade förmodligen varken hört eller sett henne för han såg överraskad ut när han vände sig om.

”Hej”, sa han glatt. Sedan kände han igen henne och log lite nervöst. ”Ledsen igen för det där med tvättstugan.”

Agnes blängde på honom och flinade till, lite ofrivilligt. På huvudet hade han en gigantisk pälsmössa och öronlapparna spretade som pippiflätor åt varsitt håll. Just den mössmodellen skulle förmodligen ha sett naturligare ut på en sibirisk järnvägsarbetare.

Hon nickade åt honom när hon gick förbi på den lilla avsatsen för att ta sig upp en trappa till. Bakom sig hörde hon hur han fick upp sin dörr och slog igen den efter sig.

Agnes gick in till sig och började packa upp maten. Lök, morötter, potatis, två liter mellanmjölk, en fil, crème fraiche, bröd, en vitlöksost. Och så två Daim, någon efterrätt måste de ju ha.

Strax före åtta kom Lussan, precis som hon lovat. Agnes hade dukat i det lilla gulmålade köket. Lagt på en duk med röda elefanter, egentligen en sari från moster Gullan, släckt taklampan och tänt en massa små värmeljus i olikfärgade glas. Soppan stod färdig på spisen och baguetten var på värmning i ugnen.

”Vad mysigt du har gjort!” Lussan halade fram en Zinfandel ur väskan. ”Rödvin till maten, passar det bra?”

”Alldeles utmärkt, men det är bara lite soppa”, ursäktade sig Agnes medan hon gav Lussan korkskruven. Så slevade hon upp soppa i de djupa tallrikarna. Det såg vackert ut med den gula färgen mot det vita porslinet. Hon ringlade lite mjukrörd crème fraiche över ytan och avslutade med några basilikablad innan hon ställde tallriken framför Lussan.

”Du, *bara* lite soppa, är nudlar i frigolitmugg i min värld. Det här, det är ju en måltid!” utbrast Lussan. ”Vad proffsigt det ser ut, du måste jobba på restaurang …” Hon öppnade flaskan med ett plopp och hällde upp vin i glasen.

”Jobba*de*, kära du. Jobbade.”

”Ja visst, ja, men det där är ju bara en tidsfråga, eller hur?”

”Innan jag får jobb på Stavros taverna, menar du?”

”Vems taverna?”

”Äh, glöm det, jag var på arbetsförmedlingen i dag bara. Det var inte så upplyftande.”

”Det är inte tänkt att vara upplyftande. Du tillhör samhällets tärande del nu, sånt ska kännas.” Lussan skrattade. ”Jag är säker på att det löser sig snart. Det har ju bara gått två veckor.”

”Tre.”

”Okej då, det är ju ändå ingenting. Och tills vidare lovar jag att du får snylta på oss i den närande samhällshalvan.” Hon tog en sked av soppan. ”Vilken soppa! Den är ju fantastiskt god! Vad har du i den?”

”Lite rotsaker bara.”

”Ja, men det är något mer …”

”Fänkål och kanelstång.”

”Jaså. Ja, det hade jag ju inte kommit på om jag så hade varit under dödshot. Jättegott i alla fall. Skål!”

”Skål!”

De åt och drack en stund medan Lussan berättade om sin dag. Fyra möten, två visningar och en kontraktsskrivning. Dessutom hade hon gjort värderingar på två lägenheter, den ena på Gärdet, den andra i Midsommarkransen samt lagt in fyra nya objekt på nätet.

”Stressar du inte ihjäl dig?” Agnes kände stynget av dåligt samvete igen. Vad hade hon själv gjort? Gått på arbetsförmedlingen, druckit kaffelatte och lagat soppa.

”Jo, förmodligen.” Lussan tömde glaset och fyllde på nytt vin. ”Men det är kul också. Och lönsamt.” Hon skrattade. ”Hur går det med Tobbe, då? Eller *utan* honom, rättare sagt. Du har väl inte ringt?” Lussan tittade strängt på Agnes.

”Nej. Faktiskt inte.”

”Bra!” Lussan applåderade.

”Jag har bestämt mig för att det får vara nog nu.”

”Äntligen. Skål för det!” Lussan hade aldrig försökt dölja sin brist på förtjusning över Agnes pojkvän. ”Vad fick dig att bestämma dig den här gången? Jag menar, utifrån såg det ju onekligen bara ut som om historien upprepade sig …”

”Det är möjligt”, svarade Agnes kort. Hon hade visserligen bestämt sig, men det innebar inte att det var fritt fram för folk, eller ens Lussan, att racka ner på hela hennes och Tobias förhållande.

”Men kom igen, Agnes. Så här efteråt måste du väl ändå hålla med om att han betedde sig som ett arsle mot dig.”

”Nej, det håller jag faktiskt inte med om. Och jag har ingen lust att diskutera det här med dig nu. Jag vet vad du tycker om Tobias. Men han var min pojkvän i mer än fyra år och jag älskar fakt…” Agnes hejdade sig. ”Och jag älskade honom faktiskt, tro det eller ej.”

Lussan suckade. Hur kunde kloka, fina, vackra Agnes finna något som helst sympatiskt i den där förvuxna tonåringen som behandlade henne som en tjugokronors dörrmatta från Ikea? Han var ju inte ens snygg, men det är klart, det var Lussans åsikt. Många skulle inte hålla med henne. Själv gillade hon Clark Kent-typen. Vältränade killar i glasögon, klädda i något välskräddat från Hugo Boss, eller Tiger möjligen. Problemet var bara att de var svåra att hitta. Kanske var de vanligare i telefonkiosker på Manhattan än bland Stockholms fastighetsmäklare? Lussan fnös. Tobias … en läderklädd rocker med alldeles för smala ben och en utpräglad ovana att spela luftgitarr istället för att dansa på fester. Nej, tack. Hon kunde bara gratulera sin väninna att han gjort slut med henne på ett så oschyst sätt att inte ens Agnes var beredd att förlåta den här gången. Det var på tiden.

Agnes dukade av bordet och Lussan hällde upp det sista av vinet.

”Du har inget mer vin? Jag borde förstås ha köpt två, klantigt av mig.”

”Nej, tyvärr. Vill du ha kaffe eller te?”

”Kaffe, tack.”

”Jag kanske har någon skvätt whisky kvar, vill du ha det?”

”Hemskt gärna.”

Agnes tog fram flaskan ur skafferiet, hällde upp ett glas och gav Lussan.

”Tack, ska inte du ha?”

”Nej, whisky är inte min grej.”

”Varför har du det hemma, då?”

”Tobias gillar det. Bourbon…”

”Så flaskan är hans?”

”Nja, tekniskt sett är den väl min. Det är jag som har köpt den.”

”Men det var han som drack? Härlig rollfördelning…”

”Lussan!”

”Förlåt, förlåt…” Lussan ryckte på axlarna som för att visa att kommentaren var oavsiktlig. Flinet som följde talade dock för motsatsen. Hon pekade på flaskan som Agnes fortfarande höll i handen. ”Men häll upp resten åt mig så ska jag personligen ansvara för att röja den där rocksluskens ande ur huset!”

”Det är nästan en deciliter kvar…” Agnes höll upp flaskan med Four Roses och tittade tveksamt på Lussan.

”Jag offrar mig, vad gör man inte för sin bästa vän. Hit med skiten!” Hon tog flaskan från Agnes och hällde upp i glaset. ”Säkert att du inte ska ha?”

”Absolut.”

”Då så, Tobbe, adjö med dig. Nästa gång vi ses är du urin. Det kan väl vara trevligt som omväxling, din skit!” Lussan grimaserade när hon svalde whiskyn i en klunk. Agnes kunde inte låta bli att skratta. ”Vet du vad du behöver nu, Agnes?”

”Nej.”

”Sex.”

”Men sluta, du låter som hon den där hysteriska i Sex and the City!” Agnes kände sig nöjd, efter tre veckors arbetslöshet kunde hon också referera till teveserier.

”Jag tar det som en komplimang.”

”Det var det inte menat som.”

”Jag vet. Inte desto mindre behöver du sex. För att rensa ut de sista av Tobias nitbälten ur ditt system.”

”Jag är redan färdig med det.”

”Ha! Jag känner dig. Du är *inte* färdig. Inte förrän du haft sex med en ny man.”

”Jag vill inte ha en ny man. Jag vill sörja färdigt den jag just blivit av med.”

”Det ena utesluter inte det andra. Tvärtom. Dessutom talar jag inte om en ny pojkvän, bara någon att ha lite enkelt, okomplicerat ...”

”Ja, ja! Jag har förstått!”

”Bra, är du redo att ta en sväng ner på stan, då?”

”Absolut inte.”

Lussan suckade. ”Du skulle ha delat den där whiskyn med mig ...”

”Jag delade en flaska vin med dig. Det räcker mer än väl.”

”Uppenbarligen inte. Går det inte att övertala dig?”

”Nej. Om jag ska gå någonstans, så är det till sängs. Borde inte du också göra det förresten? Jobbar inte du i morgon?”

”Självklart jobbar jag. Men man måste ju leva också.”

”Jag lever bra så här.”

”Det är bara som du tror. För att du inte vet vad alternativet är. Men du, på lördag går vi ut.”

”Kan vi inte ta söndag istället. Det är mindre folk ute då.”

”Men snälla gumman, har du inte fattat någonting? Det är inte *mindre* folk vi behöver för det här uppdraget, det är *mer*. Maximera chanserna!”

”Okej, okej, lördag då. Men det där med sex kan du glömma. Vi kan gå ut och ta en drink, det är allt.”

”Visst, om du säger så, en drink. Absolut.” Lussan flinade, så tittade hon på klockan. ”Kvart över elva. Nej du, om jag skulle sticka hem nu kanske.”

Agnes gäspade. ”Ja, jag känner mig ganska trött själv.”

Lussan reste sig och gick ut i hallen för att ta på sig ytterkläderna. När hon knäppt knapparna i den korta, figursydda kappan och dragit upp dragkedjan i stövlarna, kramade hon om Agnes och pussade henne på kinden. ”Sov gott nu, gumman, och tack för en jättegod middag. Och så glömmer du inte lördag. Då blir det sex.”

”Drink!”

”Visst, drink och sex.”

”Hej mamma, det är jag!”

”Nej, men hej, Agnes, äntligen! Jag vet inte hur många meddelanden jag har lämnat på din telefonsvarare. Är den trasig?” Hon väntade inte på svar. ”Hur har du det? Vi har tänkt så mycket på dig. Har du fått något jobb ännu? Är Tobias tillbaka?”

”Mamma. Lugna dig!”

”Ja, förlåt, det är bara det att pappa och jag har varit så oroliga. Hur mår du?”

”Jag mår bra.”

”Är det helt säkert det?”

”Lite förkyld.”

”Usch då.”

”Det är ingen fara.”

”Hur går det med jobbet, då?

”Det kommer nog att lösa sig snart.” Hon ville inte oroa sina föräldrar, de hade sina egna problem att tänka på. ”Jag håller på att söka lite olika jobb.” Det var inte sant, hon hade inte förmått sig att ringa på något av jobben Leif Grönberg plockat fram åt henne.

”Ja, men då så, då är det ju bara en tidsfråga. Du som är så duktig! Du ska se att du kommer att kunna välja och vraka.”

”Mm, kanske det…”

”Och Tobias?”

”Det är oförändrat.”

”Så han har inte…”

”Nej.” Agnes tog ett djupt andetag. ”Och ärligt talat, tror jag inte han gör det heller.”

”Men vad säger du? Nog kommer han väl tillbaka? Det är ju så vanligt nuförtiden att man tar en sådan där paus. Han behövde väl komma ifrån lite, få lite distans, tror du inte det?” Det var nästan rörande att höra hur hennes mamma försvarade honom. Faktum var att Maud var den enda i Agnes närhet som gjorde det. Han hade lyckats charma henne totalt. Agnes förstod inte riktigt hur. Han såg knappast ut som någon svärmorsdröm, men Maud hade smält som en isglass på en badstrand första gången Agnes tog med honom hem. Möjligen kan det ha berott på att han tillbringade en timme ute i trädgården och diskuterade bladlöss och såpvatten med hennes mor. Var han fått kunskaperna ifrån lyckades Agnes aldrig riktigt förstå, men han kunde uppenbarligen hänga med tillräckligt i diskussionen för att Maud skulle sluta honom till sitt hjärta. Hon brukade till och med baka hans favoritkakor, kokostoppar, när hon visste att han skulle komma på besök.

”Jag tror inte han kommer tillbaka, mamma. Och gör han det är jag rädd för att han inte är välkommen.” Så, då var det sagt. Det blev tyst i luren. Agnes kunde riktigt höra hur hennes mor försökte få ihop det.

”Det finns inget jag kan göra?” sa hon till sist.

”Nej, mamma, ingenting alls. Nu tycker jag vi slutar prata om Tobias. Berätta hur det går för er istället.”

Maud suckade uppgivet, men samlade ihop sig igen. ”Jo, vi gjorde vår sista dag på verket i går. Vi var över femtio stycken som hade valt förtidspension, så vi fick samlas i matsalen. Det hölls tal och vi blev avtackade för allt vi gjort för företaget. Så fick vi tårta och kaffe."

"Och det var allt?"

"Ja..." Maud tvekade. "Skulle det ha varit något mer, menar du?"

"Jag vet inte... Det låter så obegripligt bara. Hur blir det med resten, då?"

"Några kommer att arbeta tre månader till och några sex. Sedan ska det vara färdigt."

"Då har de stängt verket?"

"Ja."

"Vad ska ni göra nu då, du och pappa?"

"Vi ska gå på kurs."

"På kurs?"

"Ja, på måndag börjar jag och Sven på datakurs. Sa vi inte det, när du var hemma?"

"Men datakurs... Ni kan ju inget om datorer."

"Nej, just det."

"Ni har ju inte ens någon dator."

"Nu har vi det. Vi var och köpte i går, jag och Sven, efter tårtan. Företaget betalade halva. Den står nere i gillestugan, du må tro att den är fin!" Agnes visste inte vad hon skulle säga. Hur *fin* kunde en dator bli? Och vad skulle hennes föräldrar med en till? Hennes mamma som tyckte att en knapptelefon var komplicerad, skulle hon verkligen lära sig hantera Windows?

"Vad ska ni ha den till?"

"Det är ju det här med Internet till exempel. Det verkar ju väldigt spännande." *Spännande*? Hennes mamma tyckte Internet verkade spännande. Vad visste hon om det? Var det något de skrev om i ICA-kuriren? Agnes visste inte, hon hade inte läst ICA-kuriren på länge. Den kanske hade förändrats, de kanske hade nakna brudar på mittuppslaget också. IT-spalt och porr. Hon måste kolla upp saken, det kanske inte var någon lämplig tidning för hennes föräldrar längre.

”Jaha, så ni ska lära er att surfa på nätet?” sa hon tveksamt.

”Surfa, är det så det heter? Ja, jag har ju hört hur Jonas och Madde håller på. Jonas var förresten här och hjälpte oss att koppla in den. Det var en väldans massa sladdar! Så snart kan vi skicka sådan här e-post till varandra. Det vore väl festligt!”

Agnes sneglade bort mot sin egen dator. Hon hade fått ta över Lussans gamla när hon köpte ny förra året. Det var ingen snabb maskin, att surfa var det inte tal om. Man höll sig knappt flytande i cyberspace. Agnes använde den inte mycket, skickade ett och annat mejl. Men att hon skulle kommunicera med sina föräldrar via e-post kändes ungefär lika troligt som att Maud skulle bjuda på mongolisk barbecue till söndagsmiddag.

De pratade på en stund till. Agnes fick veta att Madde gjort jättesnygga slingor i håret, att moster Gullan fått tid för att operera sina åderbråck och därför skulle komma hem en vecka från Marbella där hon numera tillbringade vintrarna, att Fjellners åkt till Lanzarote och att snödropparna kommit upp vid garageväggen. Sedan tog Sven över telefonluren och bytte några ord med sin äldsta dotter.

Agnes lyssnade efter tecken på bedrövelse, sorg, depression eller åtminstone lite nedslagenhet, men hon kunde inget höra. Maud och Sven verkade helt enkelt inte ett dugg ledsna. Hon hade svårt att förstå det. Borde det inte lämna djupare spår att få sparken? Men det kanske var chocken. Det kanske skulle komma senare, om några veckor, eller månader. När de insåg att det var slut för gott. Att de aldrig mer skulle passera Länningeverkets gallerförsedda grindar, hälsa på Sigge och Erland i vakten och byta om till den blå skyddsrocken i de stänkmålade omklädningsrummen. Nåja, de fick väl landa i det här, ta en dag i taget. De hade ju i alla fall varandra.

Så avslutade de samtalet med att skicka pussar och kramar genom telefonledningarna och Agnes lovade att snart komma och hälsa på igen.

Det började bli dags att göra sig i ordning. Agnes hoppade in i duschen och tvättade håret noga, lät balsamet verka i tre minuter och passade på att massera in kroppen med skrubbkräm. Huden blev alldeles rosa av det varma vattnet och de små kornen i krämen. Hon rakade sig till och med under armarna, trots att hon tänkte ha långärmat. Så klev hon ur duschen, torkade sig och smörjde in sig med hudkräm. Tvekade en stund innan hon satte några små, mycket små, droppar Cool Water bakom öronen.

Hon hade inte känt sig särskilt sugen på att gå ut tidigare under dagen, tvärtom faktiskt, hon hade mycket hellre suttit hemma med en påse ostbågar och en kopp te. Det skulle matcha hennes liv bättre. Men nu började hon nästan känna något som liknade förväntan. Det var länge sedan hon hade varit ute, som gäst det vill säga. Hon brukade inte gå ut utan Tobias, och med honom blev det sällan av. När han väl var hemma ville han mest slappa. Festa fick han nog av på jobbet, brukade han säga. Agnes tyckte det var helt okej, hon föredrog också att mysa på hemmaplan framför att stå och skrika till varandra som två främlingar i en bar. Hon hade varit ute med Lussan några dagar efter att Tobias hade gjort slut, men då hade hon mest suttit och snörvlat över sin öl medan Lussan hade gjort sitt bästa för att trösta, även om det ärligt talat mest gick ut på att berätta för Agnes vilken skit Tobias var.

Det var inte så att hon var på festhumör, hon vaknade fortfarande varje morgon och undrade vart hennes liv hade tagit vägen, men hon kanske åtminstone inte skulle brista ut i gråt var femte minut under kvällen som hon gjort förra gången hon och Lussan varit ute.

Agnes valde en stund i garderoben. Filippa K-jeansen och en svart tröja fick det bli. Hon kände sig fin, men inte uppklädd. Hon masserade in lite extra strong mousse i håret innan hon böjde ner huvudet mot golvet och blåste det torrt. Resultatet blev stort. För stort och hon var tvungen att kamma ner det igen med lite vatten. Trots att det var mitt i vintern såg håret solblekt ut, som om hon just kommit från en semester med salta bad. Det blev aldrig mörkare än så. Hon borde ha varit blåögd, hade hon tänkt många gånger. Som de andra i familjen. Det hade stämt bättre med den ljusa hyn och håret. Ögonen var visserligen inte mörkbruna, mer åt hasselnöt, men hon avvek från resten av familjen. Det var bara hon och moster Gullan som hade fått ärva de bruna ögonen efter mormor. Madde var avundsjuk, hennes ögon var grå, med lite god vilja grågröna. Å andra sidan var håret mörkare, dov råtta kallade hon det själv. Agnes höll inte med. Hon tyckte Madde var den söta av dem, med en lätt uppnäsa och ett ansikte som blev alldeles fräknigt på sommaren.

Agnes var lång, spretig tyckte hon själv. När hon var yngre hade hon försökt att krympa ihop sig för att inte alltid vara längst. Skolsköterskan hade läxat upp henne, sagt att hon måste sträcka på sig annars kunde hon få problem med ryggen. Agnes tyckte det var en dum kommentar, hon hade ju redan problem med ryggen. Den var för lång, precis som benen, halsen och armarna. Perfekt modellängd, hade skolsköterskan försökt trösta, men det hjälpte knappast när man var fjorton och längre än varenda kille i klassen. Om hon sträckte på ryggen skulle det dessutom ha synts att hon inte hade några bröst. Lätt framåtböjd kunde hon möjligen lura några hormonstinna tonårskillar att det under plankan Edins bylsiga tröja i själva verket dolde sig en hel massa spännande.

Agnes tittade sig i spegeln. Hon var vuxen nu, det var bra. Luggen räckte ner till ögonbrynen och resten av håret formade hon med vax i flikar runt det smala ansiktet. Hon sminkade sig inte särskilt mycket, lite mascara, lite läppglans bara. Förmodligen kunde hon ha tagit mer, markerat ögonen och de höga kindbenen, men hon kände sig aldrig bekväm när hon försökte. Tyckte inte att ansiktet hängde ihop med resten av kroppen. Hon såg okej ut, det visste hon, men hon gillade inte att synas.

Inte på det där sättet som Lussan i alla fall.

De skulle träffas hos Lussan för en drink innan de gick ut och Agnes tog tunnelbanan till Fridhemsplan. Hon gick de få metrarna till porten på Sankt Eriksgatan.

Lussan öppnade med en drink i handen. Hon visslade till när hon fick syn på Agnes.

”Hallå där, snygging!” sa hon glatt. När Agnes fått av sig duffeln tittade Lussan kritiskt på henne och skakade på huvudet. ”Du är jättefint klädd, Agnes…” sa hon med en rynka mellan ögonbrynen, ”… för en dag på jobbet. Vill du inte låna en kjol? Eller en topp kanske, jag har massor!”

”Nej, tack.” Agnes suckade. Visserligen kände hon sig lite blek i jämförelse med Lussan som definitivt klätt sig för fest med kort kjol, urringat linne under skinnkavaj, mönstrade strumpor och mycket rött läppstift, men så fick det vara. De hade uppenbarligen olika mål med kvällen. Agnes fick ett glas och hostade till när hon tog den första klunken.

”Försöker du fylla mig redan innan vi kommit ut?” Lussan låtsades se sårad ut.

”Gillar du inte min gin, så visst, var konventionell du bara. Det finns tonic i kylen.” Agnes gick ut i köket och fyllde upp glaset till kanten med läsk. Lussan for runt i den stökiga lägenheten och bättrade på makeupen, satte på sig örhängen, tog av sig örhängen, fyllde på sin drink, provade stövlar och pratade oupphörligen. Ratade kläder låg i högar runt om på stolar och golv och röran i badrummet var nästan ogenomtränglig. Lika noga som Lussan var med sitt utseende, lika ointresserad var hon av sitt hem.

De skulle börja på en nyöppnad bar i Gamla stan, meddelade Lussan. Sedan tänkte hon att de kunde dra vidare till någon av klubbarna nere i city. Var det okej? Agnes nickade. Tanken på te och ostbågar hemma i soffan kändes alltmer avlägsen.

Till slut var de färdiga att ge sig av. Klockan hade hunnit bli nästan halv tio och de tog en taxi ner till Gamla stan. Lussan betalade. "I kväll är det jag som pröjsar", insisterade hon. Hon tystade Agnes protester. "Jag tjänar pengar, mycket dessutom. Du är arbetslös. Det är inget att snacka om!"

Så fort de klev in i den rökiga lokalen sjönk Agnes mod. Det var fullt med folk som trängdes, pratade högt och skrattade. Alla verkade veta vad de gjorde där. Agnes kände sig som en alien. Nästan som en reflex sökte hon igenom baren med blicken för att se som hon kunde hitta Tobias någonstans. Men han var inte där. Han skulle inte vara där. Hon var ute på egen hand. Singel, fågelfri. Och ensam, ensam, ensam.

Lussan tog tag i hennes arm. "Se så, det kommer att gå bra det här." Hon log mot Agnes. "Övning ger färdighet. Kom så går vi och köper oss en drink. Vad vill du ha?"

"En cosmopolitan."

"Ska bli." Lussan försvann iväg och Agnes stod lite tafatt kvar strax innanför dörren. Så tog hon av sig duffeln och hängde in den i garderoben. Nu när hon ändå var här, kunde hon lika gärna göra det bästa av det. Hon försökte le mot några killar som trängde sig förbi henne på väg till toaletten. De såg henne inte. Så dök Lussan upp igen med ett glas i vardera handen. "Kom, här kan vi ju inte stå." Hon banade väg åt dem så att de kom att stå mitt i lokalen. Agnes såg sig om. Det var fint därinne, men lite nittiotalskalt. Bortsett från blombuketterna i fönstret som stod kvar sedan invigningen fanns inga utsmyckningar alls. Väggarna var vita. Inga tavlor, inga färgaccenter. Små ljusspotar var inbyggda i taket. Baren och barstolarna var helt i trä, rena, enkla. Väl enkla, i Agnes smak. Hon hade svårt för den skandinaviska minimalismen. Den kändes så ängslig, som om allt personligt vore bannlyst. Men publiken i lokalen verkade trivas och Lussan såg definitivt ut att ha hamnat på rätt ställe. Här vimlade av killar i kostym, trots att det var lördag och inte after-work. Lussan lutade sig fram emot henne.

"Har du sett killen i kritstrecksrandigt?" viskade hon med en diskret nick mot ett av fönsterborden. Agnes vände på huvudet.

En svart kille med rakat huvud och nonchalant uppknäppt skjorta under kavajen satt och skrattade i en mobiltelefon så att tänderna lyste i halvdunklet. Hon nickade tillbaka.

”Snygg.”

”Och upptagen”, suckade Lussan när killens sällskap kom trippande tillbaka på röda stilettklackar med en skål jordnötter i handen. ”Synd.” De tittade sig omkring en stund till. ”Han där, då”, nickade Lussan. ”Han är väl i din smak?” Agnes följde Lussans blick och fick syn på en kille i baren. Han stod ensam och försökte beställa. Utan större framgång, såg det ut som.

”Svårt att säga, jag ser bara ryggen.” Just då vände han sig om. För ett ögonblick fick Agnes för sig att hon hade sett honom förut. Det fanns något bekant över honom. Han var mörk, inte på ett svenskt sätt. Mer sydeuropeiskt. Mörka, raka ögonbryn, lite rufsigt hår, för långt för att kallas välklippt. Han hade säckiga byxor med stora fickor på sidorna och en röd skjorta med uppkavlade ärmar löst hängande utanpå. Jo, hon hade nog haft rätt Lussan, hennes typ. Helt klart.

”Pojkar”, flinade Lussan. ”När ska du lära dig att uppskatta män?”

”Vad är definitionen? Kostym?”

”Och välfyllt bankkort. Vill du ha en likadan till?”

”Jag är inte färdig med den här.”

”Det hinner du nog bli innan jag är tillbaka.” Lussan stegade iväg mot baren igen. Hon syntes i folkmängden trots att hon inte var så lång, inte ens med de högklackade stövlarna. Agnes tittade lite försiktig bort mot killen. Hon blev förvirrad när hon mötte hans blick. Han log. Agnes tittade bort. Hjärtat dunkade. Hon ville gå hem. Och titta på Gifta på låtsas på TV3. Och dricka te och äta ostbågar. Lussan kom tillbaka just när Agnes bestämt sig för att det fick vara nog med uteliv nu. Det var nog bäst att vänja sig i små steg. Nästa gång kanske hon kunde stanna en hel timme.

”Vad är det med dig? Varför ser du så konstig ut?” Lussan tryckte ett nytt glas i hennes hand.

Agnes drack hastigt upp de sista dropparna ur det gamla och ställde ifrån sig det tomma glaset på ett bord. ”Jag ska nog gå hem nu.”

”Du ska *vad*?”

”Gå hem.”

”Du ska *inte* gå hem. Så, ta det lugnt nu, Agnes. Nu dricker vi våra drinkar och står här och talar med varandra. Svårare än så är det inte. Skål.” Lussan höjde glaset och log samtidigt mot någon bakom Agnes rygg. Agnes tog några klunkar till och lugnade sig sakta igen. Hon började känna sig berusad. Det fick vara stopp efter den här. Hon ville inte bli full. Lussan pratade på om jobbet, om priset per kvadratmeter i Birkastan och om lägenheter med pizzeriavalv och parkettgolv i plast. Agnes försökte ha roligt. När Lussan gick och köpte sig en tredje drink stod hon över, men stannade i alla fall kvar för att göra Lussan sällskap.

Plötsligt hörde hon en röst bredvid sig. Killen med den röda skjortan stod alldeles intill henne. Han var lite kortare än hon, hans röst mjuk och aningens hes.

”Hej, har inte jag sett dig förut någonstans?”

”Jag vet inte.” Agnes tvekade. ”Men jag känner igen dig också.”

”Paolo, heter jag.” Han sträckte fram handen.

”Agnes.” De tittade på varandra någon sekund utan att säga något mer, så började Paolo le.

”Nu minns jag, Agnes … Pers Persilja, eller hur? På Vegagatan. Du började precis när jag skulle sluta.”

”Pers Persilja …” Agnes log tillbaka. Så det var så det var, de hade jobbat ihop. Hon i servisen, han i köket. Det var därför hon hade känt igen honom. Det var därför han hade tittat på henne. ”Just det, tre fyra år sedan, eller hur?”

”Fyra, tror jag. Det var precis innan jag stack till Peru. Jag tror bara vi jobbade samtidigt där en eller två dagar.”

”Så var det nog, ja.” Det blev tyst ett ögonblick. Agnes slängde en blick bort mot baren. Lussan hade börjat prata med en man i glasögon och slips. Och kostym. Hon skrattade och drog handen genom det korta, mörka håret. Försökte hon vara taktisk med tanke på Agnes sällskap, eller var det bara en slump? Förmodligen det första. Det brukade vara så med Lussan. ”Så ...” Agnes tittade tillbaka på Paolo. ”Hur var det i Peru, då?”

”Jo då, bra.” Han log. ”Det var ett tag sedan jag kom tillbaka nu. Jag har faktiskt varit hemma och vänt kan man säga.”

”Jaså?” Innan hon hann säga något mer, gled Lussan förbi och bytte ut hennes tomma glas mot ett nytt, inte en cosmopolitan den här gången, något genomskinligt med lime. Agnes försökte protestera, men Lussan hade redan försvunnit tillbaka mot baren och den väntande mannen i kostym. Paolo skrattade åt manövern.

”Vilken service.”

”Ja, jag har försökt säga stopp, men jag tror hon tycker att jag behöver det.”

Paolo höjde på ögonbrynet. ”Varför det, om man får fråga?”

”Ja, det ... det gör detsamma. Du sa något om att du varit hemma och vänt.”

”Ja, just det. Jag har varit nere på Sicilien och jobbat på min farbrors restaurang.”

”Är du från Italien?”

”Nej, inte jag, men min pappa. Jag är född här, men jag har varit mycket hos släkten i Italien. Min farbror har en fiskrestaurang i Palermo. Jag har varit där och jobbat i ett drygt år. Jag kom hem strax före nyår.”

”Varför det? Varför kom du hem, menar jag?”

”Det var jättekul att jobba där ett tag och jag har lärt mig massor, men jag vill inte bo där. Hur trevligt det än är. Vädret, maten, den slappa stämningen. Jag gillar det verkligen. Men, det är här jag hör hemma.” Han tittade ut genom rutan mot den smala, lilla gränden. ”Med snöslask och falukorv!” Han skrattade igen. Han verkade ha lätt för det. Att skratta. ”Du då?” Agnes suckade. Hon hade ingen lust att berätta.

”Jag harvar på”, sa hon bara. ”Berätta mer om Sicilien istället”, la hon snabbt till för att skyla över sin egen ovilja att prata. Paolo verkade inte ha någonting emot det. Han var rolig och berättelserna från farbror Sergios fiskrestaurang var mycket underhållande. De pratade om andra jobb de haft, skvallrade lite om några avlägset gemensamma bekanta. Agnes berättade om Gullans kök och de jämförde hur det var att slava för släkten.

När Lussan dök upp igen och frågade om Agnes ville följa med ner på stan, tackade hon nej. Och på samma naturliga sätt tackade hon ja när Paolo frågade om hon ville hänga med hem och äta uppmikrad gnocchi han gjort själv. Efteråt kunde hon inte riktigt förklara varför. Visst, han var charmig och söt, till och med hennes typ som Lussan påpekat, men det var inte därför hon sa ja. Snarare för att hon kände sig trygg. För att hon på något sätt tyckte sig känna honom. För att de jobbat på samma restaurang, för att de jobbat i kök sedan de gick i skolan. För att han var snäll och skrattade mycket. Det fanns tusen skäl. Och säkert ännu fler att säga nej, det var bara det att hon inte kom på dem just då.

När hon två timmar senare låg blick stilla och stirrade upp i det främmande taket kom hon på dem. Vartenda ett.

Paolo andades tungt bredvid henne. Hon var säker på att han hade somnat. Han hade ryckt till några gånger av muskler som slappnade av. Andningen var djup och regelbunden.

Försiktigt smög hon sig upp ur sängen och plockade åt sig kläderna som låg utspridda på golvet. Hon vågade knappt andas när hon så ljudlöst hon kunde tog sig ut i hallen och hastigt klädde på sig. Försiktigt, försiktigt tog hon tag om dörrvredet och vred om tills det knäppte till. Hon skyndade sig att öppna dörren. Den gick igen bakom henne med ett klick och hon sprang så fort hon kunde nerför trapporna och ut på gatan.

Det hade börjat regna och snön klafsade om hennes fötter när hon till slut lyckades stoppa en taxi. Hon darrade i hela kroppen. Munnen smakade av gammal sprit och främmande kyssar.

När hon kom in i lägenheten stod hon bara där en lång stund i hallen och försökte samla sig. Lussan hade sagt att det var så här hon skulle få Tobias ur systemet. Hon hade fel. Aldrig hade Tobias varit så närvarande. Aldrig hade hon saknat honom så mycket.

På måndagen satte hon sig beslutsamt ner vid köksbordet med en DN, telefonen och en penna. Hon hade ringat in tre annonser hon kunde ringa på. Två som servitris, en som hovmästare. Dessutom hade hon lagt fram lappen med annonsen från Stavros taverna. Hon började med en restaurang som hette Papyrus, den låg på Rörstrandsgatan och det lovade gott. Rörstrandsgatan borgade för en viss kvalitet, de värsta krogarna hade knappast råd att etablera sig där.

En kvinna svarade och sa att visserligen var tjänsten inte tillsatt ännu, men de hade slutat söka. Sedan annonsen publicerades på nätet förra veckan hade de fått in över fyrahundra ansökningar. De hade inte ens hunnit gå igenom en tiondel. Så tackade hon för samtalet och la på.

Så där hade det inte låtit för några år sedan, tänkte Agnes medan hon kryssade över annonsen i tidningen. När hon kom till Stockholm hade det funnits hur mycket jobb som helst. Trots att hon inte hade någon restaurangutbildning, bara meriterna från Gullans kök, hade det inte varit några problem att hitta arbete som servitris. Faktum var att hon fått den första tjänst hon sökte, på en lunchservering på Kungsholmen. Hade någon då sagt åt henne att hon skulle vara kvar i restaurangbranschen nästan tio år senare, skulle hon förmodligen ha skrattat. Servitrisjobbet var ju bara tillfälligt, ett sätt att försörja sig medan hon lärde känna Stockholm och funderade på vad hon skulle göra sedan. Men åren hade gått. Och var hon ärlig fick hon ju faktiskt lov att erkänna att hon trivdes.

Hon gillade hetsen, gästerna, maten och alla konstiga människor man jobbade med. Men när hon berättade för bekanta vad hon gjorde undrade de alltid förr eller senare vad hon skulle göra sedan, efteråt. Vad hon hade för planer egentligen? Det var just de frågorna som tvingat ut henne till universitetet och en tjugopoängskurs i engelska, men efter ett halvår där var hennes självförtroende totalt tillplattat. Hon trodde hon var bra på språk men lärarna bara gnällde på hennes amerikanska uttal och tvingade henne att läsa böcker hon inte ens skulle ha orkat sig igenom på svenska. Efter ett halvår återvände hon till den trygga restaurangvärlden. Den bjöd visserligen inte på några större utmaningar, men där kände hon sig i alla fall hemma. Kanske ville hon inte syssla med det här resten av livet, men ett tag till. Om hon nu fick något jobb den här gången. Fyrahundra sökande per tjänst var kanske lite extremt, men hon var ändå inte förvånad. Det var inte goda tider längre.

Agnes tittade på sina resterande alternativ. Hon valde hovmästarjobbet. Det var en fin restaurang, en av de få som inte ägdes av Gérard. Hon svalde en nervös klump i halsen innan hon slog numret. Tjejen som svarade kopplade henne vidare till chefen. Han lyssnade artigt när hon presenterade sig. Så undrade han hur mycket erfarenhet som hovmästare hon hade. Trots att Agnes försökt förbereda sig på frågan visste hon inte vad hon skulle svara. Ljuga och säga ingen? Då skulle hon garanterat avfärdas som ointressant. Eller säga som det var, att hon jobbat ett drygt halvår på Le bateau bleu? Hon behövde ju inte säga något om varför hon slutat, om han inte frågade det vill säga. Hon valde det senare alternativet och hon verkade ha tur för han ställde inga frågor. Däremot var anledningen till det kanske inte så lyckad.

”Jaså, Le bateau bleu, det låter ju bra. Men då kan jag ju slå Gérard en signal och be om referenser. Det är en gammal bekant till mig, vi brukar hjälpas åt så gott det går. Personliga referenser är alltid det bästa! Det finns ju så mycket opålitligt folk i branschen. Inte sådana man vill ha i sin stab, om du förstår vad jag menar.” Han skrattade nöjt. ”Vad var det du hette, sa du?” Agnes lämnade sitt namn och telefonnummer. Helt i onödan. Hon skulle aldrig få jobbet, så mycket förstod hon. Så tackade hon för sig och la på.

Två samtal kvar. Det ena till Stavros taverna, det andra till en pastarestaurang i Skärholmen. Hon ville inte ringa någon av dem. Det var inte sådana ställen hon ville jobba på. Hon hade kommit förbi det, hon ville inte slava som servitris på någon halvdan krog utan ambitioner i förorten. Men jobba måste hon. Kassan sinade snabbt. Suckande slog hon numret till Stavros taverna. Samtalet gick snabbt. Jobbet var tillsatt. Åh, dumma, dumma Agnes! Varför hade hon väntat så länge, hon hade ju haft annonsen i flera dagar.

Återstod bara Pastakungen i Skärholmen. Mannen som svarade lät jäktad, det började närma sig lunch, det borde hon ha tänkt på. Han frågade om hon kunde komma på intervju senare på dagen, vid tretiden brukade det vara lugnt. Visst. Hon skulle fråga efter Micke.

Även om Pastakungen inte var hennes förstahandsval, eller ens fanns med på listan över tänkbara arbetsplatser om hon skulle vara ärlig, så gladde hon sig åt intervjun. Hon hade inte råd att vara arbetslös längre, inte att vara kräsen heller. Hon behövde komma igång igen, komma på fötter. Med lite tur kunde hennes problem vara lösta redan i dag.

Hon hade alltid jobbat, bortsett från ett år som au pair och en termins misslyckade försök att plugga. De här veckorna av arbetslöshet hade inte heller gett mersmak. Hon trivdes inte med sysslolösheten, visste inte vad hon skulle ta sig för. Det var en sak att vara ledig, långledig en helg, eller på semester, men att driva omkring i brist på något att göra var bara plågsamt.

Det var en av de saker som skiljde henne och Tobias åt. Han hade inga problem med sysslolöshet. Ibland när hon kom hem kunde hon möta Tobias halvklädd i soffan med gitarren, helt obekymrad om att lägenheten såg ut som skit och att han inte ens plockat undan efter frukosten trots att det var sen kväll. Då kunde hon bli irriterad och skälla på honom. Antingen så gullade han med henne då tills hon gav upp eller så slutade det med att han blev sur och gick hemifrån. Ibland kunde han vara borta i flera dagar. Hur som helst blev resultatet i alla fall alltid detsamma. Det var hon som städade. Det var det nu också. Så vad hade hon bråkat om, egentligen? Nuförtiden var alltid den lilla tvåan välstädad, diskbänken glänste, soffkuddarna var uppuffade, men inte var det trivsammare för det. Bara renare.

Halv tre tog hon tunnelbanan ut mot Skärholmen. Restaurangen låg inne i det inglasade centret. Lokalen var ganska mörk, det fanns inga fönster, utom de som målats direkt på väggen med utsikt mot hav och blånande berg. Till vänster om entrén var en liten ”uteservering”. På borden låg rödrutiga dukar och bredvid de obligatoriska salt- och pepparkaren stod ljus nerstoppade i flaskor täckta med tjocka klumpar av stearin. De verkade ha inrett med Lady och Lufsen som förebild. Kocken, som hon fick en skymt av genom köksdörren, hade till och med en sådan där fånig kockmössa.

En kille i skinnjacka stod vid kassapparaten. Agnes gick fram och presenterade sig. Killen, som visade sig vara Micke, bad henne vänta vid ett av borden medan han gjorde färdigt det han höll på med. Det luktade gammal askkopp om den bruna heltäckningsmattan. Duken hade små brännhål och den mörka bordsskivan under lyste igenom. I en hörna av lokalen satt två slitna farbröder och drack öl. Micke kom fram till bordet och ursäktade sig. Han såg ut att vara drygt fyrtio, hade ring i örat och bakåtkammat, lite flottigt hår med en utväxt blondering i topparna. Han tittade granskande på henne medan han satte sig.

”Jaha, när kan du börja?” var det första han sa. Agnes släppte ner locket till väskan, hon hade precis varit på väg att plocka fram sina betyg.

”Ja, jag skulle väl i princip kunna börja i morgon.”

”Bra. Vi har lunchservering mellan elva och två och sedan börjar kvällen vid fem–sex. Köket har öppet till tio. Vi stänger elva. Jag är för det mesta här, men jag har en restaurang i Farsta också, så ibland är jag där.” Agnes nickade.

”Har ni många middagsgäster?”

”Inte sådana som käkar. Det blir mest öl på kvällarna.” Agnes sneglade bort mot gubbarna i hörnan. Hon kunde tänka sig precis vilken sorts gäster som dominerade.

”Har ni rullande schema eller, mellan luncher och kvällar?”

”Nej. Du jobbar halv elva till halv tre och sedan sex till halv elva. Ledig lördag förmiddag, måndag kväll och hela söndagen.”

”Och så är man ledig mellan halv tre och sex, då?” Agnes tittade frågande på Micke. Hon var van vid dåliga scheman, det var inte det, men det här verkade vara sällsynt uselt.

”Ja. Är det något problem? De flesta som jobbar här bor ju i närheten.”

”Nej, nej, det går nog bra ...” Det skulle ta en halvtimme att ta sig hem och en halvtimme att ta sig tillbaka igen. Hon skulle få två timmars resväg per dag för att ta sig mellan Aspudden och Skärholmen.

”Annars är det inget särskilt. På lunchen handlar det ju mest om att stå i kassan. Kunderna hämtar maten i luckan där.” Han pekade bort mot en serveringslucka bredvid kassan. ”Ja, och så diskplockning, förstås. Och så får du se till att det finns bestick i lådorna, servetter, salt och peppar och så. Och hälla upp dryck. Det brukar bli en hel del öl på luncherna också.” Agnes nickade.

Hon kunde tro det. ”På kvällarna har vi bordsservering. Vi brukar ha två specialare, en pasta och en husman.”

”Ingen à la carte?”

”Nej, vi har lagt ner det. Folk vill ändå bara ha det billigaste.” Han tystnade och tittade på henne, uppifrån och ner. ”Det brukar inte bli några stora summor i dricks, men det är klart, det är ju upp till dig själv också. En bra servitris vet ju hur det där funkar.” Han blinkade med ena ögat. ”Nå, vad säger du, är du intresserad?”

”Absolut.” Agnes ljög. Att jobba på Pastakungen hade ingenting med intresse att göra. ”Och lönen?”

”Ja, just det...” Micke skruvade på sig. ”Det kan vi ju lägga upp på lite olika sätt det där...” Agnes förstod vad som skulle komma, det var inte första gången hon blev erbjuden svart lön. Hon gillade det inte. Visst, när hon var yngre hade det varit häftigt, pengarna rätt ner i fickan. Men nu, hon hade väl blivit gammal, men hon tyckte inte det var helt oviktigt med sjukförsäkring och pensionspoäng. Micke verkade ha upptäckt hennes motvilja för han ändrade sig snabbt. ”Ja, vi behöver ju inte köra allt svart, vi kan ju säga fifty-fifty. Vad säger du om det? Men då blir det inget ob förstås.

”Det skulle det bli om jag tog allt svart, menar du?”

”Ja, då skulle jag kunna lägga på en tusenlapp i månaden.” Han lutade sig bakåt och log. Han kände sig uppenbarligen generös. Agnes såg hur en guldtand glimmade till i överkäken.

”Jag tror nog ändå jag föredrar att ta så mycket som möjligt vitt”, sa hon nervöst. Det var jobbigt att prata pengar. Micke såg sur ut.

”Visst, det är upp till dig. Tio och fem i månaden är det som gäller i så fall. Plus dricks, då.” Agnes nickade. Det var inte mycket, men det skulle i alla fall täcka kostnaderna för lägenheten. Äta fick hon väl göra på jobbet.

”Och så drar vi femhundra spänn i månaden för personalkäk”, la Micke till, som om han läst hennes tankar. Agnes tvekade.

”Och om jag skulle ta en liten del svart?”

”Då kan vi säga sju på papper och tre i handen.”

Agnes gjorde ett snabbt överslag. Det blev några hundralappar mer på det sättet, men det var en dålig förhandling för hennes del. Hon skruvade på sig. Hon blev obehaglig till mods av att prata pengar. Framför allt svarta. ”Okej”, sa hon till sist. Hellre avsluta här och ta upp det igen om en månad eller så.

De reste sig upp och Micke visade Agnes runt i lokalen. Hon hälsade på kocken i den löjliga mössan. Han verkade inte kunna någon svenska, men log vänligt där han stod och skalade lök. Förutom köket var det inte mycket att se. En liten personaltoalett där man kunde byta om, och ett kontor där en dator stod och surrade.

Så sa de adjö och Micke önskade henne välkommen tillbaka dagen efter. Precis när hon skulle gå, undrade han om hon inte kunde tänka sig att börja redan samma kväll. Agnes svamlade ihop en ursäkt om att hon var upptagen. Micke såg sur ut, men så fick det bli. Hon behövde en kväll för att samla sig. Och, uppriktigt sagt, hade hon inte så bråttom att börja på Pastakungen.

Agnes klev inte av vid Aspudden. Hon tänkte passa på att åka in till arbetsförmedlingen. Anmäla att hon fått jobb. Det var lika bra att ha det gjort.

Inne på arbetsförmedlingen var det fullt med folk. Agnes tog en kölapp, det var tjugo nummer före henne. Hon konstaterade att det skulle bli en lång väntan och ångrade nästan att hon åkt dit, det hade varit enklare att ringa. Fast å andra sidan, man visste inte. Telefonköerna till sådana här ställen kunde vara oändliga. Och att sitta en timme med en elektronisk upplaga av Bridge over troubled water i örat var inte heller något vidare.

Hon gick bort till anslagstavlan i ena ändan av den avlånga lokalen. Där hängde information från olika fackförbund och högskolor. Om man skulle tro anslagen var utbildning vägen till ett jobb och facksanlutning sättet att bli kvar där. Det kanske låg något i det. Det fanns gånger då Agnes ångrade att hon så snabbt gett upp sitt försök att plugga. Att hon inte satsat på en riktig utbildning istället för att hoppa runt i restaurangbranschen. Men ju äldre hon blev desto fånigare kändes det att sätta sig i skolbänken igen. Hon fick satsa på att göra karriär där hon var istället.

Från Le bateau bleu till Pastakungen, det såg inte ut att gå åt rätt håll.

Egentligen drömde hon om att öppna eget någon gång. En egen krog. Det var inte mycket hon inte kunde om hur det var att driva en egen restaurang. Ja, det var det där med ekonomin, då. Men sådant kunde man väl läsa in på någon kvällskurs.

Ibland låg hon och fantiserade på kvällarna om att hitta den perfekta lokalen och sätta igång. Nätter när hon varit alltför uppskruvad efter jobbet för att somna, hade hon planerat hela menyer och inrett lokalen med allt från rå betong till draperad sammet. Hon brukade inte berätta om det för någon. Det verkade så förutsägbart, alla i restaurangbranschen drömde om att öppna eget. Mycket snack var det. Hon ville inte bli en i mängden som tjatade om ”egna projekt” som aldrig blev av. Dessutom var det ekonomiskt helt orealistiskt. Pengarna hon sparat under de goda åren hade gått åt till att köpa lägenheten hon nu bodde i. Hon hade rensat kontot fullständigt och om inte Pastakungen gav bättre utdelning i dricks än vad ägaren förespeglat, så skulle det dröja mycket länge innan hon skrapat ihop något nytt kapital.

”Agnes?” Hon vände sig om. Först kände hon inte igen mannen som stod där. Han hade välkammat, kortklippt hår, oljerock över kostymen och prydligt knuten slips. Så log han och Agnes flinade till.

”Kalle! Jag kände inte igen dig. Vad … prydlig du ser ut!” Hon gav honom en kram.

”Ja, det är nästan så att jag är beredd att be om ursäkt, men det ska man väl inte behöva göra nu när man äntligen har stramat upp sig lite grann.”

”Absolut inte, du är jättefin!” Hon tittade sig lite sökande omkring, som om hon just kommit ihåg var de befann sig. ”Vad gör du här? Är du också … jag menar, är du arbetslös?”

”Nej, tvärtom faktiskt. Jag tänkte att en arbetsförmedling inte bara förmedlade arbeten utan också arbetskraft. Men det kanske var fel tänkt?”

”Säkert inte.”

”Du då, hur är det med dig. Hur trivs du på Le bateau bleu?” Agnes tittade ner i golvet. Kalle blev förvirrad. ”Visst var det väl där du skulle börja?”

”Jo. Men, det …” Hon tvekade. Äh, vad fan, för Kalle kunde hon väl berätta. ”Det gick inget vidare. Jag fick sparken.”

”Det menar du inte! Vad hände?” Agnes drog en kort resumé av händelsen i källaren. Kalle såg chockerad ut. ”En Château Pétrus 1990, det var som fasiken …” Han tystnade ett ögonblick. ”Ja, vad ska jag säga, vad synd att han inte hade flera, så hade du kunnat drämma en i huvudet på monsieur Cabrol också. Och en mellan benen. Kalle skakade på huvudet. ”Jag hoppas verkligen inte att du tog det där personligt, jag menar du kände ju till hans rykte.”

”Ja, i och för sig men …” Agnes tystnade. Visst hade hon känt till Gérards rykte, men att hon skulle bli ett av hans offer hade liksom inte funnits med på kartan. Hade han velat ha en sex-kitten hade han väl knappast anställt plankan Edin? Det var inte så att hon helt saknade charm, men inte trodde hon väl att den skulle verka på någon som aldrig höjde blicken ovanför en kvinnas urringning. Hon hade blivit uppriktigt förvånad när han började uppvakta henne, men inte förrän den där kvällen i vinkällaren hade hon förstått fullt ut vart det hela syftade åt.

Kalle strök henne över armen. ”När hände det här?”

”En månad sedan ungefär.”

”Stackare, det måste ha varit hemskt.”

”Ja.” Agnes fick nästan tårar i ögonen. Det hade varit hemskt, hon kunde fortfarande drömma mardrömmar om det.

”Har du inte funderat på att anmäla honom?”

”Absolut inte!” Agnes tittade förskräckt upp. Hon blinkade bort tårarna. ”Det är ju över nu. Vad skulle det tjäna till? Snälla, kan vi inte sluta prata om det här.”

”Jo, visst …” Kalle såg tveksam ut och Agnes skyndade sig att byta ämne.

”Jag har precis fått ett nytt jobb. Jag är här för att anmäla det.”

”Jaha, vad bra. Gratulerar.” Det syntes att Kalle inte var nöjd med svaret.

”Och du då, är du kvar på Picnic?”

”Nej.” Kalle lyste upp. ”Jag slutade för en månad sedan. Jag ska öppna eget!”

”Eget? Vad kul!”

”Ja, jag har precis varit på banken och skrivit på sista papperet.”

”Jaså, det förklarar den städade fasaden … Gick det bra?”

”Jo då, ibland får till och med jag lov att erkänna att det inte är så tokigt att heta Reuterswärd.”

”Att du inte gick direkt till din pappa?”

”Nej du, det har jag inte gjort sedan jag var sjutton. Så desperat blir jag aldrig att jag tigger pengar av honom.” Han skrattade.

”Men, berätta mer! Vad är det för ställe du ska öppna?”

”Det är … men du, förresten, har du inte tid att ta en fika istället. Det här är ju bara jättedeprimerande.” Han pekade omkring sig. Agnes kunde bara hålla med.

”Jovisst!” Det var fortfarande fjorton nummer före henne. Hon kunde ringa istället. ”Men du då, hade inte du något ärende?”

”Jo, men det ordnar sig. De har väl någon tjänst på nätet, jag får ändå rysningar av att vara härinne.”

De gick tvärsöver gatan och in på ett litet café. Kaffelatte hade de inte och bryggkaffet serverades i porslinskoppar. De slog sig ner vid ett litet bord med varsin kopp.

”Jo, det är en lång historia med den här restaurangen.” Kalle la i en sockerbit och rörde om. ”Kommer du ihåg Steffe, Stefan Hedberg?”

”Tennisspelaren?”

”Nej!” Kalle skrattade. ”Stefan *Hedberg*. Inte Edberg. Han var kock hos oss på Picnic ett tag. Ni måste ha jobbat ihop ett par veckor i alla fall innan du slutade.”

”Ja ja, Stefan, det är klart jag kommer ihåg honom. Den rödhårige.”

”Precis. Hur som helst, så hade vi bestämt sedan länge att vi skulle öppna något ihop. Så när vi hittade den här lokalen på Skånegatan bestämde vi oss för att slå till, det var för fyra månader sedan ungefär. Strax efter att du hade slutat. Sedan höll vi på som fan med finansiering och pappersarbete och allt det där och när allt äntligen var klart så bestämmer han sig plötsligt för att dra sig ur.”

”Nähä!”

”Jo, han fick kalla fötter, tyckte det var läskigt med lånen och så. Så när han fick ett erbjudande från en gammal kollega att komma ner till västkusten och börja som kökschef på en kändiskrog i Tylösand så tackade han ja.”

”Vad ruttet!”

”Det var väl ungefär så jag också tyckte. Det har tagit världens kraft, och ett schyst efternamn, för att övertyga banken om att jag skulle få lånen i alla fall. Det var det som blev klart i dag.”

”Grattis.”

”Tack. Men all planering har gått åt helvete. Inte nog med att Steffe stack och jag måste hitta en ny kock, han tog dessutom med sig sin tjej som skulle ha jobbat med oss. Allt jag har nu är en lokal och en väldig massa idéer. Man kan få magsår för mindre. Lokalen tickar pengar, så jag måste försöka öppna så snart som möjligt.”

”Men om du inte ens har någon kock…”

”Ja, jag vet, men det ser faktiskt inte helt mörkt ut. Jag har en hel del trådar som jag ska börja dra i. Dels några tips jag har fått, och dels några före detta kollegor som jag ska fråga. Jag har ju tack och lov ett ganska stort kontaktnät, det är en fördel med att ha varit så länge i branschen." Agnes nickade instämmande. Det var så det ofta fungerade. "Servispersonal tänkte jag försöka annonsera efter, det var det jag skulle göra på arbetsförmedlingen." Han tystnade och tittade klurigt på Agnes. "Jag kan inte locka över dig?" Agnes tog en klunk kaffe. Kalle släppte henne med blicken. "Nej, det är klart jag inte kan, vad dum jag är. Du har ju precis fått jobb. Var då, förresten?" Agnes suckade.

"Du kommer inte att tro det."

"Är det så illa?"

"Värre."

"Puben på centralstationen?"

Agnes skrattade till. "I samma division." Hon berättade om Pastakungen och intervjun med ägaren tidigare på dagen.

"Men snälla du, inte behöver du ta ett sådant skitjobb! Du som är så duktig."

"Jag befinner mig i karantän just nu, glöm inte det. Gérard har satt onda ögat på mig."

"Det går över. Restaurangbranschen är hård, men glömsk. Om ett halvår är du tillbaka på banan igen. Med fina referenser från Pastakungen i Skärholmen dessutom." Kalle skrattade till.

"Håna på du bara ..."

"Förlåt, det var inte meningen. Jag tycker bara det är så orimligt. Snälla, kan jag inte få be dig att i alla fall överväga att komma och jobba hos mig? Jag skulle verkligen vilja det."

"Ja ..." Tanken var lockande. Hon gillade Kalle. Tiden på Picnic med Kalle som köksmästare hade varit ett av hennes roligaste jobb. Det var ett bra erbjudande, men alldeles för osäkert. Hon behövde ett jobb nu. Pengarna var slut och lånen skulle betalas. "När tror du att du kommer igång?"

"Så snart det bara går, men en månad tar det nog. Lokalen är inte färdig än, även om det mesta är gjort redan. Åtminstone de stora grejerna – det behövdes ett nytt fläktsystem och det var fuktskador i köket. Det är redan fixat, men själva matsalen är kvar. Och så, som sagt, personal ..." Han tittade vädjande på henne. ”Snälla … Det kommer inte att finnas någon speciell hovmästartjänst, restaurangen är för liten, men jag kan lova dig ansvaret för matsalen. Du kan vara med och planera menyn också. Du var rätt bra på det om jag inte minns fel?”

Agnes blev lite generad. Det hade aldrig ingått i hennes jobb att planera matsedlar, det var kökschefen och kockarnas uppgift, men ibland kunde hon inte låta bli att tipsa om olika rätter. Hon var intresserad av mat, lagade ofta själv och experimenterade gärna. Ibland med riktigt lyckat resultat. Ibland något mindre lyckat. Det hade faktiskt hänt flera gånger att hennes kompositioner, plus eller minus några ingredienser, hade hamnat på menyerna. Hon hade till och med funderat på att bli kock ett tag, men arbetet i köket var så slitigt och tungt att hon avstått. Erbjudandet Kalle kom med var frestande.

”Ja …” sa hon sakta igen.

”Du behöver inte bestämma dig nu. Kom ner till lokalen i morgon, vet jag, och kolla.”

”Jag börjar på det nya jobbet i morgon …”

”Men kom i helgen, då. Jag är där nästan dygnet runt nu, för att försöka få klart. Slå en signal innan bara.” Agnes nickade.

”Okej.”

”Jag måste sticka nu, jag ska träffa en av hantverkarna där om en liten stund.” Han tog upp en papperslapp och skrev ner ett nummer till en mobiltelefon och så adressen på Skånegatan. Sedan kramade han om henne och utanför lokalen sa de hej då. Innan han vände sig om för att skynda bort i det gråa eftermiddagsdiset tog han hennes hand.

”På återseende, eller hur?” Han tittade forskande på henne med ett litet leende.

”Visst”, svarade hon till sist. Det kunde ju inte skada att titta på lokalen i alla fall.

Första veckan hos Pastakungen blev precis som Agnes föreställt sig. På luncherna stod hon i kassan och sålde överkokt pasta med mjöliga såser till kontorsfolk som kompenserade den stabbiga maten med stora lass av oljig vitkålssallad från buffén. På kvällarna serverade hon öl och resterna av den överkokta pastan från lunchen, nu omdöpt till "Kvällens special". Hon jobbade tillsammans med en ung tjej, Rosita, som alltid drog in merparten av den futtiga dricks klientelet erbjöd. Det kan ha berott på att hon var snabbare, vänligare och duktigare. Det kan också ha berott på att hon hade hälften så kort kjol som Agnes. Och dubbelt så höga klackar. Det var väl det Micke hade menat med att "en bra servitris vet hur det där funkar".

Hon bet ihop. Pastakungen var inte vad hon drömt om, men det var trots allt ett jobb. I hennes situation kunde hon inte kosta på sig att vara kräsen. Hon tänkte på Kalle och hans restaurang ibland. Det hade varit roligt att få vara med, men det var för osäkert. Den hade ju inte ens öppnat ännu. Om han över huvud taget skulle komma så långt. Det vore inte första gången en restaurang fick stänga redan innan den hade öppnat. Överoptimistiska ägare som underskattat kostnaderna för en godkänd fettavskiljare och extra personaltoalett. Hon hoppades att det inte gällde Kalle, han hade trots allt drivit restaurang förr. Visserligen inte under överinseende av svenska hälsovårdsmyndigheter, men principerna i Grekland borde väl vara desamma.

Kalle hade stuckit hemifrån i tjugoårsåldern, lämnat en halvfärdig ekonomutbildning och en synnerligen besviken far bakom sig. Sture Reuterswärd hade hoppats mycket på Karl. Han skulle gå i pappas fotspår på banken, precis som sin storebror, och så småningom ta över som vd. Det var alla i familjen överens om. Utom Kalle. För att komma ifrån kraven stack han iväg till Grekland och stannade där i flera år. Etablerade sig på Paros och öppnade den, enligt honom själv, legendariska krogen Cantina Freedom. Mellan raderna hade Agnes förstått att det ibland var mer Freedom än Cantina över restaurangen.

Till slut hade Kalle i alla fall fått nog av "det fria livet" och återvänt till Sverige. Han hade levt rätt hårt under tiden i Grekland. När han kom hem hade han helskägg och håret räckte en bra bit ner på ryggen. Skägget hade han rakat av sig ganska snabbt, men det långa håret måste han ha gjort sig av med nyligen. Han hade fortfarande hästsvans när Agnes slutade på Picnic.

Familjen Reuterswärd hade till sist, om inte välsignat hans val, så åtminstone motvilligt accepterat att han aldrig skulle bära titeln bankdirektör. Vid ett tillfälle hade Agnes hälsat på Sture Reuterswärd. Han hade, tillsammans med några kollegor, ätit middag på Picnic. Det var väl en försoningsgest, antog hon, att den berömde bankdirektören som omväxling avvek från Le bateau bleu och Grands franska veranda för att äta grillad halloumi i trendiga Vasastan.

På lördagen ringde hon Kalle, hon började inte jobba förrän klockan sex och undrade om hon kunde komma förbi lokalen innan dess. Kalle lät glad, hon var mer än välkommen.

Agnes såg den blivande restaurangen på långt håll. Det stod en container utanför och fullt med kartonger på trottoaren. När hon klev in över tröskeln höll hon på att snava över en förlängningssladd. En bygglampa var upphängd i taket och spred ett skarpt ljus över brädor, verktyg och maskiner. Kalle kom fram och kramade om henne.

”Välkommen till min restaurang!” sa han stolt. Agnes tittade sig omkring. Det var inte mycket att se, en massa byggmaterial, och så damm. Damm, damm, damm. Det kändes fullkomligt orimligt att lokalen skulle bli klar på några veckor. Hon tackade sitt sunda förnuft att hon inte hoppat av jobbet på Pastakungen. Kalle såg hennes skeptiska blick. ”Ja, det är lite rörigt, men det finns en plan. Det kommer att bli färdigt i tid, tro mig!”

”Visst.” Agnes nickade.

”Det är ingen stor restaurang som du ser, knappt femtio platser kommer det bli.” Han halade fram en ritning ur bakfickan. De gick nerför den lilla stentrappan, restaurangen låg aningen under gatunivå, och fram till ett bord. Kalle röjde snabbt av det och rullade ut ritningen. ”Så här tänker jag mig lokalen”, sa han. ”Två små bord här på varsin sida om entrén och så två långbord längs sidorna. Det får bli väggfasta bänkar mot väggarna och så fyra bord i mitten. Den här delen har jag inte riktigt kommit någon vart med”, sa han och pekade på den del av lokalen som låg närmast köket, lite avskilt från den övriga matsalen. ”Eventuellt kan man få in ytterligare några bord där, men det kommer nog att kännas lite isolerat för dem som får sitta där.” Agnes jämförde ritningen med verkligheten. Avdelningen Kalle pratade om var egentligen ganska stor, men hon förstod vad han menade, den var inte idealisk som matsal.

”Du har inte funderat på en bardel?” frågade hon. Kalle tittade på henne.

”Nej ...” sa han tveksamt. ”I hörnan, menar du?”

”Ja, jag vet inte. Det var bara en idé. Du skulle kunna ha baren precis vid ingången till köket, några barstolar och så ett par fåtöljer med ett litet lågt bord där vid väggen."

"Ja... Det har jag inte tänkt på."

"Du skulle visserligen förlora några matplatser, men vinsterna i en bar är å andra sidan större. Och så skulle eventuella matgäster kunna slå sig ner och ta en drink i väntan på ett ledigt bord."

"Hm... det är ingen dum idé... Jag ska prata med arkitekten och se vad han säger. Tack för tipset!"

"Det var så lite så."

"Hej!" Både Agnes och Kalle vände sig mot rösten i dörröppningen. Det stod en tjej där, i röd kappa och toppluva.

"Sofia!" Kalle nästan sprang fram och tog hennes hand. Hon tog de två stegen ner på det dammiga golvet. Kalle böjde sig fram och kysste henne på munnen. Han var betydligt längre än hon. "Agnes, det här är Sofia." Han vände sig snabbt mot Agnes med Sofias hand fortfarande i sin. "Sofia, det här är Agnes som jag berättade om." Sofia tog ett steg fram och sträckte ut handen.

"Hej! Du och Kalle har jobbat ihop, var det så?"

"Ja. På Picnic."

Kalle la sig i. "Hon är jätteduktig! Jag försöker få henne att börja hos mig här, men hon verkar inte tro att det kommer att bli någon restaurang." Sofia log och tog av sig toppluvan. Hon var söt. Mörk, aningens rund, helt osminkad. Håret hängde i två flätor på sidorna.

"Nej, man kan ju undra ibland..."

Kalle tittade leende på Sofia och kramade hennes hand. "Det här är min flickvän. Sedan två veckor tillbaka", la han till. Han såg både generad och stolt ut. Agnes kände sig plötsligt överflödig. Hon kom ihåg hur det var att vara förälskad den där första tiden. Själv hade hon egentligen aldrig slutat att vara förälskad i Tobias trots att det gått så många år. Deras förhållande blev aldrig så där rutinartat och tråkigt som hon hade förstått på kompisar att det kunde bli efter ett tag. Visserligen bodde de ihop, men att påstå att de delade vardagen kändes ändå inte helt rättvisande.

Tanken på Tobias fick det att knyta sig i magen på henne. Hon var oförberedd. Hon brukade försöka hålla det ifrån sig, stålsätta sig. Åtminstone på dagarna. Gråten ransonerade hon till kvällar och morgnar. Nu var hon utan försvar mot känslan av saknad som kastade sig över henne. Hon försökte le mot paret framför henne.

”Grattis!” sa hon. Det var så mycket hon förmådde. Hon tittade på Kalle och Sofia, de fortsatte att titta förälskat på varandra. ”Jag måste tyvärr gå nu, Kalle”, sa hon sedan hastigt.

”Redan?” protesterade han. ”Det finns massor jag ville prata med dig om. Sedan Stefan stack har jag inte haft någon att bolla mina idéer med. Ja, utom stackars Sofia förstås, men hon är redan utled på restaurangprat. Eller hur?” Han kysste henne i pannan och hon gjorde ett lamt försök att säga emot. Så vände han sig mot Agnes igen. ”Vad tror du? Kan det inte bli bra det här?” Han visade med en gest runt omkring sig i röran.

”Visst.” Hon försökte le. ”Jag ringer.” Hon ville inte att Kalle skulle tro att hon var ointresserad. Det var bara det att hon varit så oförberedd på mötet med uppenbar förälskelse. Hon var tvungen att komma ut och andas. Hon gjorde ännu ett försök att le, det kändes som om hon grimaserade. ”Det är dags för en härlig lördagskväll på Pastakungen nu. Jag slår en signal till dig i veckan.”

Hon klev ut på trottoaren. Luften var kall, men snön hade smält bort. För tillfället i alla fall. Mars var en opålitlig månad.

Agnes sjönk ner i soffan. Hon hade haft en ledig dag, fikat med Lussan på eftermiddagen. Avböjt förslaget att fortsätta kvällen på någon bar. Hon ville inte gå ut. Restaurangliv fick hon nog av på Pastakungen och att sitta uppflugen på en barstol och spana efter villebråd var hon inte intresserad av. Händelsen med Paolo visade att hon inte var redo för det. Lussan hade pressat henne hårt för att få veta vad som egentligen hade hänt. Agnes hade vägrat prata om det. Lussan förstod nog ändå, vad skulle hon med detaljerna till. Lika bra att lägga locket på och förtränga hela eländet. Som väl egentligen inte varit något riktigt elände, om hon skulle vara helt ärlig. Fram till eftertankens kranka blekhet drabbat henne hade hon ju faktiskt haft ganska trevligt. Paolo verkade vara en bra kille. Under andra omständigheter kunde hon kanske till och med ha blivit intresserad. Hon undrade lite vad han hade tänkt när han vaknade. Förmodligen var han tacksam. Inte för att hon hade mycket erfarenhet av sånt där, men hon kunde livligt föreställa sig hur morgonen skulle ha blivit annars. Nej, hon hade gjort helt rätt. Det var hon säker på.

Hon plockade åt sig fjärrkontrollen på soffbordet och knäppte på teven. En genomgång av veckans nyhetshändelser lockade henne inte, inte heller en dokumentär om arktiskt djurliv presenterad på bred blekingska. Hon knäppte över till fyran men ångrade sig genast. Ändå satt hon kvar framför programmet, oförmögen att röra fingrarna. Det var en liveinspelning av den så populära föreställningen Millennium of Rock – The Greatest Rockshow Ever. Kameran visade Christer Hammond vid pianot. Bredvid honom stod Carola och sjöng O, store Gud till boogiewoogiekomp. Publiken jublade när sången var slut. Christer Hammond överöste sin gäst med kyssar och blommor. Carola vinkade leende och försvann ut i kulissen. Hammond började åter hamra på pianot, Eine kleine nachtmusik den här gången, och efter några närbilder på hans ringförsedda händer svepte kameran över orkestern.

Så stod han plötsligt där, Tobias, bakom ett notställ med sin gitarr. Han hatade klassisk musik, om man nu kunde kalla det misshandlade musikstycket klassiskt i den här tappningen, ändå såg han extremt nöjd ut. Gjorde små förtjusta grimaser och fick extra applåder när han levererade ett felfritt solo. Kamerapanorering. Publikbilder. Och så tillbaka till scenen. I fonden hängde massor av enorma noter som glänste i glittrigt silver. En g-klav i fondens mitt fungerade som ljusorgel och blinkade i takt med musiken. Körtjejerna var placerade längst fram i ena änden av den svulstiga dekoren. Christer Hammond hade uppenbarligen tänkt till när han valde dem. Som Noak. En negress, en rödhårig och så hon den blonda, med brösten. Agnes hann precis få en skymt av den piercade naveln under ett mycket kort, mycket tajt linne, innan hon slog av teven och slängde ifrån sig fjärrkontrollen.

Agnes andades kort och ryckigt, händerna darrade i knäet. Hon försökte tänka lugnande tankar, säga snälla saker till sig själv, men det enda hon lyckades med var att känna hur mycket hon hatade den där satans jävla skitbruden. Sedan började hon gråta.

Precis när hon hade släckt lampan ringde telefonen. Det sved till i ögonen när Agnes tände igen. Hon visste hur hon skulle se ut i morgon, det var möjligt att det var bra för själen att släppa ut sorgen, men knappast för ögonen. Hon stelnade till när hon hörde vem det var.

”Hej, det är jag.”

”Vad vill du?” Agnes nästan viskade.

”Höra hur det är med dig bara. Det var ju ett tag sedan.”

”Bra.” Svaret var kort, visserligen klarade hon inte av att slänga på luren, men hon tänkte å andra sidan inte bidra till konversationen heller. Tobias blev nervös av hennes tystnad, det hörde Agnes.

”Bra. Vad bra då. Att det är bra …” Han tystnade. Agnes teg. ”Du, eh … Såg du mig på teve?”

”Nej.” Det var en klen hämnd. Vad spelade det för roll för Tobias om hon inte hade sett honom på teve. En dryg miljon andra svenskar hade ju gjort det.

”Nähä … De bandade oss i Sundsvall. Lite synd att de inte tog oss i Umeå istället, det var en ännu bättre spelning.” Jaha, vad ville han att hon skulle säga? Beklaga sorgen, eller?

”Var det något annat du ville?” Det krävdes en oändlig kraft att försöka behålla distansen. Det var ju Tobias hon talade med, hennes Tobias.

”Du …” började han trevande. ”Jag fattar att det är jobbigt det här, men kan vi inte försöka vara vänner? Jag menar, jag tycker ju inte mindre om dig nu, bara för att jag träffat Ida. Kan du förstå det?” Agnes sa ingenting, det räckte med att han nämnde den där människans namn för att hon helt skulle förlora förmågan att tala. ”Det var egentligen ingenting annat.” Han tystnade han också. De andades i varsin lur. ”Är det okej om jag kommer förbi i veckan och hämtar lite grejer?” Agnes nickade, tills hon kom på att det inte hördes.

”Du kan komma på tisdag.” Rösten lät tunn och Agnes harklade sig hastigt innan hon fortsatte. ”Vid elva, då är jag inte hemma.”

”Går det bra någon timme senare, jag är inte säker på att jag är uppe så tidigt.”

”Visst.”

”Schyst … Då så, då säger vi så då … Eh, hej då …”

”Hej då.” Han skulle precis lägga på när Agnes samlade ihop sig för en sista kraftansträngning. ”Och du, lägg nycklarna i brevlådan när du är klar.” Så la hon på. Snabbt. Innan hon ångrade sig.

Madde och Jonas skulle ha inflyttningsfest i det nya radhuset. Agnes satt på tåget och speglade sig i rutan, försökte säga till sig själv att det skulle bli kul. Hon hade satt på sig en klänning, men ångrade sig nästan. Det var nog lite för fint, Madde var inte mycket för att klä upp sig. Men å andra sidan, det var ju fest och det skulle väl komma fler gäster.

Hon bestämde sig för att gå från stationen upp till Fredriksro. Det var nästan två kilometer, men hon var ute i god tid och hon behövde lite frisk luft. Nuförtiden blev det mest tunnelbana tur och retur till Skärholmen och däremellan var den enda utsikten hon kunde njuta av målad på väggen. Visserligen var cykelvägen som ledde till det lilla radhusområdet inte speciellt vacker så här års, men grenarna rörde sig i alla fall i blåsten och det var ju trevligt som omväxling.

Utanför huset brann marschaller och Agnes gick fram till dörren och ringde på. Madde öppnade. I jeans och tröja, precis som Agnes hade misstänkt. Agnes kramade om sin syster och sträckte fram presenten hon haft med sig.

”Grattis till huset! Tänk att du blivit hemmansägare!”

Madde drog in henne i hallen. Agnes tittade sig omkring. Hon hade förväntat sig ouppackade flyttkartonger, men det såg förvånansvärt färdigt ut med tanke på att de bara bott där i två veckor.

”Äsch, vi fixade allt första helgen”, avvärjde Madde kommentaren. ”Vi hade inte så mycket saker, åtminstone inte för att fylla hela huset. Kom ska jag visa dig runt." Hon gick före in i köket samtidigt som hon öppnade paketet. "Oh, vad fint! Vad är det för något?" sa hon när hon ställde ifrån sig presenten på köksbänken.

"Det där är toskansk tryffelolja och det mörka är extra lagrad balsamvinäger."

"Tryffelolja? Vad har man den till?"

"Använd den som den är, på sallad till exempel." Hon tänkte precis lägga till att den var fantastiskt god på carpaccio, men ångrade sig. Madde skulle nog ändå inte laga carpaccio.

De gick runt i huset och tittade. Det var mycket riktigt mer yta än möbler. Två små rum på övervåningen stod helt tomma. Agnes sa inget, men antog att de var tänkta som framtida barnkammare. Annars var huset fint, eller snarare precis som väntat. Radhus var sig ganska lika. Tapeterna var ljusa och diskret mönstrade i aprikos eller ljusgult. Plastmattorna på golvet likaså. Madde hade hängt upp några av sina inramade affischer. Agnes kände igen dem, de hade hängt med ända sedan flickrummet på Snickarvägen. En bild på Madonna från Like a virgin-tiden. Lite rund, med spretigt hår och smycken i drivor runt halsen. Madde var ett stort fan. Ett von Schantz-stilleben, lingon i korg, och så en lite nyare, en Magritte köpt på Moderna museet häromåret under ett besök hos Agnes i Stockholm.

I skenet från en spotlight stod en liten staty på fönsterbrädan i hallen på övervåningen. Den såg ut att vara gjord av metallskrot. Agnes gick fram och lyfte på den. Det var svårt att säga vad den föreställde, en gravid kvinna kanske, eller en känguru.

"Vem har gjort den här?" frågade hon.

"Jonas."

"Är det sant?"

"Ja." Madde såg stolt ut. "Han har svetsat ihop den av gamla cykelkedjor."

Agnes vände på den lilla figuren. Vacker var den inte, men det fanns något naivt charmigt över den. "Håller han på med konst?"

"Inte så ofta. Det var nog ett par år sedan sist. Jag hittade den här i garderoben när vi flyttstädade. Jonas tyckte vi skulle slänga den, men det tyckte inte jag. Visst är den fin?"

Agnes tittade en stund under tystnad. Den såg annorlunda ut nu när hon visste att det var Jonas som gjort den. "Ja", sa hon till sist. Det var den. På sitt eget sätt.

Madde gick vidare och Agnes följde efter. "Vad fint ni har det", summerade hon till sist rundturen.

"Tack! Vi trivs jättebra redan. Vi ska köpa en hörnsoffa till vardagsrummet också, så kommer det bli ännu bättre."

"Det tror jag säkert." Agnes satte sig i den gråmönstrade Klippan som onekligen såg lite liten ut i det stora rummet. Det hade inte kommit så många gäster ännu. Madde gick tillbaka till köket för att hjälpa Jonas att ställa fram dricka – lådvin och Norrlands Guld på burk – och mat – paj och sallad, bröd och ost. Agnes såg genom dörren hur Madde öppnade flaskan med tryffelolja och hällde över salladen. Det krävdes stark sinnesnärvaro för att inte rusa ut och stoppa henne. Ville hon dränka sin isbergssallad och burkmajs med toskansk tryffelolja, så visst …

Det började komma mer folk och Agnes hälsade på Maddes och Jonas kompisar. Ett par stycken hade småbarn med sig. De flesta kände hon sedan tidigare, men några av Jonas vänner hade hon inte sett förut. Madde satte på en skiva med Enrico Iglesisas, eller om det var Ricky Martin. Agnes kunde aldrig skilja dem åt. Tjejerna drack vitt vin och killarna öl, ingen dansade. Det var någon sorts vuxenlek, tänkte Agnes. Par som umgicks, som ordnat barnvakt och haft med sig tulpaner till värdinnan.

Agnes undrade hur de såg på henne. Som en ball storstadstjej som inte fastnat i småstadstristessen? Som kommit iväg och blivit något istället för att jobba kvar på verket och gifta sig med en barndomskompis? Var det så de såg på henne, med avundsjuka? Eller tyckte de att hon var en sorglig nucka som lämnat gemenskapen för en anonym tillvaro i storstaden?

En kille slog sig ner bredvid henne i soffan. Han var en av de hon inte kände igen, redan ganska tankad.

”Tja, det är du som är Maddes syrra, va?”

”Ja.”

”Som bor i Stockholm?”

”Ja.”

”Fan, det är fräckt! Har du några ungar, då?”

”Nej.”

”Inte jag heller. Fast min tjej tycker det. Att det är dags alltså. Hon vill ha tre.”

”Och du, då?”

”Inga. Eller, jag vet inte, en då, eller två kanske. Men inte just nu.” Han tystnade ett ögonblick. Agnes försökte tänka ut något att säga, men hon kunde inte komma på ett enda samtalsämne som skulle kunna intressera dem båda. Precis när hon skulle ursäkta sig för att fylla på vin, så fortsatte han. ”Jag har fått sparken från verket.”

”Du också.”

”Ja.” Han såg plötsligt ännu fullare ut, stirrade ner på ölburken i handen. ”Fan, jag är bara tjugosex och är redan arbetslös. Hur tror du det känns?” Agnes kände efter. Till för några veckor sedan hade hon också varit arbetslös. Men det här var annorlunda. I Agnes fall hade det handlat om att inte få det jobb hon ville ha. För den här killen, och alla de andra på verket, handlade det förmodligen om att inte få något jobb alls.

”Kan du inte flytta?”

”Flytta? Det säger de på arbetsförmedlingen också, men det är ju här jag bor. Alla jag känner bor här, min tjej, mina föräldrar, mina kompisar.” Han tog en stor klunk till. Agnes började tycka synd om honom. Tills han la handen på hennes lår. Högt upp på hennes lår. Då ursäktade hon sig och gick ut i köket. Tjejerna stod för sig och pratade inredning. Killarna stod i en annan grupp och pratade, så vitt hon kunde höra, ishockey. Hon tog en kopp kaffe från pumptermosen som Madde hade ställt fram. Så letade hon reda på sin syster och sa att hon tänkte ge sig av. Hon skulle sova hos mamma och pappa. Madde surade lite över att hon skulle gå så tidigt, men insisterade inte på att hon skulle stanna.

”Du, det där jag sa om Tobias”, började hon försiktigt medan Agnes tog på sig ytterkläderna. ”Jag hade inte tänkt säga något, jag ville inte skvallra, men eftersom det nu var som det var, så tänkte jag att …”

”Det är okej, Madde. Vi pratar inte mer om det.” Agnes drog upp dragkedjan.

”Men jag ville det …”

”Då får du prata med Jonas, jag vill inte snacka mer om Tobias!”

Madde ryckte nästan till av den skarpa tonen i Agnes röst. ”Okej, okej, då gör vi inte det. Tack för att du kom!” Hon kramade om Agnes.

”Tack själv.” Agnes vände sig om och började gå, men hejdade sig när Madde började prata igen.

”Fast du, en grej bara …” Agnes bet ihop, hon ville inte höra mer om Tobias, kunde inte Madde fatta det? ”Den där oljan, den smakade lite konstigt tyckte jag.” Hon flinade mot Agnes.

”Visst, visst. Använd den som badolja istället. Hej då.”

”Hej då.”

Mamma väntade uppe, förstås, precis som förr. Agnes satte sig mitt emot henne vid köksbordet, berättade om festen. Inget om hur främmande hon känt sig där, men en fullständig redovisning av vad som serverats. Så berättade hon kort om Pastakungen, gjorde sitt bästa för att låta positiv. Kalles förslag nämnde hon inte, och mamma verkade nöja sig med det hon fått höra. Så gick de och la sig.

Agnes låg en stund i sin säng innan hon somnade. Tittade på månen utanför. Undrade om hon hade gjort fel som flyttat från Länninge, om hon varit lyckligare ifall hon stannat. Det kvittade, det var ju bara hypoteser ändå. Hon hade gjort sina val, hennes liv såg ut som det gjorde och bitvis var hon ju faktiskt ganska nöjd. Hon funderade en stund till, tittade på den bekanta konturen av stolen och skrivbordet vid fönstret, gungstolen hennes farfar gjort, kudden hon broderat i syslöjden. Hon tyckte till exempel om sin lägenhet, tänkte hon, och sina vänner. Längre än så kom hon inte. Resten fick hon väl helt enkelt jobba på.

Nej, det här gick inte längre. Hon stod helt enkelt inte ut. Pastakungen var det värsta jobb hon någonsin haft. Schemat var skandalöst dåligt, lönen skamligt låg och maten som serverades var usel, nej värre, den var riktigt, riktigt äcklig. Mer än halva personalen jobbade svart, köket var ett veritabelt hygienhelvete och dessutom var hon säker på att Micke, ägaren, hade ett förhållande med Rosita, trots att han var gift. Hon hade visserligen tappat en Château Pétrus i marken, men var hon verkligen inte värd något bättre än det här?

Agnes stod bakom kassan och tittade på de sista lunchgästerna som precis lämnade den inpyrda lokalen. Hon borde göra detsamma. Hon borde verkligen göra detsamma.

Agnes smet in på det lilla kontoret och tog fram lappen med numret till Kalle. Det dröjde en stund innan han svarade. Hon pillade nervöst på några papper som låg på skrivbordet. *Solvalla*, stod det längst upp, mer hann hon inte se innan Kalle svarade. Hon kunde höra hur någon borrade i bakgrunden.

”Kalle, det är Agnes.”

”Hej, äntligen! Jag har väntat på att du skulle höra av dig.”

”Har du fortfarande plats för mig?”

”Självklart!” Han tvekade lite. ”Har det hänt något?”

”Inte mer än att jag hamnat i alla servitrisers mardröm.”

”Det låter illa.”

”Det är det. Restaurangen som Gud glömde. Jag står inte ut längre.”

Kalle skrattade. ”Du är mer än välkommen hit. Vi öppnar om två veckor. Och du, jag har en överraskning till dig.”

”En överraskning? Är du där i morgon?”

”Var annars?”

”Då ses vi!” Precis när Agnes skulle lägga på kom Micke in på kontoret. Hon ryckte till, men han verkade inte ha hört något av samtalet.

”Har du rast?” Han drog en hand genom det bakåtstrukna håret och rätade till de blanka träningsbyxorna.

”Jag var tvungen att ringa ett telefonsamtal.”

”Det får du göra på din rast. Och ska du använda telefonen får du be om lov. Jag vill inte ha personalen rännande här.” Agnes tittade på honom, och sedan ner på bordet. Papperna från Solvalla låg fortfarande framför henne. Micke tog ett steg fram och plockade snabbt upp dem.

”Det här är mitt kontor. Det är privat”, snäste han och stoppade med en irriterad gest bunten i innerfickan på skinnjackan. Agnes reste sig upp.

”Okej, du slipper ha mig rännande här. Över huvud taget faktiskt. Jag slutar.”

”Vad då, det kan du ju inte göra”, protesterade Micke och slog ut med armarna. Någonting i hans tonfall sa henne att det inte var första gången personal sa upp sig från Pastakungen.

”Jo då.” Hon knöt av sig förklädet och la det på skrivbordet. Den här gången hade hon sett till att vara förutseende. Hon hade kvitterat ut sin lön för de första två veckorna redan på förmiddagen. De var kvitt. Så drog hon en förkortad version av sin uppfattning om restaurangen, plockade åt sig sin duffel och lämnade lokalen. Det hela tog inte mer än några minuter, ändå var hon helt skakig efteråt. Vad hade det tagit åt henne? Vad hade hon gjort?

Agnes gick snabbt nerför rulltrapporna till tunnelbanan och hoppade på ett tåg som precis kom in. Hon slog sig ner på ett ledigt säte. Försökte andas långsamt, gå igenom det som hänt. Var det så här man gjorde när man lyssnade på sin intuition? Eller var det så här man betedde sig strax innan man blev inspärrad på dårhus?

Till en början kunde hon inte se så stor skillnad. Lokalen var fortfarande täckt av damm, maskiner och verktyg låg spridda överallt. När hon kom in slutade Kalle att slipa och tittade upp.

”Titta, här kommer ju min personal!”

”Och jag som trodde det var en restaurang jag skulle jobba på, inte ett bygge.”

”Var inte så trångsynt, det kan väl vara både och. Vinkelslip med bearnaisesås, hälleflundra med dyckert och fogmassa … Jag har massor av bra idéer!” Agnes skrattade, för första gången på länge kändes det som.

”Allvarligt talat, kommer du att hinna?”

”Absolut. Invigning om två veckor.” Agnes försökte se om han såg nervös ut, eller åtminstone tveksam. Men allt hon kunde se var en mycket nöjd och glad Kalle. ”Hur gick det på Restaurangen som Gud glömde, då?”

”Jag sa upp mig, kan man väl säga.”

”Blev han arg?”

”Det utgår jag ifrån. Jag stannade inte kvar för att undersöka saken.”

”Han kanske kommer att hämnas.” Kalle försökte se skräckinjagande ut.

”Visst, jag kanske vaknar med ett avhugget tonfiskhuvud i sängen en morgon.” Agnes skrattade till igen. ”Med lite tur har han kanske spelat bort restaurangen innan dess.”

”Spelar han?”

Agnes nickade. ”Jag tror det. På hästar. Jag hittade i alla fall kvitton från Solvalla på hans kontor.” Kalle visslade till.

”Det skulle inte förvåna mig om han varit där ute och köpt vinstbongar.”

”Varför skulle han göra det?”

”Oj oj oj, det är mycket du inte vet om restaurangbranschen, hör jag!” Kalle log retsamt. ”Säg att du har lite för mycket pengar för skattemyndighetens smak. Du kanske har en ny fin Merca trots att ditt företag redovisar förluster …”

”Han har en BMW.”

”Okej, då säger vi det, en ny fin BMW. Då är det praktiskt att hävda att du vunnit pengarna på trav. Inte sant? Problemet är bara att du måste kunna bevisa det …”

”Aha, då åker man ut till Solvalla och köper kvitton som någon förutseende person samlat på sig. Är det så det funkar?”

”Det förekommer. Pinsamt ofta i den här branschen, faktiskt.” Han tystnade ett ögonblick och la ifrån sig slipmaskinen. ”Men du, du måste ju se min överraskning till dig!” Kalle plockade åt sig ett papper som ramlat ner på golvet. ”Den nya ritningen. Och vad är det här då, tror du?”

”Det ser ut som en bar.”

”Just precis. Vi kanske ska döpa den till Agnes hörna?”

”Helst inte”

”Som du vill. Du får gärna komma på något bättre. Men visst är det kul, det blir precis som du föreslog! Arkitekten tyckte det var en toppenidé. Det kommer hit två snickare på måndag för att fixa golven och bygga baren, sedan är det bara färgsättning och inredning kvar.”

”Bara?”

”Ja, har man fixat nya fläktar och bytt avloppssystem, så känns det som bara. Bara roligt, dessutom.”

”Vad har du tänkt dig?”

”Jag har inte riktigt bestämt mig. Golven kommer vara i trä, för ljudets skull. Laserat i en ljusgrå, neutral färg. Väggarna har jag tänkt mig röda.”

Agnes såg sig omkring. Fönsterna ut mot gatan var visserligen stora, men eftersom lokalen var en aning nedsänkt var nog risken stor att röda väggar skulle kunna förvandla den till en grotta.

”Du tror inte det kan bli för intensivt med rött, som om man simmat in i valfiskens buk?”

”Det är möjligt. Jag är själv lite tveksam.”

”Men jag tycker det är bra tänkt med färg”, skyndade sig Agnes att lägga till. Hon ville inte verka negativ. ”Det känns väldigt passé med alla vita lokaler.”

”Precis vad jag också tycker.”

”Maten, då? Och vad ska krogen heta förresten?”

”Ja, det är det där med namnet ... Jag och Stefan hade bestämt oss för att kalla den Två krögare, men det går ju av naturliga skäl bort.”

”Ja.” Agnes sa inte att hon tyckte det var lika bra. ”Två krögare” lät tråkigt, lite som ”Två lantmätare” eller ”Två bibliotekarier”.

”Jag har tänkt och tänkt, men jag har inte kommit på något ännu. Sofia har försökt att hjälpa till, vi skulle ha brainstorming häromkvällen, men det gick inget vidare. Det enda vi kom på var Bistro Karl, men jag vet inte om det är så lyckat?”

”Det säger ju kanske inte så mycket om restaurangen ...” Agnes försökte vara försiktig.

”Du får hemskt gärna komma med förslag. Om du har några.”

Agnes nickade. ”Jag ska fundera. Vad ska det vara för kök?”

Det var lite underligt att de inte hade talat om det tidigare, det borde ha varit den första frågan, men dels hade hon ganska bra koll på Kalles smak efter tiden på Picnic, dels hade det varit så mycket annat i vägen. Damm, till exempel. Agnes nös.

”Är du förkyld?”

”Nej, men du borde kanske överväga att byta städpersonal.” Hon drog med fingret längs arbetsbänken, det blev ett streck i dammet.

”Jag ska ta upp det med dem.” Kalle flinade. ”Maten? Det blir mycket Medelhav, Italien, förstås. Örter, oljor, skaldjur och fisk, en del färsk pasta, mycket smårätter. Asiatiska influenser. Inga gräddiga såser, ingen upphottad husman – det har jag gjort så det räcker på Picnic. Det ska vara rena ingredienser, inte för överarbetat, enkla uppläggningar. Citron, salvia, timjan, vitlök...” Agnes nickade medan Kalle pratade på. Det var precis det här hon hade hoppats på. Hon fyllde på.

”Lime.”

”Och koriander...”

”Chili...” De tittade på varandra och skrattade.

”Du verkar förstå vad jag pratar om.”

”Absolut. Jag tycker det låter fantastiskt! Kan jag hjälpa till med något förresten?”

”Hemskt gärna. Du kan slipa bort de där spackelskarvarna på väggen där borta. Det finns en gammal overall inne i köket som du kan ta på.”

Agnes gjorde som hon blivit tillsagd. Spackeldammet yrde om henne när hon jämnade till väggytan med sandpapper. Det kändes bra. Med Kalle, med restaurangen. Hon rös när hon tänkte på att hon egentligen borde ha stått på Pastakungen just nu och sålt spagetti frutti di mare gjord på färdig tomatsås och burkräkor så små att de knappt kunde upptäckas i mikroskop. Det kunde bara bli bättre, det var alltid någon tröst.

”Jo, förresten...” Kalle slog av slipen igen. ”Vi har ju inte sagt något om lönen.”

”Nej.” Agnes kände sig dum.

”Som du förstår kan jag inte erbjuda så mycket. Jag har inte ens räknat med att kunna ta ut någon lön själv de tre första månaderna. Jag kommer givetvis att betala dig, men …”

”Kalle, jag litar på dig. Jag inser att det inte blir så mycket …”

”Till en början!”

”Till en början. Jag har hyra, lån och lite räkningar att betala. Mycket mer behöver jag inte. Kan du erbjuda det så är jag nöjd. Jag räknar med att du förbättrar det så fort det går.”

”Agnes, du är en pärla, vet du det?” Kalle blev nästan tårögd. ”Tack för förtroendet, du kommer inte att ångra dig.”

Det trodde inte Agnes heller. Eller hoppades åtminstone.

Agnes hade inte lämnat restaurangen förrän vid niotiden på kvällen. Då var Kalle fortfarande kvar. De hade köpt hamburgare och ätit sittande på golvet. Agnes var alldeles dammig i håret och ansiktet, trots att hon försökt borsta bort så mycket det gått. När hon klev av tunnelbanan i Aspudden kände hon hur trött hon var i kroppen. Hon var stel i nacken och ryggen, högerarmen värkte och hon hade små sår på knogarna. Hon orkade inte ens gå uppför rulltrapporna som hon brukade. Halvvägs uppför trapporna blev hon passerad av en man med mörk rock och ett enormt stort hår. Hon tittade till. Mannen också. Det var hennes nyinflyttade granne och den överdimensionerade frisyren var inte hår utan hans förmodat ryska pälsmössa. Agnes försökte låtsas som om hon inte känt igen honom. Hon vände snabbt blicken uppåt igen. Mannen stod kvar. Han log.

”Hej. Du kanske inte känner igen mig? David Kummel, jag är din granne.”

Agnes vände trött på huvudet. David Kummel, var det så han hette.

”Hej.” Hon tittade på honom, eller rättare sagt på hans mössa. ”Är det inte lite för varmt för den där nu? Det är ju vår snart”, sa hon med ett litet leende.

”Det är sant.” Han tog av sig mössan med en generad gest. Håret hade nästan samma färg som pälsen, men var betydligt plattare. ”Det var kallt när jag gick hemifrån. Inte mer än ett par grader.” De hade kommit ut på det lilla torget utanför tunnelbanestationen. Agnes hade ingen lust att göra sällskap. Hon var trött och inte det minsta sugen på kallprat, men kom inte på någon ursäkt att slippa ifrån. Affärerna hade redan stängt. Hon suckade och gick så snabbt hon kunde. Det var tack och lov inte långt. David hängde på. ”Och du då, vad har du gjort i kväll?” När hon inte svarade fortsatte han. ”Jag tänkte, eftersom du är så … dammig. Eller är det mjöl? Eller kanske kokain? Fast du vet att det absorberas bättre genom näsan, va? Än genom håret, menar jag.”

Agnes tittade till på honom och drog reflexmässigt handen genom håret. Det dammade rejält. ”Det är slipdamm”, svarade hon och skämdes lite. Hon såg förmodligen inget vidare ut. Som om det nu spelade någon roll.

”Håller du på att renovera?”

”Nej, jag hällde det i håret för att jag tycker det är snyggt.”

Han log åt hennes ironi. De hade kommit fram till porten och Agnes tryckte in portkoden. David drog upp dörren och släppte in henne. Hissen var nere. David klev in först. Agnes slängde en snabb blick på utrymmet som kvarstod. I vanliga fall var det inga problem att åka två i hissen, men hon var inte sugen på att fortsätta konversationen med David Kummel. Framför allt inte när hon var tvingad att stå på femton centimeters avstånd från honom.

”Ska du inte med?” frågade han när hon började gå mot trappan.

”Nej, jag behöver lite motion”, ljög hon. Hon hörde hur han drog igen gallergrinden och hon skyndade sig uppför trappan för att hinna förbi hans våning innan hissen stannade där. Hon hann precis. När hon satte nyckeln i sin dörr hörde hon grannens röst från våningen under.

”God natt, då.”

”God natt”, mumlade hon till svar, fullt medveten om att han förmodligen inte hört henne. Så skyndade hon sig att dra igen dörren.

Agnes vaknade mitt i natten och låg en stund och blinkade i mörkret. Hon försökte fånga bilderna som fortfarande flöt runt i hennes huvud. Hon hade drömt om restaurangen. En bra dröm. Hon hade sett den framför sig så tydligt. Färgerna, porslinet, till och med deras kläder. Och så hade hon sett skylten med namnet. Så fullkomligt självklart. Det var ju så den skulle heta.

”Små citroner gula?” Kalle kände på namnet. Sa det för sig själv ett par gånger. ”Det är inte dumt”, sa han till sist. ”Det låter bekant på något vis.” Agnes började nynna.

”Jag längtar till Italien, till Italiens sköna land, där små citroner gula, de växa upp på strand…”

”Ja, visst ja! Men det är ju lysande, Medelhavet, citroner, Italien… precis rätt associationer!” Han tittade förtjust på Agnes. Hon tvekade ett ögonblick.

”Jo, jag undrar om jag kan få komma med några små förslag till… När det gäller färger, och så?”

”Visst, drömde du det också?”

”Ja, faktiskt.” Agnes kände sig lite löjlig. Hon brukade inte låta sitt liv styras av drömmar, det var bara det att bilderna varit så starka. Så tydliga. ”Men det är bara förslag”, la hon till. ”Du behöver inte bry dig om dem.”

”Nej, nej…” Han såg road ut. ”Kom igen nu, säg vad du tänkte.”

Hon blundade en kort sekund och såg omedelbart bilden framför sig igen. ”Jo, jag tänkte citrongula väggar, kanske inte så förvånande, och så dynorna och kuddarna på bänkarna längs sidorna i rött, ljusrött, som holländska tomater. Sedan trärena bord och medelhavsblått porslin ..." Agnes tystnade och tittade på Kalle. Han gjorde inte en min, det var omöjligt att säga vad han tänkte. Agnes började ångra sig, det var inte hennes restaurang. Vad hade hon för rätt att komma in och lägga en massa förslag? Hon skulle precis ta tillbaka vad hon sagt, när Kalle började prata.

"Citrongult, tomatrött och, vad sa du, medelhavsblått? Ja du, Agnes, förutom att det låter väldigt poetiskt, så låter det också ..." Han såg sig omkring, som för att tänka sig lokalen i de nya färgerna. "Snyggt."

Agnes andades ut. "Menar du allvar?" frågade hon osäkert.

"Ja. Det är inte alls som jag hade tänkt mig. Men det är bättre, passar bättre med maten. Det blir en varm atmosfär här, soligt ... men samtidigt lätt och fräsch, som maten."

"Vi kan ställa stora skålar med citroner i fönstrena också."

"Och ha limoncello som husets avec." Kalle började skratta. "Agnes, hade jag inte Sofia skulle jag bli kär i dig!" Han gick fram och kramade om henne. Hon blev lite generad, men mest glad. "I morgon köper vi färg och börjar måla. Nu måste jag iväg och träffa en kock och se om jag kan lura över honom till oss. Du känner ingen ledig servispersonal, händelsevis?"

"Hur många har du tänkt dig?

"Två förutom dig. Plus möjligen en extra, som kan rycka in då och då."

"Jag ska kolla lite."

"Du är en ängel!"

De jobbade intensivt i några dagar med målningen. En kompis till Kalle hade designat en logga och så fort det var gjort beställde Kalle skylt och menyer med restaurangens namn. De slet hårt, men det var roligt.

När Agnes gick hemåt efter att det sista var färdigmålat nynnade hon hela vägen om hur hon längtade till Italien, *till Italiens sköna land*. Hon kände sig glad, så när Lussan ringde och frågade om hon ville ses en stund efter jobbet tackade hon ja. De bestämde att ses i en hotellbar på Vasagatan eftersom Lussan skulle visa en lägenhet i närheten. Agnes skulle precis hinna hem och duscha före.

Just när hon skulle ge sig av hemifrån ringde telefonen.

”Agnes, det är mamma! Hur mår du?”

”Bra.” Agnes slog sig ner på en stol i hallen. Den borde inte stå där, det fanns inte plats för en stol i hallen, men hon hade använt den för att nå upp till proppskåpet på morgonen och sedan inte ställt tillbaka den i köket där den egentligen hörde hemma. Hon hade redan satt på sig duffeln och det blev snabbt varmt där hon satt. Hon drog ner dragkedjan med den lediga handen. ”Och ni då?”

”Jättebra.”

”Har ni börjat på kursen?”

”Oh ja, det är så roligt! Nu turas vi om på kvällarna att sitta nere vid datorn. Vi har anmält oss till en fortsättningskurs också.”

”Jaså?” Agnes lät tveksam.

”Vi ska lära oss att göra egna hemsidor!”

”Va? Varför det?”

”Ja, för att kunna göra egna hemsidor förstås.”

”Hemsidor om vad då?”

”Jag vet inte riktigt, vår trädgård kanske.”

Agnes började skratta. ”Ska ni lägga ut er trädgård på webben? Men, vem ska besöka den sajten?”

”Det finns ju så många trädgårdsintresserade ...” Mamma lät lite stött. Agnes ångrade sig genast.

”Ja men visst, det är ju jättebra. Vad kul att ni har hittat en hobby!” Maud började prata igen, om trädgården, om kursen, om grannar, om Madde och Jonas, om ... till slut avbröt Agnes henne. Hon skulle komma för sent till Lussan. ”Mamma, jag var precis på väg ut. Kan vi höras en annan dag?”

”Ja visst, men jag som inte fått höra något om dig...”

”Vi tar det nästa gång.” Så sa de hej och la på. Agnes skyndade iväg, missade precis en tunnelbana och fick vänta tretton minuter på nästa.

Lussan satt redan i en fåtölj med ett glas vin när Agnes kom in i baren. Det brann en brasa i en öppen spis. Det gjorde knappast lokalen mysigare. Allt var så trendigt och designat att Agnes kände sig som om hon kommit i Elloskläder på en Pradavisning. Det var högt till tak och väggarna var målade i ett optiskt mönster i rött och svart. Lamporna såg ut som balettkjolar och fåtöljerna var klädda i svartvit kohud. Hon tittade sig omkring medan hon gick bort mot Lussan. Hur skulle man se ut för att matcha den här inredningen? Kanske som killarna vid bordet bredvid? De såg ut som töntar varenda en av dem. Hypermoderna töntar. Förmodligen jobbade de på reklambyrå, eller möjligen skivbolag.

Agnes kramade om Lussan som rest sig upp för att hälsa.

”Köper du ett till åt mig också”, sa Lussan och pekade på sitt glas när Agnes gick iväg för att beställa. När hon kom tillbaka ställde hon glasen på bordet och satte sig i en av kossorna. Lussan verkade vara uppe i varv. Hon pratade snabbt och högt och skrattade ofta. Det hade varit ännu en stressig dag, så mycket förstod Agnes. Det tog en lång stund innan hon själv fick en chans att berätta vad som hänt med Pastakungen och Kalles restaurang. Lussan blev förtjust när hon fick höra det.

”Men det är ju fantastiskt! Det måste vi fira! Vänta här.” Hon reste sig och gick iväg till baren. Efter en stund kom hon tillbaka med en flaska champagne i en ishink och två glas. Killarna vid bordet bredvid tittade nyfiket på henne. Hon låtsades inte märka det, men Agnes visste att hon hade full uppsikt över läget.

”Men Lussan, champagne! Och en hel flaska...”

”Och goda nyheter! Jag är stolt över dig, först kastar du världens dyraste vin på golvet för att din chef inte kan hålla tassarna borta...”

”Jag tappade den faktiskt”, protesterade Agnes.

”En *freudian slip*, i sådana fall”, skrattade Lussan och fortsatte. ”Sedan skäller du ut Mr Maffia ute i Skärholmen …”

”Maffia?” Agnes hade visserligen berättat om Micke, men hon hade aldrig sagt något om maffia. Eller ens tänkt. Lussan viftade bort protesten.

”Ja, har man träningsoverall och skinnjacka och fifflar med bokföringen, så är man maffia. Så är det bara.” Lussan skyndade sig att tömma sitt andra glas innan hon började hälla upp champagnen. Agnes tittade lite tveksamt på henne.

”Ska du verkligen dricka så fort?”

”Vad då fort? Det är du som är långsam. Se till att få i dig den där skvätten nu, det vankas ädlare druvor!” Hon sträckte över glaset med champagne. ”Skål!” De drack. Agnes tittade på Lussan över glaset.

”Dricker du vin varje dag?” frågade hon så oskyldigt hon kunde, men Lussan reagerade direkt.

”Hur så, nu börjar du låta som min morsa. Om jag hade haft någon.” Hon flinade. ”Du behöver inte oroa dig. Och som svar på din fråga: Nej, jag dricker inte vin varje dag.” Agnes nickade, hon kände sig lite dum.

”Vad bra då.”

”Jag dricker cosmopolitan ibland också.” Lussan flinade. ”Allvarligt talat, det är ingen fara.”

”Okej.” Det blev tyst en stund. Stämningen hade kommit av sig något. Lussan tittade bort mot grannbordet och log. Agnes drack av champagnen. Den var god.

”Har du hört något från idioten, då?” frågade Lussan till sist.

”Tobias?”

”Bra, du lär dig! Det är klart jag menar Tobias.”

”Han har varit och hämtat sina grejer.”

”Äntligen, det var väl skönt att bli av med dem?”

Agnes nickade. Hon sa inget om grejerna han lämnat kvar. Som skivorna och hans gamla trasiga Fender Telecaster som stod i garderoben och väntade på en renovering som förmodligen aldrig skulle bli av. I själva verket hade Tobias bara hämtat lite kläder. Hon hade funderat på att ringa honom, be honom ta resten, men orkade inte. Ville han ha hennes lägenhet som förvaringsupplag, så fick han väl ha det. Ett tag till. Sedan skulle hon säga ifrån. Det skulle hon verkligen.

”Du då? Hur är det med kärleken?”

”Som vanligt. Ingenting, med andra ord. Den enda som verkar vilja ha mig är den där Peter på jobbet.”

”Jaha?” Agnes blev nyfiken.

”54 år, gift, två tonårsdöttrar. Toppen … Han är inte ens snygg.” Hon suckade. ”Livet som singel är inte så glamouröst just nu.”

”Nej …” Agnes var fortfarande ovan vid att tänka på sig själv som singel. Hon var ingen singeltyp. En singel var någon som valt det själv, som tog för sig och inte satt hemma och väntade på att bli gift. Det gjorde inte Agnes heller, väntade på att bli gift alltså, så illa var det inte, men hon gillade tvåsamheten. Känslan av att det fanns någon speciellt för henne. Någon som hon kunde fokusera på, bry sig om, älska. Hon hade ingen som helst lust att ta för sig. Hon hade gjort ett försök, det hade inte gett mersmak. Det fick räcka så på ett tag. Det var skillnad med Lussan. Hon *var* singel. Njöt av det. För det mesta i alla fall. Agnes försökte trösta. ”Du får väl plocka fram någon av alla dina andra älskare. Den där arkitekten var det ett tag sen jag hörde något om. Och dansken, är han aldrig på besök i Stockholm numera?”

”Torben, jo, han ringde faktiskt i går.”

”Där ser du!”

”Men jag sa nej.”

”Varför det?” Agnes blev förvånad. Att säga nej var inte riktigt Lussans grej.

”Jag vet inte, det kändes bara så solkigt plötsligt. Där kommer han och är sugen på lite rajtantajtan. Då är det bara att slå Lussan en signal … Nej, det känns inget bra.”

”Jag trodde du brukade vara lika sugen på ’rajtantajtan’. Att det var därför det funkade så bra.”

”Ja, det är väl så det har varit, men plötsligt kändes det inget kul längre. Jag kan inte riktigt förklara det. Det kanske bara är det att jag har levt så här så länge.” Lussan fyllde på champagne i deras glas. ”Fast egentligen vet jag inte riktigt om det är jag som har valt att leva så här, eller om jag bara har gillat läget. Jag kanske har nöjt mig med tillfälliga affärer och älskare på genomresa bara för att jag inte har kunnat få något annat.” Agnes skulle precis protestera, när Lussan skakade lite på sig. ”Äsch, det är nog bara en tillfällig svacka. Jag är snart tillbaka på banan igen! Torben är kvar i stan ett par dagar till. Jag sa att jag kanske skulle ringa. Och förresten finns det ju mer fisk i sjön …” Hon nickade diskret bort mot reklamtöntarna.

”Nu känner jag igen dig, jag blev nästan orolig där ett tag!” De skålade innan Agnes fortsatte. ”Men allvarligt talat …” Lussan avbröt henne.

”Nej, inget mer allvarligt talat i kväll! Se här istället!” Hon lyfte upp en kvällstidning som någon lämnat kvar i fåtöljen bredvid och läste på framsidan. ”*Så farlig är din elvisp. Vi har hela listan.* Tänk så mycket intressant det står i tidningarna nufördiden!”

Lussan hade dragit med henne ut på en barrunda och trots att Agnes hade slutat dricka långt innan väninnan svept sin tredje mojito hade hon hunnit bli rejält packad. Till skillnad från Lussan, som aldrig verkade bli berusad. Det var förrädiskt att festa med henne, Agnes tålde inte bråkdelen av vad Lussan gjorde. Nu satt hon och försökte råda bot på sin huvudvärk med två magnecyl som brusande löstes upp till en oaptitlig vätska i glaset framför henne.

Hon borde ha varit hos Kalle och hjälpt till. En stor del av förmiddagen hade redan gått, men tanken på ljudet från borrmaskiner och slipar var outhärdlig. Hon fick försöka kompensera genom att ringa runt och se om hon kunde hitta någon som ville ha serveringsjobb på restaurangen. De kunde visserligen annonsera, men det skulle ta för lång tid. Agnes tittade i sin telefonbok. Det fanns många namn där, men få hon egentligen kände. Det blev lätt så, restaurangpersonal var ombytlig, det var lätt att skaffa sig mycket kontakter, men det var sällan de blev nära vänner.

Hon började med att ringa Pernilla. Det var ingen hemma.

Agnes lämnade ett meddelande på svararen, sa att hon kunde erbjuda ett kul jobb om Pernilla var intresserad. Sedan ringde hon Johanna och Karin. Johanna tackade för erbjudandet men hade precis bytt jobb och trivdes där hon var. Karin hade börjat plugga, men bad att få återkomma om det skulle visa sig att studielånet inte skulle räcka. Agnes bläddrade genom telefonboken en gång till. Sorterade bort några namn, personer hon egentligen aldrig gillat men som hon, förmodligen av artighetsskäl, skrivit upp namnet på när de gått åt skilda håll. Under fliken *VWYZ*, X hade kalenderförlaget tydligen rationaliserat bort, hittade hon Henrik Valke. Det var länge sedan hon träffade honom, men som Agnes mindes var han både duktig och trevlig. Hon chansade. Först förstod han inte riktigt vem hon var, men när hon förklarat att de jobbat ihop på Trevor & Co kopplade han.

”Ja men, nu vet jag! Det var länge sedan. Hur är det?”

”Bara bra, tack.” Agnes höll luren en bit från örat för att skona sitt stackars huvud från den pigga rösten. ”Du, jag tänkte höra om du är intresserad av ett jobb.”

”Servering?”

”Ja. En nyöppnad restaurang. Vet du vem Kalle Reuterswärd är?”

”Köksmästaren på Picnic, eller hur?”

”Ja, fast han ska öppna eget nu. På Skånegatan. Skulle du vara intresserad?

”Ja … från när då?”

Agnes höll tummarna. ”Nästa vecka.”

”Oj då, snabba ryck!”

”Ja, du vet hur det är … Vad gör du förresten just nu? Har du jobb?”

”Ja, alltså, egentligen … Inget riktigt jobb, kan man väl säga. Jag skriver. En bok.”

”Jaha, vad spännande. Vad då för bok?”

Henrik suckade. ”Grejen är att jag skulle skriva den här romanen som jag har gått och tänkt på i flera år nu. Så jag sa upp mig från mitt förra jobb, för jag tänkte att det inte blir gjort annars."

"Det låter rimligt."

"Problemet är bara att det inte blir gjort ändå." Han skrattade till lite torrt. "Jag har skrivit fjorton sidor på tre månader."

"Men det är väl inte så illa?"

"Jo, med tanke på att jag har kasserat allihop. Jag har liksom gått omkring i flera år i tron att jag egentligen är författare, fast jag aldrig har fått chansen att skriva på riktigt."

"Och nu har du fått chansen …"

"Ja, och jag är inte lika övertygad längre."

"Det är säkert bara skrivkramp, eller vad det kallas."

"Det är möjligt, men tills den släpper borde jag nog tänka på min försörjning. Min sambo börjar tröttna på att leka mecenat." Agnes tänkte på alla månader hon försörjt Tobias när hans "stolthet" förbjudit honom att städa och jobba som spärrvakt.

"Jag kan i och för sig förstå henne", sa hon försiktigt.

"Honom."

"Förlåt?"

"Honom. Min sambo alltså."

"Jaha … ja ja … visst, honom, ja." Agnes kände sig dum.

"Men du, om jobbet, jag ska fundera på det. Kan jag ringa dig senare i dag?"

"Gör det." Agnes lämnade sitt nummer och de avslutade samtalet. Nu orkade hon inte ringa mer. Hon gick in i sovrummet och la sig på sängen. Magnecylen började verka och huvudvärken var inte lika påtaglig längre. Innan hon dåsade bort tänkte hon på restaurangen, Små citroner gula. Det var bara fem dagar kvar till invigningen. Hon hoppades innerligt att Kalle hade koll på läget. Köket var visserligen i hyfsad ordning, de hade redan målat väggarna i matsalen, baren var byggd och borden skulle komma i veckan. Men allt annat var kaos. De hade inget porslin, fabriken som skulle leverera stolarna hade "fått problem" – oklart hur stora, det fanns inget handfat på gästtoaletten, ingenstans att hänga ytterkläder. De saknade kockar och serveringspersonal. Frysen hade fabrikationsfel och skulle bytas, armaturen i matsalen bestod fortfarande av två nakna glödlampor på 100 watt styck. Vattnet var inte inkopplat i baren och kylen inte installerad. Ytterdörren lät som en stenkross. Det var osäkert om skylten skulle hinna bli färdig, detsamma gällde omslaget till matsedlarna. Menyn var inte skriven, även om hon och Kalle diskuterat en hel del medan de målade, och vinlistan bara halvfärdig. Det fanns, kort sagt, mycket att oroa sig över. Ändå var det inte det Agnes gjorde där hon låg. Hon tänkte på de vackert citrongula väggarna och det himmelsblå porslinet hon och Kalle valt ut tillsammans. Hon tänkte på den lilla barhörnan och de två nedsuttna skinnfåtöljerna de hittat på Myrorna och som passat så bra in där. Det skulle nog ordna sig, tänkte hon och somnade.

”Hej, det är Pernilla! Du hade ringt.”

Agnes harklade sig, rösten bar inte riktigt. ”Ja, vad bra att du ringde tillbaka.” Hon försökte samla sig. Hon hade sovit i två timmar, huvudvärken var borta, men hon var å andra sidan väldigt hungrig. ”Kalle Reuterswärd från Picnic ska öppna eget och behöver personal. Är du intresserad? Det är snabba ryck, invigning på lördag.”

”Absolut!”

”Förlåt?”

”Absolut. Jag är intresserad.”

”Men …” Agnes visste inte vad hon skulle säga, hon hade inte varit förberedd på ett så klart besked. ”Du menar att du vill ha det?”

”Ja, jag vill ju gärna prata med Kalle och kolla in stället, men principiellt, ja. Jag är arbetslös.”

”Är *du* arbetslös?” Agnes blev förvånad. Hon hade känt Pernilla ett par år, hon var en tuff tjej.

”Jag sa upp mig förra veckan. Stod inte ut med min chef. En riktig gris, tafsade och hade sig.

”Så du sa upp dig?” Agnes svalde, historien lät bekant.

”Han fick betala mig en extra månadslön för att jag slutade, annars hotade jag med att anmäla honom för sexuella trakasserier.”

”Och det gick han med på?”

”Ja, vad skulle han annars ha gjort?”

Agnes tänkte att det fanns mycket annat han kunde ha gjort. Och mycket annat Pernilla kunde ha gjort. Nöjt sig med att få sparken och gå utan lön till exempel. ”Har du tid att träffa Kalle i dag?” Agnes sneglade på klockan. Halv tre. Kalle skulle förmodligen vara på restaurangen hela kvällen.

”Ja, visst. Jag har lite att göra nu, men tror du att det funkar vid fem?”

”Säkert.” Agnes lämnade adressen på Skånegatan.

”Vad heter stället förresten?”

”Små citroner gula. Och det ser fortfarande ut som en byggarbetsplats, var beredd på det.”

”Okej, vi ses!”

Agnes hasade sig ur sängen och gjorde sig i ordning för att åka in till stan. På vägen nerför trapporna hörde hon musik på andra våningen. Det hände ofta. Den kom från Kummels lägenhet. Bob Dylan på hög volym. Hon rös till, hon avskydde Bob Dylan. Inte ens Tobias hade lyckats övertyga henne om hans storhet.

Kalle blev glad när hon dök upp. Och ännu gladare blev han när hon berättade om Pernilla och Henrik. Själv hade han också goda nyheter. Han hade hittat en kock, Filip, som han var mycket nöjd med. Filip skulle i sin tur kontakta en kock han kände som, enligt honom, var ”precis rätt för konceptet”.

”Det ordnar sig nog det här, ska du se”, myste Kalle. ”Dessutom hoppas jag att du noterade att vi nu har en garderob!”

”Jag såg det, fantastiskt! Och dörren har du fixat också. Den lät knappt någonting nu.”

”Man behövde bara höja upp den några millimeter och smörja gångjärnen. Jag önskar att det här med vattnet i baren var lika enkelt ... VVS-killen kommer i morgon. Han ska fixa handfatet på toaletten också. Borden och stolarna ska levereras på torsdag. Peppar, peppar ...”

Ett svagt ljud hördes från dörren när Pernilla kom in i lokalen. Hon hälsade på Kalle. De hade träffats tidigare, genom bekanta, men inte jobbat ihop förut. Pernilla tog av sig ytterkläderna. Hon var nästan lika lång som Agnes, annars var de väldigt olika. Agnes var späd och finlemmad, Pernilla kraftig. Absolut inte tjock, snarare atletiskt byggd. Breda axlar och smala höfter som en simmare. Hon hade rött hår, förmodligen av naturen, men definitivt förstärkt med färg. Det var intensivt kopparrött mot den bleka huden. Färgstark, tänkte Agnes. Och snygg, det förvånade henne inte att förre chefen försökt stöta på henne. Kalle visade henne runt medan Agnes satte på sig overallen. Det var mycket kvar att göra. Hon hörde hur de pratade glatt. Kalle berättade om maten. Pernilla berömde inredningen. När hon gick hade hon redan lämnat besked. Pernilla ville gärna börja på Små citroner gula.

När Agnes kom hem på kvällen hade Henrik ringt på telefonsvararen. Han hade bestämt sig, författandet fick vänta ett tag till. Agnes kände sig nöjd. Om bara den där Filip fixade fram en kock till, så var de i hamn.

På torsdagskvällen skulle alla i personalen träffas på restaurangen. De behövde gå igenom meny, rutiner och lokaler. På tisdagen skulle de öppna för allmänheten. Invigningsfesten var på lördag. Agnes hade bjudit in sina föräldrar, Jonas och Madde och så Lussan så klart. Mamma hade blivit glad för hennes skull när hon fått höra om jobbet. När Agnes påpekat att det trots allt var ett riskprojekt, hade mamma viftat bort det. Varför fördjupa sig i framtida besvärligheter, när man kunde njuta av stunden? Kanske låg det något i det, Agnes trivdes ju faktiskt. Åtminstone än så länge.

Agnes hade varit i restaurangen under förmiddagen för att ta emot leveranser. Stolarna hade kommit som utlovat, levererade av en sur gubbe i keps med texten *Tiger*. En tjock och sur tiger, hade Agnes tänkt. Men borden saknades fortfarande och Kalle var iväg för att jaga på leverantören. Det mesta när det gällde mat och dryck hade han redan ordnat, men fiskgrossisten hade plötsligt gått i konkurs och Kalle hade tillbringat halva onsdagen med att försöka hitta en ny. Det var första gången Agnes tyckte sig ha anat en viss nervositet hos Kalle. Han var verkligen märkvärdigt lugn med tanke på hur mycket som fortfarande inte var färdigt. Det verkade i alla fall ha ordnat sig med den nya fiskleverantören, för Kalle hade återvänt med ett kontrakt. Agnes beslöt sig för att åka hem en vända innan mötet. Hon skulle precis hinna slänga i sig en nudelsoppa och ta en dusch.

Två timmar senare var hon tillbaka i lokalen. Kalle och Pernilla var redan där. Agnes slog sig ner på en av de nya stolarna. Strax därefter kom Henrik. Han hade redan träffat Kalle, men hälsade hjärtligt på Agnes och Pernilla. Han var sig lik. Lite kortare hår kanske, annars var det samma leende ansikte. Han var alltid så energifylld. Agnes var förvånad över att han inte lyckats skriva sin roman, han verkade vara en sådan där som alltid gjorde vad han föresatt sig. Men å andra sidan, vad visste hon, hon hade ju inte ens fattat att han var bög.

Kalle hade köpt en back öl och Agnes tog en Stella medan hon väntade. Hon var nyfiken på kockarna. Kalle hade berättat att Filip var väldigt duktig, men ung. Någonstans kring tjugofem. Den andra killen visste hon än så länge inget om. Nu skulle hon väl få veta, för dörren öppnades och de två männen steg nerför den lilla trappan. Agnes stirrade på dem när de hälsade. Den ene av dem kände hon igen. Alltför väl.

”Hej, jag heter Paolo”, sa han när han sträckte fram handen. Så kände han igen henne också. Han stelnade till. Agnes visste inte vart hon skulle ta vägen. Hon kände sig dum. Riktigt, riktigt dum. De tittade på varandra under tystnad i vad som kändes som flera timmar. Så började han le. Försiktigt. ”Jaså”, sa han till sist. ”Det är du.”

”Ja.” Svaret lät som ett pip. Ett löjligt litet pip. Han log fortfarande, men Agnes kunde inte avgöra om det var vänligt eller hånfullt. Filip kom fram till dem. Han sträckte fram handen och presenterade sig. Agnes gjorde detsamma. Paolo stod kvar och Filip tittade lite undrande på honom.

”Känner ni varandra, eller?” Nu tittade alla i lokalen på dem. Det var tyst, de väntade på ett svar. Det var Paolo som först tog till orda.

”På sätt och vis. Vi möttes som hastigast för ett par veckor sedan. Inte sant?”

”Jo, jo just det...” stammade Agnes. Innan Paolo gick och satte sig blinkade han lite med ena ögat mot henne. Kanske var han inte hånfull i alla fall.

Agnes hade svårt att koncentrera sig på vad som sades. Hon ville inte titta på de andra, var rädd för att möta Paolos blick. Så otroligt pinsamt! Det var ett av hennes livs få one-night-stands och definitivt det enda där hon smugit iväg på natten utan att säga adjö. Hon kunde bara föreställa sig vad han hade för uppfattning om henne. Hon trodde hon kommit undan med blotta förskräckelsen, Stockholm är trots allt ganska stort. Men här satt han nu, på en nyköpt ekstol en meter bort. Hennes nye kollega.

Kalle bad att var och en av dem skulle berätta lite kort om vilka de var. Agnes skulle börja. Hon tittade ner i knäet och drog kort sin resumé. Le bateau bleu hoppade hon över, men Kalle lät henne inte slippa undan. Han fyllde i och berättade att hon minsann jobbat som hovmästare på den legendariska franska restaurangen. Agnes sa att det bara varit en kort period och därför knappt var värt att nämna, sedan sa hon att hon var färdig med sin berättelse. De andra drog sina historier, en av dem hade hon hört förut, sedan började Kalle att tala om maten.

Agnes glömde nästan bort sin blygsel när hon lyssnade på genomgången av menyn. Allt lät så fantastiskt gott. Framför allt med minnet av den salta nudelsoppan fortfarande i gommen. Beskrivningarna av citronmarinerade grönsaker, hummer med chilidipp och rostad kyckling i timjansky fick Filip och Paolo att nicka instämmande.

”Som ni märker är det ett koncept med rena, enkla rätter som inspirerats av maten från Medelhavet, kryddat med lite asiatiska influenser”, sammanfattade Kalle. ”Jag är inte intresserad av att bryta ny mark med lökmarmelad och vaniljvinägrett och rätter staplade i löjliga torn som inte går att äta. Hit ska man gå för att man gillar fräsch mat, inte för att man nödvändigtvis måste ha det allra senaste." De andra applåderade spontant. Kalle log generat. Så presenterade han sitt förslag till schema. De skulle jobba två personer i köket och två i matsalen. Eventuellt fick man överväga en tredje person fredagar och lördagar, men tills vidare skulle de jobba enligt förslaget. Ingen protesterade och Kalle lämnade ett ex av schemat till var och en. Så lyste han upp. "Jo, jag har ju en sak till. Vänta!" Han reste sig och gick ut i köket. Han var snabbt tillbaka med en pappkartong i händerna. Han öppnade den och började plocka upp innehållet. "Hoppas jag har tagit rätt storlekar. Agnes, varsågod, medium." Han räckte över en tröja till henne. Den var kortärmad, insvängd i midjan och intensivt limegrön. På bröstet var logotypens tre gula citroner tryckta.

"Den är jättefin!" utbrast Agnes. De andra som också fått sina tröjor höll med.

"Döfräck!" tyckte Henrik och höll upp den rakare killmodellen mot bröstet.

"Lite liten, möjligen ..." Pernilla drog försiktigt i materialet för att se hur mycket det gick att töja ut.

"Det finns några reservstorlekar", la Kalle till. "Jag tänkte att servispersonalen skulle ha de här tröjorna, förslagsvis till vanliga jeans. Små citroner gula är en cool, modern restaurang. Jag vill att det syns på personalen. Min kompis som designade loggan hjälpte mig med tröjorna. Vi har fått dem sponsrade mot att märket står angivet i menyn. De sa dock inget om hur stora bokstäverna måste vara, så om ni använder förstoringsglas kan ni se namnet längst ner till höger på insidan." Kalle flinade. "Filip och Paolo får givetvis också varsin. Varsågoda!" Han kastade över tröjorna till Filip som gav den ena till Paolo. Agnes noterade i ena ögonvrån att den gröna färgen var snygg mot hans mörka hår. Detsamma gällde Pernilla, hon matchade färgen väl. Själv skulle väl Agnes försvinna alldeles. Hon höll upp tröjan mot sig.

"Du passar i färgen." Paolo tittade på henne och nickade.

"Tycker du? Blir jag inte för blek?"

”Inte alls. Den där gröna passar jättebra till dina bruna ögon.”

”Tack.” Agnes tittade ner i knäet igen. Hon rodnade.

Kalle hade börjat gå igenom invigningsfesten. Den skulle börja klockan sju på lördagen och det skulle komma cirka hundra gäster. De skulle bjuda på en buffé baserad på menyn. Vin- och ölleverantörerna sponsrade drickan till festen.

”Vi börjar förbereda maten i morgon, så ni kan komma vid tretiden”, sa Kalle och tittade på kockarna. Det märktes att han hade auktoritet, men det var en naturlig sådan. Hon hade inte tänkt på det medan de jobbat med renoveringen, men nu kände hon igen det från köket på Picnic. Han behövde aldrig höja rösten eller bli otrevlig, folk gjorde som han sa ändå. En praktisk egenskap för en chef, tänkte Agnes.

När alla punkterna för mötet var avklarade satt de kvar en stund och småpratade. Om restauranger de jobbat på, omöjliga kollegor och slavdrivande chefer. Pernilla berättade om sin tafsande grischef. Agnes berättade inte om sin. Hon började känna sig trött. Det var dags att gå hem. Hon ursäktade sig och plockade ihop sina saker. De andra satt kvar. Precis när hon skulle gå ropade Paolo på henne.

”Ska du till tunnelbanan?”

”Ja.” Vad skulle hon säga, hon kunde ju inte gärna ljuga?

”Jag hänger på, är det okej?”

”Visst.” Agnes ångrade sig, hon kunde visst ha ljugit. Paolo plockade åt sig sin jacka och kom efter henne uppför trappan. De sa hej till de andra och gick ut på gatan. Några meter gick de tysta. Agnes kände på sig att det var hon som borde säga något. Hon tog sats. ”Ja, du kanske undrar …” Längre än så kom hon inte. Hon hade ingen aning om vad Paolo undrade.

”Varför du stack?” fyllde han i.

”Ja.”

”Det är klart att jag blev lite förvånad, det måste jag erkänna. Jag tyckte vi hade väldigt trevligt …” Agnes ville bryta in, säga att hon visst haft trevligt. Att det inte handlade om det. Men Paolo fortsatte. ”Å andra sidan tror jag att jag förstår varför.”

”Jaså?”

”Ja, jag har väl gjort det själv en och annan gång…” Agnes tittade på honom. Han skrattade till. ”Ja, det är ingen vana jag har, men som sagt, det har väl hänt.” De hade kommit ut på Götgatan. Det var mörkt, men ändå ganska mycket människor ute. Förmodligen var det folk som var på väg hem från biograferna i närheten.

”Jag har i alla fall aldrig gjort det förut”, sa hon till sist.

”Oj då, det låter inte som en komplimang… Vad hade jag gjort som fick dig till detta?”

”Det handlade inte om dig.” Hon övervägde om hon skulle säga något om Tobias. Kanske det var lika bra. ”Det hade precis tagit slut med min kille och jag var väl… inte riktigt i balans. Jag borde inte ha följt med dig hem, och med det menar jag inte att jag inte gillade det, utan att jag inte var redo för det. Förstår du vad jag menar?”

”Det tror jag nog.”

”Jag ber om ursäkt för att jag stack. Det var inte speciellt schyst.”

”Nej, det var väl inte det, men ursäkten är accepterad. Men Gud nåde dig om du lämnar mig i skiten när vi jobbar!” Han skrattade till. Agnes också. De var framme vid tunnelbanan på Medborgarplatsen. Agnes började gå nerför trapporna. Efter några steg märkte hon att Paolo inte följde med.

”Skulle du inte ta tunnelbanan?” frågade hon.

”Nej, jag ljög”, sa han. ”Jag ville bara prata med dig innan vi börjar jobba ihop. Det verkade för komplicerat att vi skulle gå omkring och låtsas som ingenting.”

”Tack för att du gjorde det.” Agnes tittade på honom och log. ”Jag var för feg”, la hon till innan hon vinkade och gick resten av trappan ner mot spärrarna. Hon kände sig lättad. Mycket lättad.

Klockan fyra klev Agnes in på restaurangen. Hon hörde hur det slamrade från köket och gick direkt dit. Filip stod och rörde i en gryta och Paolo sköljde grönsaker. En radio stod på i bakgrunden. De vände sig om och hälsade glatt på henne när de hörde ljudet från svängdörren. Stämningen var koncentrerad, men inte hetsig. Filip berättade att Kalle precis åkt i väg för att hämta en ljudanläggning till festen. Agnes gick ut i matsalen. Borden var lite omstuvade för att ge plats åt ett långbord i mitten där buffén skulle serveras. Hon hängde av sig ytterkläderna och började sedan duka. När hon var färdig tittade hon sig omkring. De hade visserligen provdukat några av borden tidigare, men det här var första gången hon såg lokalen som en helhet. Hon kunde lugnt konstatera att det blev snyggt. Väldigt snyggt till och med. Om maten höll samma klass skulle det bli en suverän restaurang.

En timme innan festen skulle börja var de alla samlade. Kalle var på bra humör, men verkade nervös. Han gjorde sig ideligen ärenden ut i köket för att kolla än det ena, än det andra. Agnes kunde förstå honom. Det här var hans dröm, hans eget projekt som blivit verklighet. Det var klart han ville att det skulle bli bra.

Precis som hon. Små citroner gula var visserligen inte hennes restaurang, men hon kände sig ansvarig ändå. Det var första gången hon varit med från början, fått vara med och bestämma. Och resultatet speglade också mycket av hennes åsikter.

Kalle dök upp igen i matsalen och påkallade deras uppmärksamhet.

”Som ni vet så är inte det här den officiella öppningen, det är en fest för att fira att vi nu drar igång på allvar. Gästerna i kväll är våra vänner, våra familjer, och ingen kommer, garanterat, att betala för sig.” De fnissade till lite. ”Det här är *min* restaurang.” Kalle tystnade och tittade på de andra. ”På papperet. I praktiken ser jag det som *vår* restaurang. Det är vi tillsammans som kommer att skapa vårt koncept, vår framgång ...” Henrik visslade till och applåderade. De andra stämde in. ”Jag väntar mig att alla gör sitt bästa. Och lite till. Och i kväll förväntar jag mig också ...” han gjorde en paus till, ”... att alla ser till att ha jävligt roligt!” Applåder igen. ”Då var det färdigtalat från mig. Nu fixar vi färdigt maten. Paolo, du bränner på spetten, Filip förbereder räkorna. Ni andra tar fram uppläggningsfaten från kylen och ställer fram. Själv ska jag ta en öl och lugna mina nerver. Om en kvart är våra gäster här.”

Alla satte igång med sitt. Agnes tände ljusen runt om på borden och korkade upp vinflaskor. Henrik och Pernilla fyllde buffébordet med tallrikar från köket. Skålar med oliver, små biffspett med sesamfrön, vitlöksscampi, skuren kycklingfilé som doftade av timjan, marinerade grönsaker, grillad aubergine, hembakat bröd, dippsåser, parmaskinka, ett fantastiskt fruktfat och så, överallt, massor av citroner. Det såg gott ut, mer hann hon inte tänka innan dörren rasslade till och kvällens första gäster hade anlänt.

Sture Reutersward steg ner på golvet. Bredvid honom gick hans fru klädd i en kort päls. Agnes skyndade sig fram för att hälsa. Stures handslag var fast, rösten mörk. Hans hustru, Alice, hade ett handslag som en sedan länge död strömming och i andra handen en enorm blombukett. Agnes pekade mot garderoben och sa att hon skulle hämta Kalle. I samma stund kom han ut från köket. Han gick fram till sina föräldrar, tog sin far i handen och kramade om sin mamma. Han såg plötsligt mycket ung ut, tänkte Agnes innan nästa gäst klev in. Det var kompisar till Filip. Sakta fylldes lokalen.

Maud och Sven kom tillsammans med Madde och Jonas. De hade också med sig blommor, Madde dessutom en nallebjörn. Som maskot, sa hon, och gav den till sin storasyster. Agnes tog nallen och satte den i fönstret. Blommorna placerade hon i en vas. Hon undvek att ställa den i närheten av den enorma uppsättning Kalles föräldrar haft med sig och som förmodligen skulle ha platsat bättre på nobelfesten i Blå hallen än provisoriskt nerstoppad i en tom gräddfilshink – inga vaser de hade var stora nog. I jämförelse med den såg de andra buketterna ut som grannungarnas ihoprafsade maskrosor. Maud tittade sig omkring.

”Vad fint det är”, sa hon beundrande.

”Jättefint!” la Madde till och nickade. ”Om man gillar gult.”

Agnes frågade vad de ville dricka och bjöd dem att ta för sig av buffén. Det var mycket folk i lokalen nu. Det sorlades och pratades och så vitt Agnes kunde se verkade gästerna ha trevligt. Hon fick flera kommentarer om den goda maten och förmedlade dem noga till Filip och Paolo. Lussan hade inte kommit ännu. Hon hade förvarnat om att hon skulle bli sen. De hade fest på jobbet, men hon skulle försöka smita tidigt därifrån hade hon sagt.

Plötsligt var det någon som knackade i ett glas och harklade sig. Det tog ett tag innan tystnaden spridit sig och Kalle sänkt musiken. Sture Reuterswärd stod lugnt och avspänt mitt i lokalen. Han verkade van vid att ha allas uppmärksamhet.

”Jag skulle bara vilja säga några ord till min son denna dag”, sa han och tittade sig omkring. ”Karl har ju drömt om detta länge, som jag har förstått det. Inte alltid med mitt godkännande, måste jag erkänna, och det beklagar jag i dag.” Han harklade sig, hålla tal var en sak, erkänna misstag en helt annan. Han tog ny sats. ”När jag i dag ser den här restaurangen känner jag stolthet över vad min son åstadkommit och jag är övertygad om att den, men den erfarenhet och kunskap som Karl och hans vänner besitter, kommer att bli en stor succé.” Alla applåderade och Alice Reuterswärd torkade diskret bort en tår med en välmanikyrerad hand. Sture höjde glaset. ”Därför vill jag utbringa en skål för Karl. Och för denna förträffliga restaurang – *Små citroner gula*! Med en önskan om obegränsad framg…” Han avbröts mitt i meningen av dörren som öppnades. Lussan klev in. Det var alldeles tyst i lokalen. Alla tittade på henne. Hon blev stående på trappavsatsen ett kort ögonblick innan hon flinade till.

”Var det här det var beställt strippogram?” frågade hon oskyldigt. Några fnissade till. Sture Reuterswärd såg inte road ut. Agnes skyndade sig fram.

”Kom in, Lussan”, sa hon snabbt. ”Kalles pappa höll precis tal”, la hon till lite tyst för att Lussan skulle greppa läget. Lussan lät sig motvilligt ledas ner från trappan. Sture harklade sig ännu en gång och fortsatte.

”Som sagt, med en önskan om framgång utbringar vi ett fyrfaldigt leve för Karl och hans restaurang. De leve, hipp hipp…” Gästerna stämde in i hurraropen. När sorlet återigen tagit vid kramade Agnes om Lussan och hälsade henne välkommen.

”Hur var det på festen?”

”Tråkigt. Alla hade sina respektive med sig. Otroligt städat, inte ens Peter flirtade med mig och då är det illa. Jag stjälpte i mig några drinkar och ursäktade mig. Sedan stack jag hit.”

”Vill du inte ha lite att äta?”

”Tack, men jag har ätit mig mätt på jordnötter och salta pinnar, men ett glas vin vore inte helt fel.” Agnes hämtade ett glas åt henne. ”Vad läckert det är här”, sa Lussan när Agnes kom tillbaka. ”Ni har verkligen gjort det jättesnyggt. Men hallå, vad…” Lussan stirrade mot baren. ”Men herregud, det är ju *han*…” Hon pekade på ett sätt som knappast kunde kallas diskret bort mot Paolo som just kommit ut ur köket och stod och snackade med några gäster. Agnes försökte dämpa henne.

”Ja, det är det, men du behöver väl inte gapa så. Jag ska berätta hur det hänger ihop.”

”Du har dejtat honom i hemlighet sedan den där kvällen, är det så!?”

”Absolut inte. Jag blev lika förvånad som du när han dök upp på restaurangen. Han är kock.”

”Vad menar du? Jobbar han här?”

Agnes nickade. ”Ja.”

”Hoppsan, kärlek på jobbet …”

”Verkligen inte! Det var en engångsföreteelse, det hade ingenting med kärlek att göra. Vi jobbar ihop nu. Det är det enda. Inte alla har affärer med sina kollegor …”

”Vad då? Menar du mig? Jag har ingen affär med någon kollega!” Lussan såg förolämpad ut, så brast hon ut i skratt. ”För närvarande.” Hon studerade Paolo en stund till innan hon på nytt vände sig mot Agnes. ”Men du, han är söt. Är du säker på att du inte är intresserad?”

”Helt säker. Bergsäker. Bombsäker.”

”Var han inget bra i sängen, eller?”

”Jag kommenterar av princip inte sådana saker.” Agnes snörpte symboliskt på munnen. ”Men om du nödvändigt vill veta så har jag inga anmärkningar när det gäller den prestationen. Det handlar om andra grejer, det vet du.”

”Tobias?”

”Typ.”

Lussan stönade, men innan hon hann börja föreläsa avbröt Agnes henne. ”Du behöver inte oroa dig, men jag är en trög varelse. Jag kan inte bara släppa fyra år av mitt liv, hur praktiskt det än skulle vara. Nu får du ursäkta, för nu tänkte jag gå och prata med mina föräldrar. De ser lite bortkomna ut.” Hon vände sig om och tog ett steg innan hon hejdade sig. ”Förresten”, la hon till vänd mot Lussan. ”Om du nu tycker han är så söt kanske *du* skulle gå bort och prata med honom. Om du står ut med att han inte har kostym … Hälsa från mig."

Agnes banade sig bort mot sina föräldrar. De stod lite för sig själva i ett hörn och lyste upp när Agnes kom emot dem.

"Åh, vilken trevlig fest!" sa Maud och Sven nickade instämmande.

"Tack. Hur går det med datakursen, då?"

"Utmärkt, alldeles utmärkt!" Sven såg påtagligt nöjd ut. Vi har lärt oss Windows och Word. Nu håller vi på med FrontPage, så snart kommer vi att kunna göra vår egen hemsida."

"Om trädgården?"

"Ja, det är inte så ovanligt som man kan tro." Maud spärrade upp ögonen för att understryka detta faktum. "Vi har besökt flera stycken, eller hur Sven? Den där i Århus till exempel och …"

"Vänta nu, har ni varit i Århus?"

"Nej, nej!" Maud skrattade. "Besökt hemsidan förstås. Och inte bara i Århus, vi har hittat trädgårdsfantaster runt om i hela landet. Minns du den där i Olofström, Sven?" De började diskutera sajter och trädgårdar. Agnes stod kvar en stund innan hon tröttnade. Det var ju trots allt fest. Hon kunde inte stå och hänga med sina föräldrar hela kvällen. Hon sa åt dem att ta mera mat och förse sig med vin om de ville, så gick hon ett varv i lokalen. Tittade över buffén, tog med några tomma fat ut till köket och fyllde på med nytt. Bytte några ord med Kalle vars nervositet helt verkade ha släppt. Han stod med Sofia och tog emot gratulationer. De var så söta ihop, tänkte Agnes. Övertygade om att de hittat rätt. Precis som Agnes varit till för några månader sedan. Då när hon varit en av två. Hälften av en helhet som inte längre fanns. Hon tänkte inte lika ofta på det nu. Inte varje minut, men nästan. Hon försökte skaka av sig tankarna. Det var fest, hon ville inte förstöra den genom att börja grubbla över Tobias.

Hon sökte igenom lokalen och hennes blick fastnade på Lussan. Hon stod i baren, bredvid Paolo. Han berättade något och hon skrattade. Agnes kände igen det där skrattet. Det var så Lussan flirtade. Hon fick män att känna sig roliga, beundrade. I själva verket var det hon som var den roliga, åtminstone i förhållande till de flesta av alla stentrista kostymnissar hon släpat hem genom åren. Men Paolo var ingen kostymnisse. Hon kikade lite försiktigt bort mot dem igen. Paolo fyllde precis på Lussans vinglas och hon låtsades imponerad av den chevalereska gesten. Ett spel. Lussan verkade veta vad hon ville, vilket förvånade Agnes en del. Paolo var inte hennes vanliga typ, men vem vet, hon hade kanske tröttnat på sin egen smak. Eller så var hon bara ute efter en leksak för kvällen. Agnes visste inte om hon skulle ha dåligt samvete för att hon tipsat om Paolo. Hon studerade dem en stund till och beslöt sig sedan för att både Lussan och Paolo var vuxna människor och förmodligen själva kunde avgöra hur de ville tillbringa natten.

Kvart över två hade den sista gästen gått. Eller snarare, fösts iväg. Agnes var dödstrött, full och väldigt nöjd. Festen hade varit en succé och hon var helt färdig. Kalle var också kvar, och Pernilla. De andra hade gått hem, eller ut på stan. Lussan hade kramat om henne innan hon stack och Agnes fick inte riktigt klart för sig om hon gick ensam eller med Paolo och några till som skulle vidare. Hon fick väl rapport i morgon, det brukade bli så.

Kalle gäspade stort.

”Nej hör ni, nu lägger vi av. Jag tar hand om det här i morgon.” Han pekade på lokalen som såg rejält medtagen ut med vinfläckiga dukar, fulla askfat, matrester på golvet och nedbrunna ljus. ”Tack för en jätteinsats i kväll. På tisdag kör vi skarpt.”

Agnes promenerade upp till Slussen och behövde inte vänta mer än fyra minuter på nästa tunnelbana mot Norsborg. Precis när dörrarna slogs igen såg hon två figurer komma springande nerför trappan. De kom för sent, tåget hade redan satt sig i rörelse. Och det var nog tur. För Agnes. Det var Tobias och ett par rejäla bazookas.

Agnes vaknade med svår huvudvärk. Det kändes som om någon höll på att stampa på en stackars katt inuti hennes huvud. Hon hade drömt en plågsam dröm om en gatumusikant i Gamla stan. Värsta sorten, en sådan där som entonigt maler uttjatade coverlåtar till en illa stämd gitarr. Hon och två tyska turister hade varit fastbundna vid ett stuprör mitt emot musikanten. Varför mindes hon inte. Det tog en stund innan hon kände vad som var fel. Hon var vaken, hon var torr i munnen, hon hade ont i huvudet, men det var något annat också. Musiken. Den tog inte slut. Hon blinkade några gånger och drog täcket över huvudet. Den försvann inte. Tvärtom drog sångaren igång med förnyad kraft. *Knock, knock, knocking on heaven's door…*

Agnes satte sig upp i sängen. Huvudet dunkade. Det var ingen dröm. Det var inte ens någon förvirrad gatumusikant som ställt sig under hennes fönster med sin akustiska gitarr. Det var Bob Dylan. *Himself.* På outhärdligt hög nivå. Ljudet trängde in från trapphuset, via fläktsystem och element. Agnes tittade på klockan. Hon var visserligen över tio, men det var söndag och Agnes hade inte kommit hem förrän närmare halv fyra. Hon ville sova, länge till. Inte väckas av en sketen trubadurs bräkande.

Hon slet åt sig morgonrocken från golvet. Det dunkade till i pannan när hon böjde sig ner. Någon måtta på terrorn fick det vara! Hon klev i ett par jympaskor som stod i hallen och trampade ner hälen så de fungerade som tofflor. Det var förresten alltid så hon använde dem, till tvättstugan till exempel. En sorts sporttofflor, eller sabbade jympaskor, beroende på hur man såg det.

När hon öppnade dörren till lägenheten slog Bob emot henne som en gammal unken sextiotalsvind. Det var inte svårt att lokalisera var ljudet kom ifrån. Så fort hon kommit ner till Kummels dörr knackade hon på. Så en gång till. Hårt. Det dröjde innan grannen öppnade, men till sist gick dörren upp. David Kummel hade knäppt skjortan fel och hade även denna gång badtofflor och hår på tårna, men han hade åtminstone inte pälsmössan på sig. Alltid något.

Agnes sa inget, tittade bara argt på honom. Han tittade frågande tillbaka.

"Du tycker inte att du borde sänka din musik en aning?" sa hon till slut så högt hon förmådde så att han skulle förstå att det inte ens gick att tala i vanlig samtalston med den där volymen på skivspelaren. Han blinkade till, som om han först nu reagerade på musiken.

"Oj då, är det för högt? Vänta lite." Han försvann in i lägenheten och efter några sekunder tystnade musiken. Han dök upp igen. "Förlåt, det var verkligen inte meningen, jag trodde inte att det var någon fara så här dags. Jag satt och jobbade och ..." Han tappade tråden.

"Du har inte tänkt på att det finns de som jobbar på nätterna? Som behöver sova på morgnarna?"

Han såg skamsen ut. "Nej det tänkte jag inte på. Förlåt. Jag ber verkligen om ursäkt. Det ska inte hända igen."

"Okej." Agnes gjorde sig beredd att gå, men David sken plötsligt upp.

"Men du, har du inte lust att komma in? Jag menar, nu när du ändå är vaken. Jag kan sätta på kaffe. Oväntat besök och så, är det inte så här det går till i reklamen?”

Agnes tittade ner på sin morgonrock och sporttofflorna med hälarna som hängde en bit utanför, kände den unkna smaken i munnen. ”Nej, tack”, sa hon innan hon gick tillbaka upp för trappan igen. ”En annan gång kanske.”

På eftermiddagen ringde Lussan. Hon lät inte heller vidare pigg.

”När kom du hem, då?” frågade Agnes.

”Vet inte. Sent.”

”Vad gjorde du? Eller *ni*?”

Lussan låtsades inte om insinuationen. ”Vi gick på något hemskt ställe på Kungsgatan. Jag kommer inte ihåg vad det hette. Karaoke hade de i alla fall. Jag tror jag gjorde ett mindre bejublat framträdande av *It's raining men*.”

”Och? Paolo?”

Lussan suckade. ”Vi pussades god natt och sedan stoppade han mig i en taxi.”

”Jaså?”

”Usch, du är inte arg på mig, va?”

”Arg? Varför det?”

”Ja, om jag avbröt någonting som …”

”Men sluta, jag sa ju att jag inte var intresserad.”

”Är det säkert?”

”Helt säkert”, svarade Agnes medan hon funderade på om hon också menade det. ”Att du inte tog med honom hem.”

”Jag försökte. Han ville inte.”

”Aj då.”

”Ja, pinsamt, men knappast första gången. Man blir hårdhudad som initiativrik kvinna. Alla män säger att de vill ha kvinnor som tar för sig, men när vi väl gör det så blir de impotenta.”

”Gäller det Paolo också, tror du?” Det där med impotens, hade Agnes svårt att känna igen. Å andra sidan hade ju initiativet den gången knappast varit hennes.

”Jag vet inte. Han sa att han tyckte jag var för berusad.”

”Var du det?”

”Förmodligen.” Lussan skrattade till, som alltid när något blev allvarligt. ”Du då?”

”Jo då, jag blev nog rätt berusad jag också.”

”Det var ju skönt att höra … Tog du en taxi hem?”

”Nej, tunnelbanan.” Agnes tystnade. En bild dök upp i huvudet. Ett par, hand i hand, skrattande springande nerför en trappa. Hon hade försökt förbereda sig på den bilden. Tvingat sig att föreställa sig Tobias tillsammans med sin nya flickvän, ändå hade verkligheten varit överväldigande. Överväldigande hemsk. Skulle det aldrig sluta göra ont?

Lussan fortsatte att prata. ”Det var en trevlig fest ni hade ordnat. Och, som sagt, jättefin restaurang! Den kommer nog att gå toppenbra.”

Agnes blev tacksam över att byta ämne. ”Jag hoppas det, för Kalles skull”, sa hon. ”Och min. Jag tror varken min karriär eller min ekonomi skulle tåla ett misslyckande till.”

”Det kommer att gå bra. Oroa dig inte.”

Oroa sig. Var det det hon gjorde? Kanske. Kanske inte. Hon hade svårt att tänka i raka banor, trots två magnecyl med koffein. Hon hade svårt att tänka över huvud taget, faktiskt. Utom på mat. Hon var tvungen att avsluta samtalet med Lussan. Det här gick inte längre. Hon måste ha något i sig. Riktigt fet och onyttig mat. Hon visste precis vad hon var sugen på, och det hade väldigt lite med citron och salvia att göra.

Det var en dag kvar till öppningen, den officiella. Agnes kom på sig själv med att rastlöst trampa omkring i vardagsrummet. Tre gånger slog hon på teven och zappade sig igenom TV-shop, Hallmark, repriser av dokusåpor och testbilder. En kort stund försökte hon koncentrera sig på ett avsnitt av Lilla huset på prärien. Lilla Laura tittade tårögt på sin far, som tittade tårögt på sin fru, som tittade tårögt på en åker med nedtrampade rovor. Någon hade varit stygg mot familjen Ingalls. Agnes orkade inte ta reda på vem.

Det var fortfarande bara förmiddag och dagen skulle bli lång om hon inte tog sig för något. Till restaurangen var det ingen idé att gå, hon hade redan pratat med Kalle. Ingen skulle vara där under dagen. Möjligen han själv en stund på kvällen, men han tyckte att hon behövde vila. Det var bättre att hon dök upp pigg och utvilad på tisdag istället. Då skulle krafterna behövas bättre.

Agnes tog upp telefonen och slog numret till sina föräldrar. Jo då, de var hemma och visst var hon välkommen. Hon satte på sig ytterkläderna och åkte ner till Centralen. Tågen gick varannan timme på vardagar och hon skulle precis hinna med det som gick 12.26.

Det var ganska glest med folk på tåget och hon fick en bra fönsterplats. Det sörmländska landskapet svepte förbi. Solen lyste på leriga åkrar och naket spretande träd. Våren var obarmhärtig med sitt skarpa ljus. Den avskalade naturen såg blek och avmagrad ut, som en svårt sjuk patient nyss återförd till livet.

Tåget susade förbi en liten nedlagd tågstation. Agnes skymtade det som en gång varit en stad, med blomsteraffär, färghandel och apotek. Nu fanns ingenting kvar. Stockholmspendlarna med sina bilar handlade på utlokaliserade stormarknader, och den nya generation som skulle hålla staden vid liv hade lämnat den dödsdömda hålan för en ljusare framtid någon annanstans. Kanske skulle Länninge se likadant ut om några år.

Visst var Agnes glad att hennes föräldrar tagit nedläggningen så bra, de verkade inte ens se sig själva som arbetslösa, men hon var arg för Länninges skull. För att ett amerikanskt bolag plötsligt kunde bestämma sig för att lägga ner ett helt samhälle. Det var ju i praktiken det de gjorde. Det var inte bara nästan fyrahundra arbetslösa industriarbetare de lämnade bakom sig, utan en döende stad. Hennes döende hemstad.

Tåget gjorde två stopp på vägen innan det var dags för Agnes att kliva av. Hon funderade på att ta bussen till Snickarvägen, men då skulle hon få vänta i fyrtio minuter. Det skulle gå snabbare att promenera, dessutom skulle hon slippa stå och frysa i sin alldeles för tunna jacka. Att solen lyste så här års var ingen garanti för värme. Ändå hade hon hängt undan duffeln för våren, det fick vara nog med grått ylle. Hellre frös hon.

Hon började gå med långa steg. Kroppen kändes trög efter tågresan. Och ärligt talat var hon nog inte helt kurerad från sin baksmälla ännu, trots att det gått mer än ett dygn. Det tog längre och längre tid att återställa sig efter en festkväll för varje år som gick. Ändå hade hon gjort sitt bästa. Ätit en garanterat näringsfri måltid nere på hamburgerbaren på Hägerstensvägen. Fett, salt och socker i höga doser. Och så en video. Hon hade hyrt Festen. Den skulle vara så bra, alla pratade om den. För säkerhets skull hade hon hyrt en i reserv också. Hon hade tittat en kvart på Festen och sedan bytt till reservfilmen, Gladiator. Den såg hon till slut.

Solen lyste henne i ansiktet. Hon gick på cykelbanan bredvid vägen. Inga bilar syntes till. Hon provade att blunda. Gick långa sträckor, säkert tio meter, utan att titta. Ljuset silades till rött dis genom ögonlocken. Luften kändes frisk, åtminstone jämfört med den i Stockholm. Agnes tänkte på jobbet, på restaurangen. Kände förväntan. Så tänkte hon på Tobias. Hugget i magen var där som vanligt, men mindre starkt. Numera kunde hon kontrollera det. Visst längtade hon efter honom, men hon kunde samtidigt se vad Lussan och alla andra pratat om, att han inte varit speciellt schyst mot henne. Förutom med den senaste slampan, Ida, hade han bedragit henne en gång tidigare. Minst.

Den gången hade de varit tillsammans lite drygt ett år. Han hade aldrig varit tillsammans med någon så länge, han sa att han fått panik. Gjort en dum grej. Han bad om ursäkt, verkligen. Ångrade sig så att det sprutade ur öronen. Agnes var sårad, men förlät honom. Inget skulle ju bli bättre av att hon var kategorisk. Nästa gång kanske det skulle vara hon, hade hon resonerat. Madde, Lussan, Camilla och alla andra som hört hennes teori hade skrattat rått åt den. Att Agnes Edin skulle vara otrogen sågs som föga troligt.

Men det var en sak att sakta, millimeter för millimeter, komma över Tobias. En helt annan att gå vidare. Inte bara att desperat slänga sig i armarna på någon för att bevisa sin självständighet, utan att bli kär. I någon annan. Tanken kändes fortfarande absurd. Kärleken till Tobias hade varit lika stor som hennes hjärta, när den nu sakta krympte gjorde hjärtat likaså. Det skulle inte bli något tomrum över till någon annan. Det skulle bara bli ett mycket litet hjärta. Hon blev ledsen av att tänka på det.

Resten av vägen hem till mamma och pappa gick hon med öppna ögon.

Pappa satt vid datorn när Agnes kom ner i gillestugan. De hade gjort en arbetsplats där, tagit bort baren, den hemmasnickrade i brunbetsad furu, som varit husets stolthet när Sven själv monterade ihop den någon gång på sjuttiotalet. Den hade aldrig använts, baren. I broschyren hade det sett så gemytligt ut när grannarna samlades lutade runt bardisken med skummande ölglas i handen. På bilden stod värden själv bakom disken, med lurviga polisonger och uppknäppt skjorta, och hällde leende upp vin till en kvinna som förmodligen inte var hans fru. En bar i gillestugan var den enda statuspryl familjen Edin ägde. Och så visade det sig att den inte alls var den festmagnet som broschyren utlovade. Förmodligen beroende på att alla grannar också hade en. Möjligen också beroende på att det kändes ganska onaturligt att sitta i hörnet av en gillestuga, uppflugen på en barstol och dricka bayersk öl nedburen från kylen i köket. Onaturligt och inte speciellt festligt.

De hade retat pappa lite för den, baren var hans idé, men han såg alltid så sårad ut att de snabbt lät bli. Agnes nämnde inte att den var borta nu när hon lutade sig över skrivbordet för att se vad han höll på med.

”Titta här, ska du få se!” Pappa pekade stolt på skärmen. ”Vår hemsida – www.edinslustgard.nu. Fyndigt, va? Edins lustgård …”

”Ja, jag fattar. Väldigt fyndigt.”

”Så har vi gjort olika huvudrubriker: perenner, träd och buskar, årstider, tips, familjen …”

”Familjen? Får jag se.”

”Visst. Vi har skannat in olika bilder på oss i trädgården. Här till exempel, din mamma rensar i jordgubbslandet. Eller den här, på dig när du springer genom vattenspridaren. Hur gammal kan du vara, tror du? Fem sex år?

”Ja, det är ju jättefint, men jag förstår fortfarande inte riktigt vem som ska besöka den.”

”Äsch, sånt där sprider sig.” Mamma hade kommit ner i källaren och stod bakom dem med en kaffekopp i handen. ”Det har man ju hört. Vi får väl tipsa några trädgårdstidningar om att vi finns."

"Ja..." Agnes hade svårt att dölja sin tveksamhet. Pappa fortsatte.

"Vi ska ha ett tema, ett år i lustgården. Vi fotograferar allt vi gör och lägger in det som en följetong. Gödsling, mullning, frösådd, blomning, skörd..."

Mamma fyllde i. "Vi har redan börjat med beskärningen. Visa Agnes bilderna, Sven."

Pappa klickade på rubriken "Ett år i lustgården" och sedan vidare på underrubriken "Vår". Bilder på ett kalt äppelträd dök upp. Och så en bild till där Sven sågade. Sista bilden visade det färdigbeskurna trädet. Mamma pekade på bilderna.

"Ska vi inte flytta den där, Sven? Vi skulle kunna lägga den mer till höger. Och flytta upp rubriken. Eller vad säger du, Agnes? Vore det inte bättre om det kom in lite mer luft här?"

"Jo, det är möjligt." Agnes hade svårt att se vad det skulle göra för skillnad, det enda hon kunde konstatera var att hennes föräldrar verkade barnsligt förtjusta i sin nya hobby. De diskuterade fonter, taggar, giffar och html en stund till. Det kändes lite som att komma på sina föräldrar med att ha sex. Det fanns uppenbarligen en sida av deras liv som Agnes inte kände till. Till skillnad från deras eventuella sexliv verkade dock dataintresset vara något de gärna delade med sina barn, för pappa försökte ideligen intressera Agnes för olika saker på skärmen. Till slut var det Maud som bröt upp.

"Men lilla gumman, du är väl hungrig?"

"Tja..."

"Vi hade tänkt äta stekt strömming med potatismos, men nu när du är här kanske vi skulle laga något festligare?"

"Stekt strömming blir jättebra. Jag ska inte bli så sen heller, så gör inget extra bökigt för min skull."

De gick upp för trappan. Sven satt kvar vid datorn efter att han försäkrat dem om att han snart skulle komma efter. Mamma pratade på om invigningsfesten och vad trevligt det varit. Och Sture Reutersward hade ju varit där, honom hade hon minsann sett på teve! Fjellners hade blivit så imponerade när hon berättat att de varit på fest tillsammans med en kändis. Agnes log. Det var inte så att hennes mamma i vanliga fall var speciellt intresserad av kändisar, men Agnes kunde förstå hur det måste kännas när plötsligt en person man bara sett på bilder i Svensk Damtidning uppenbarade sig i verkliga livet. Fanns på riktigt, liksom. I början på Le bateau bleu hade Agnes också varit fascinerad av alla kända personer som besökte restaurangen, men man vande sig. De var ju bara människor de också. Frågade efter toaletten, låtsades förstå sig på vin när de provsmakade, lämnade ynklig dricks och la slipsen i såsen.

Maud plockade fram strömmingsfiléerna ur kylen, hällde upp ströbröd på ett fat, saltade, rörde ihop smör och dill som hon fyllde fiskarna med. Potatisen stod redan på spisen. Agnes tittade på. Allting såg så lätt ut, med vana händer utförde hennes mor alla sysslor som om hon gick efter ett väl inarbetat schema. Handlag, kunde man kanske kalla det. Visserligen experimenterade inte Maud i köket. Hon hade sina recept, sina rätter, men hon hade förfinat dem till perfektion och hon lagade dem med kärlek. En kärlek Agnes hade lärt sig uppskatta med åren.

När hon var barn och hennes klasskamrater fick pulvermos och färdigköpta köttbullar eller frysta fiskpanetter med remouladsås från flaska, så åt Agnes detsamma. Fast hemlagat. Men då gillade hon det inte, hon ville också ha pulvermos. Precis som Camilla ville ha färdigköpta märkeskläder trots att hennes mamma var sömmerska och kunde sy precis vad som helst.

Agnes mindes en gång när Madde och hon gjort gemensam sak och tvingat mamma att köpa köttfärssås på burk. De ville ha sådan där brun köttfärssås som de fick i skolan och som man fick dränka i ketchup för att den skulle smaka något. Mamma gjorde som de ville, men det var en engångshändelse för någonstans inne i deras barnasjälar blev de tvungna att erkänna att mammas köttfärssås nog trots allt var godare, fastän den var röd och smakade oregano och vitlök.

Strömmingen fräste i pannan. Lite av dillsmöret smälte ut och fiskarna förvandlades sakta från silver till guld. Hon hjälpte till att duka, mamma gnolade. *Stockholm i mitt hjärta*... Det var varmt i köket, och tryggt.

Maud bad henne hämta pappa från källaren, maten var färdig. Sven kom upp, på fjärde uppmaningen, och de satte sig till bords. Mamma hällde upp lättöl i glasen och bjöd familjen att ta för sig.

Efter maten var Agnes tvungen att ge sig av, tågen gick mer sällan på kvällen och hon ville komma i säng i tid. Hon promenerade tillbaka till stationen, mätt och nöjd. Hon mådde bättre nu. Lugnet hos mamma och pappa hade smittat av sig. Tobias hade hon inte tänkt på sedan hon klev över tröskeln på Snickarvägen. Så när bilden av honom nerklämd i ett par svarta Levi's dök upp för hennes inre syn sköt hon bestämt undan den och beslöt sig för att tänka på något annat istället, något roligt. I morgon var det dags.

”Inte så! Servetterna ska inte stå som strutar så där! Det ser ju inte klokt ut.” Kalle tog irriterat upp en av de ljusröda linneservetterna som Agnes just vikt och ställt på bordet. Han skakade ut den och gjorde om vikningen. När han ställt tillbaka den på bordet tittade de båda två under någon sekund på resultatet innan Agnes försiktigt tog till orda.

”Jag vet inte om jag ser så stor skillnad”, sa hon. ”Förutom att den där”, hon pekade på servetten Kalle just vikt, ”är lite sned.” I samma stund föll den ihop och hamnade vid sidan av tallriken. Kalle fnös.

”Ja ja, gör som du vill då.” Så klampade han iväg mot köket. Agnes tittade efter honom. Under tiden på Picnic hade hon inte en enda gång sett honom stressad. Till och med när de satt riktigt i skiten behöll han sitt lugn. Kunde till och med skämta och lugna andra. Det var bland annat därför han varit så populär. I restaurangkök var det vanligare med svordomar och gliringar än uppmuntran och beröm. Speciellt när det var stressigt och bongarna flög upp på tavlan. Då kunde Kalle stå som en gammal sjökapten i storm och fördela uppgifter så att gästerna ändå på något mirakulöst sätt fick sin mat i tid. Kanske var det pappa bankdirektörens självklara auktoritet han ärvt. Hur som helst lyssnade folk i alla fall, lydde, kände på sig att han hade koll.

Det Agnes såg nu hade inte mycket med koll att göra. Han hade varit grinig och gnällig ända sedan hon kom in. Hon såg Paolo och Filip göra grimaser bakom hans rygg, så förmodligen var det inte bara på hennes arbete han klagade. Ändå tog hon inte illa vid sig. Vem skulle inte vara nervös i hans situation?

De hade två bokningar på öppningskvällen. Det var inte mycket, men Agnes försökte trösta Kalle och säga att det trots allt var tisdagskväll. Då var det lugnt till och med på Le bateau bleu. Och dessutom vore det väl skönt att få mjukstarta. En rejäl påsättning redan första kvällen hade väl ändå varit ännu värre? Kalle hade inte direkt fallit henne i armarna efter det hon sagt, men Agnes tyckte i alla fall att han verkade lite lugnare.

Allting var färdigt. Matsalen var dukad. Pernilla stod i baren och skar citroner. Ljusen brann på borden. I fönstret stod ett stort vackert keramikfat med ett berg av citroner. Några av blommorna från festen stod också kvar. Så vitt hon förstått var de redo i köket också. Fattades bara gäster. Klockan var halv sju och de hade haft öppet i en halvtimme. Så här var det ofta, de flesta gästerna kom vid sju eller åtta. Det betydde ingenting att det var tomt nu. Så var det på de flesta ställen.

Agnes rättade till sin tröja. Hon hade haft rätt, den limegröna färgen gjorde henne blek. Men det spelade ingen större roll, den var snygg, och blek och intressant var ju inte heller helt fel. Dessutom var det ju ingen som tvingade henne att köpa bikini i samma färg.

Fem i sju öppnades dörren. Då hade Kalle redan resignerat. Han var övertygad om att restaurangen skulle floppa och nu hade han gått in och satt sig för att tänka över hur många årtionden det skulle ta för honom att betala tillbaka lånen. Paret i dörröppningen stannade till och tittade sig omkring i den tomma lokalen.

”Är det öppet?” frågade mannen utan att kliva ner i trappan.

”Vi har precis öppnat”, svarade Agnes. ”Bokstavligen. Ni är våra första gäster. Välkomna.”

Mannen och kvinnan såg lite tveksamma ut. Tittade generat på varandra. Skulle de verkligen gå in, de kunde ju fortfarande vända i dörren. Gå till något annat ställe med mer folk. Förmodligen blev det ännu pinsammare för dem att gå än att stanna för till sist klev de nerför trappan. Agnes pekade på garderoben och valde ut ett bord åt dem. Nära fönstret, så att andra som gick förbi skulle se att det här minsann var en restaurang som hade gäster. Massor av gäster. Två stycken.

Hon gav dem varsin meny och frågade så avslappnat hon kunde om de ville ha något att dricka. De beställde varsitt glas vin och Agnes lämnade dem ifred. Innan hon gick för att hälla upp vinet smet hon in i köket för att meddela den glädjande nyheten. De hade gäster. Kalle for upp från sin stol där han suttit nersjunken. Han rusade fram till svängdörren och kikade genom rutan ut mot matsalen. Han log för sig själv. Axlarna sjönk ner och Agnes hörde hur han andades ut.

”Okej”, sa han till de andra i köket. ”Då var vi igång, då.”

Succé var kanske ett lite starkt ord, men det hade gått bra. Inte direkt så att Pernilla och Agnes fått slita ihjäl sig, men de hade i alla fall hållit sig sysselsatta. De hade haft tjugofyra betalande matgäster och två stycken som tagit en öl i baren. Maten hade varit uppskattad, fått mycket beröm, och deras mockabrulée med kanderade pecannötter hade till och med fått en kvinna att lova att hon absolut skulle komma tillbaka.

Den ena av de två bokningarna, några kompisar till Kalle, hade dessutom haft godheten att inte kräva specialpris, alla krögares mardröm. Alla dessa vänner och bekanta som plötsligt dyker upp och tror att de ska få gratis mat och en avec till kaffet för att de varit så bussiga och ”hälsat på”. Agnes hade stött på många av dem. ”Det här bjuder väl Gérard på?” hade hon hört hur många gånger som helst på Le bateau bleu. Hon brukade kontra med att fråga om hon skulle hämta monsieur Cabrol så kunde de fråga honom personligen. Då brukade de snabbt slå ifrån sig. Det var en sak att försöka domptera en stackars servitris, eller för all del en hovmästare, om hon bara var ung och kvinna. En helt annan att kräva favörer av restaurangägaren själv. Framför allt som Gérard Cabrol inte var direkt känd för att ha skapat sitt imperium av godhet allena.

Själv hade hon smugglat otaliga öl till Tobias och hans kompisar genom åren, men det var skillnad. Små citroner gula var inte ”någon annans” restaurang. Det var Kalles, och hon visste hur kärvt läget var. Det fick hennes vänner acceptera, om de nu dök upp.

Innan hon gick för kvällen tog Kalle tag i henne.

”Tack för i kväll och förlåt för att jag var så otrevlig förut”, sa han.

”Det är okej”, svarade Agnes. ”Jag förstod varför.”

”Tack.”

”Men du ...” la hon till och tittade allvarligt på Kalle. ”Du borde absolut öva lite på dina servettvikningar.”

Det var länge sedan hon jobbat en hel kväll. När Agnes vaknade på morgonen hade hon träningsvärk i vaderna och en liten blåsa på höger lilltå av de nya jeansblå sandalerna hon skaffat till jobbet. Det var ett pris hon var beredd att betala för att vara tillbaka på banan igen.

Hon hällde upp en tallrik fil och strödde över lite müsli. Paketet var nästan slut, det som kom ut liknade mer någon sorts isoleringsmaterial än frukostflingor. Hon bläddrade i den lokala annonstidningen som hon redan tittat igenom säkert fem gånger.

När hon avslutat frukosten gick hon ut i vardagsrummet. Det var välstädat, precis som vanligt. Den ljusa Ikea-soffan såg nästan ut som den kunde ha varit köpt på R.O.O.M., åtminstone om man inte tittade närmare, och soffkuddarna gick i naturfärger. Fåtöljen var av samma modell som soffan och mattan under soffbordet var också ljust beige. En vas med utslagna gula tulpaner stod på bordet. Några blad hade fallit av och Agnes noterade att var dags att slänga buketten.

Hon plockade upp telefonen och slog numret till Lussan. För en gångs skull var hon inte ute och flängde utan satt vid sin dator. Agnes hörde ändå på rösten att hon var stressad.

”Mycket att göra?”

”Mhm, *för* mycket.”

”Ska vi höras senare?”

”Nej, det löser sig med det här, hinner jag inte så hinner jag inte. Hur gick premiären?”

”Bra. Tror jag. Det kom folk, inte så många, men vi var i alla fall inte helt ensamma. De var nöjda med maten, ingen klagade på servicen … Kalle var visserligen som en högspänningsledning med kortslutning, det liksom sprakade om honom om man kom för nära. Men han lugnade sig när det kom gäster.” Det blev tyst en sekund. Agnes kunde höra hur Lussan knappade in något på datorn. ”Ja, jag ville egentligen ingenting, vi kan väl ses snart?”

”Absolut, förlåt att jag är så disträ.”

”Det gör inget. Jo förresten, innan vi lägger på: Paolo frågade om dig.” Lussan slutade skriva.

”Gjorde han?”

”Ja, han frågade om jag hade träffat dig sedan i lördags. Jag sa att vi hade pratats vid på telefon.”

”Sa han något mer?”

Agnes tvekade. ”Nej.” Hon önskade att hon hade haft något mer att tillägga.

”Äsch, det spelar förresten ingen roll.”

”Han är ändå inte din typ, va?” Agnes skrattade. Det hade varit ett stående skämt mellan dem så länge de hade känt varandra. Misslyckade ragg var aldrig ”deras typ”.

”Nej, just det. Men söt.”

”Men söt.”

De sa hej och la på. Agnes la sig ner i soffan och tittade på väggen mitt emot där en stor tavla av Ulf Lundell hängde. Den passade inte in i rummet. Färgerna var grälla, motivet spretigt och oharmoniskt. Den skulle visst föreställa någonting från Gotland, men hur Agnes än ansträngde sig så kunde hon inte se något annat än en gubbe med en jättestor näsa och inga ögon. Hon hade aldrig gillat den, men Tobias hade tjatat på henne att de skulle köpa den. Hon hade blivit förvånad, Tobias hade aldrig visat något större konstintresse. Men det är klart, det här var ju en Lundell. Dyr hade den varit också, men de skulle dela på kostnaden hade Tobias sagt och till sist övertygat henne med argumentet att det var någonting *fint* att ha en tavla ihop. Någonting för framtiden, betydligt bättre än stekpannor och dubbelsängar och annan skit som par skaffade sig för att markera att de hörde ihop. Ärligt talat hade Agnes föredragit både stekpanna och dubbelsäng framför den ögonlösa örngubbe hon nu satt och stirrade på.

Hon reste sig ur soffan och gick fram till tavlan. Den behövde ju faktiskt inte hänga där. Det var hennes hem, hennes vägg och, faktiskt, hennes tavla också. För när den väl hängde där hemma, betalad med Agnes sparpengar, visade sig Tobias intresse för att dela kostnaden vara tämligen litet.

Hon häktade ner den från kroken. Längs med den övre kanten hade det blivit en grå rand på väggen. Damm, förmodligen. Tavlan var så stor att den inte gick att ställa in i garderoben. Agnes bar in den i sovrummet och föste in den under sängen. Där fick den ligga tills vidare, så fick hon fundera på vad hon skulle göra med den sedan.

Hon klädde på sig för att ta en promenad. Det var fortfarande soligt och i en avlägsen framtid kunde man ana vår och lövsprickning, men det skulle dröja. Agnes gick ner för trapporna. På andra våningen saktade hon in stegen. Det hördes musik från den vänstra dörren. Kummels lägenhet. Hon stod en stund och lyssnade. Hon kände igen musiken så väl, men inte förrän refrängen kom så visste hon vad det var. *How I wish, how I wish you were here* … Just det, Pink Floyd … Herregud, vad var det för fel på killen?

Det hade inte riktigt tagit fart, konstaterade Agnes och Kalle när de satt ner en stund före öppningen. På onsdagen hade de haft nitton gäster. På torsdagen sexton. Nu var det fredag och helg. De hoppades båda två att det skulle lösa sig då, men ingen av dem vågade säga det högt.

”Vi får väl se”, sa Kalle tveksamt. Agnes försökte muntra upp.

”Ryktet måste ju sprida sig. Alla gäster har ju varit nöjda, eller hur? De kommer att berätta det för sina vänner och så kommer det att börja rulla. Du ska få se!”

”Ja, men till dess ...” Han suckade. ”Restaurangen kostar för mycket och vi är fem som ska försörja oss på det här. Jag har redan så mycket räkningar liggande att jag inte vågar tänka på det.”

Agnes tänkte en stund. Hon visste vad lösningen var och hon visste att Kalle visste. Ändå teg de. Till slut började Agnes försiktigt.

”Det kanske är lite många. Med fem, menar jag ...” Kalle tittade på henne. Han såg olycklig ut.

”Jag vet. Men vad ska jag göra, jag kan ju inte sparka folk jag nyss har anställt. Jag pallar inte det.”

”Men du kanske kan förklara läget, höra dig för i alla fall. Pernilla kanske till och med skulle gilla att jobba lite färre dagar. Det behöver ju inte vara för evigt. Det här är ju en inkörningsperiod, restaurangen kommer ju säkert igång snart.” Hon bet sig i tungan. ”Jag menar den *kommer* igång snart.”

”Ja, det kanske är det jag måste göra, men det känns för jävligt.”

”Jag förstår det. Vill du att jag pratar med Pernilla?”

”Nej, det ska inte du behöva göra, det är min uppgift. Men tack för erbjudandet. Jag väntar i alla fall till efter helgen. Man vet ju aldrig.”

Precis då kom Pernilla in. Hon knäppte av sig jackan och hälsade på Kalle och Agnes.

”Vad ni ser dystra ut.”

”Ja, vi sitter och räknar lite. Det ser lite magert ut.”

”Vi måste ha fler gäster”, förtydligade Agnes.

”Ja, men då får vi väl ordna det, då!”

Kalle log lite matt. ”Har du något förslag?”

”Vi behöver bara ändra vårt koncept lite, annonsera i tunnelbanan och börja servera plankstek och stor stark för nittionio kronor. Vad tror ni om det?” Hon skrattade. ”Äsch, allvarligt. Det löser sig!” Hon gick iväg för att byta om till arbetskläder. När hon kom tillbaka i den limegröna tröjan och jeans hade Kalle försvunnit ut till köket igen.

”Jag förstår att jag sitter löst”, sa Pernilla. ”Det känns ju inget vidare, men det är ju risken man tar med ett nyöppnat ställe.”

Agnes sa ingenting, hon ville inte ljuga. Precis när hon skulle säga något avledande öppnades dörren och kvällens första gäster anlände.

Vid halv tio kom Lussan. Hon satte sig i baren med ett glas vin. Försökte se oberörd ut, men sneglade ideligen mot dörren till köket. Agnes kunde inte låta bli att retas.

”Är det någon du letar efter?”

”Vad då?”

”Det såg ut som om du tittade efter någon.”

”Äh, lägg av.” Lussan såg generad ut. ”Har ni inga jordnötter?”

Agnes la upp en skål och ställde på disken.

”De bjuder jag på.”

”Kommer inte på fråga. Sätt upp dem på notan. Här är det gästerna som lämnar dricks.”

”Så gentilt.”

”Eller hur. Ska inte du jobba, förresten? Det är några som vinkar därborta. Agnes gick bort till fyrabordet vid fönstret. De ville betala. Pernilla dukade av efter två unga tjejer som ätit varsin bruschetta, det billigaste de hade på menyn, och delat på en flaska husets. Ett medelålders par tittade in och undrade om de hade irish coffee. Agnes sa javisst och pekade mot baren där Kalle stod och småpratade med Lussan.”

Kvällen började gå mot sitt slut. Det hade gått bra, relativt sett. Trettio gäster, knappast nog för att täcka kostnaderna, knappast vad man kunde vänta sig av en fredagskväll, men i alla fall ett steg framåt.

När restaurangen hade stängt kom Filip ut från köket och strax därefter Paolo.

”Jaså, du är här igen”, sa han när han fick syn på Lussan i baren.

”Ja, någon måste ju hålla omsättningen uppe.” Hon höjde sitt vinglas för att visa att hon minsann bidrog till deras inkomster.

”Det tackar vi för.” Paolo gick fram till Lussan. Agnes såg att hon rodnade.

”Är det någon som vill gå vidare?” frågade Lussan. Hon tittade på dem allihopa, men Agnes förstod vem frågan var riktad till.

”Jag kan tänka mig att ta en sväng ner på stan”, sa Pernilla. Agnes skakade på huvudet.

”Inte jag, jag är dödstrött.”

”Inte jag heller”, sa Kalle. ”Jag vill gärna komma hem innan Sofia har somnat. Annars hinner vi ju aldrig ses.”

”Filip? Paolo?” Lussan försökte se oberörd ut.

”Ja, jag kommer inte att kunna somna nu i alla fall om jag går hem”, sa Filip.

”Okej, jag hänger också med”, svarade Paolo efter en sekunds fundering. ”Någon måste ju se till att stoppa den där människan i en taxi hem innan hon däckar på Stureplan.” Han flinade.

De skiljdes åt utanför restaurangen och Kalle som gick sist låste om dem.

När Agnes kom hem hade den kyliga kvällsluften piggat upp henne så pass att det kändes omöjligt att gå och lägga sig. Hon gjorde ett glas O'boy och satte sig framför teven. För säkerhets skull kollade hon telefonsvararen. Hon hade ett meddelande. Det var från Tobias. Han ville bara höra hur hon mådde, sa han. Bad henne ringa honom på mobilen om hon hade lust.

Så fort hon hörde hans röst ökade pulsen. Hon hatade det. Hon ville vara oberörd, men den där förbannade skitstöveln kunde fortfarande nå henne, påverka henne. Till och med via en telefonsvarare. Vad ville han förresten? Vad då *höra hur hon mådde?* Vad gjorde det honom? Om hon mådde dåligt, vad skulle han göra då? Komma åkande med Treo, och en påse vindruvor? Badda hennes febriga panna och hela hennes söndertrasade hjärta? Knappast. Det enda Tobias var kapabel till just nu, var att få henne att må ännu sämre. Han skulle lämna henne ifred, hon ville inte ha med honom att göra! Hon försökte känna sig arg, kränkt, förbannad, men samtidigt som hon tänkte det gjorde hon något helt annat. Slog långsamt de välbekanta siffrorna i hans telefonnummer, höjde luren till örat, väntade på svar. Hans ”hallå?” fick henne att komma till sans. Hon la snabbt på telefonen. Vad höll hon på med? Ringa Tobias. Var hon helt dum i huvudet?

Hon knäppte av teven och drack snabbt upp det sista i O'boyglaset. Chokladpulvret hade sjunkit ner som en brun gegga på botten. Det var dags att gå och lägga sig. Vare sig hon ville det eller inte.

Inga stora förändringar inträffade under helgen och på måndagen pratade Kalle med Pernilla. Hon blev som väntat besviken, men sa att hon förstod. De kom överens om att hon skulle jobba tre dagar i veckan, tills vidare. Detsamma gällde Paolo. Henrik fick nöja sig med varannan helg så länge. Kalle lovade att återställa ordningen så fort det blivit fart på affärerna. Han försökte låta positiv, men Agnes förstod att han oroade sig. Inte bara för sina anställda, utan för hela restaurangen. Marginalerna var små, det fanns inget utrymme för felaktiga beräkningar och överoptimistiska kalkyler.

Annars jobbade de på som vanligt och Agnes trivdes. Det var roligt att servera mat hon själv varit med och tänkt ut i en lokal som stigen ur en av hennes drömmar. Bokstavligen. I kvällsljus blev de citrongula väggarna nästan ännu vackrare. Ljuset från stearinljusen speglades i den grova, ojämna ytan och alla trädetaljerna: borden, stolarna, bänkarna, gjorde att restaurangen nästan fick något rustikt över sig. Det var en bra restaurang som serverade god mat, faktiskt riktigt god, men det hjälpte inte. De hade för få gäster. Fortsatte det så här skulle Små citroner gula vara stängd om några månader. Agnes kunde inte förstå vad felet var. Restaurangen låg på en bra gata, krögaren var välkänd – åtminstone i branschen, maten var god och de tog väl hand om sina gäster. Det borde välla in folk. Kanske skulle det också göra det så småningom. När ryktet hade spridit sig. Om Kalles kapital bara räckte så länge.

Agnes kände igen honom. Absolut. Men varifrån? Han såg rätt vanlig ut: medellängd, brunt, kortklippt hår, klädd i jeans och en grön parkas. Skorna var grova, skosnöret på högerfoten matchade inte och själv såg han lite förvirrad ut när han klev in på restaurangen.

Agnes gick fram och hälsade honom välkommen, fortfarande utan att ha lyckats placera honom. Han tittade på henne, så log han.

”Men det är ju du!”

”Ja …” Hon såg på honom med en fundersam rynka mellan ögonbrynen. Så kom hon på det. ”Kummel.”

”David.”

”Jaså, det är du.” Agnes ansträngde sig inte direkt för att få honom att känna sig välkommen. Hon hade inte sett honom på länge, men hon hade hört honom desto oftare. Eller hans stereo, rättare sagt. I går kväll när hon kommit hem hade han spelat Nirvana. Högt, tyckte Agnes, men hon visste inte om det var sant. Huset var lyhört och det bodde mest pensionärer där. Gamla människor som inte väsnades. Hon hade faktiskt tänkt tanken att hennes egen musik också hördes ut. För att inte tala om när Tobias brukat spela gitarr på kvällarna när hon jobbade. Det slog henne att han en gång sagt något om ”en sur kärring” som klagat, men den gången hade han övertygat Agnes om att det var grannen och inte han själv som gjort något fel.

”Kan jag sätta mig var jag vill?” David Kummel pekade lite tafatt omkring sig i den tomma restaurangen. Klockan var inte ens sju och det Kalle och Agnes ironiskt hade börjat kalla ”ruschen” hade inte kommit igång ännu.

”Hur många blir ni? Eller är du ensam?” Hon betonade ”ensam” lite extra. Det var inte speciellt fint. På Le bateau bleu skulle hon ha frågat gästen om han väntade någon mer i sällskapet. En fråga som kunde besvaras med ett enkelt och värdigt ”nej”. En ensam gäst var nog utsatt som det var utan att behöva få det påpekat för sig av okänsliga servitriser.

”Det är bara jag. Jag är ensam”, förtydligade han.

”Jaha. Visserligen har hovet bokat hela restaurangen från åtta, men du är väl klar till dess?”

”Ja…”

”Annars kan du kanske ta med dig resten av maten i en doggybag?” David Kummel såg så förvirrad ut att Agnes nästan tyckte synd om honom. ”Jag skämtar. Du kan sätta dig där.” Hon pekade på ett litet bord vid sidan av. Reservbordet, brukade Kalle kalla det.

David drog av sig parkasen. Håret blev elektriskt av manövern och några hårstrån ställde sig sprakande upp som vajande sjögräs på huvudet. Agnes pekade ut garderoben och gick för att hämta en meny. När han satt sig lämnade hon den på bordet framför honom. Hon kände sig obekväm. Av alla restauranger i stan, var hennes granne tvungen att välja den där hon jobbade?

Egentligen var det väl inget större fel på honom, förutom att han hade hårtofsar på tårna och dålig musiksmak, men han retade henne på något sätt med sin förvirrade uppsyn och sitt blyga sätt. Dessutom hade han både stulit hennes tvättid och spelat musik för högt.

När hon hunnit några steg bort från bordet hörde hon ett försiktigt ”ursäkta”. Hon vände sig om.

”Skulle jag kunna få ett glas vatten?”

Hon suckade, det var precis vad hon hade väntat sig. Vatten. Hon slog vad med sig själv om att han skulle beställa bruschettan också. Inte nog med att han hade dålig musiksmak, han var säkert snål också.

Det anlände ytterligare några gäster och Agnes hälsade dem leende välkomna och visade dem till ett bord vid fönstret. Hon dröjde kvar medan de satte sig, frågade om de ville beställa något att dricka före maten, tog dryckesbeställningarna och delade ut menyer. När hon gick bort till baren för att hälla upp vad de beställt såg hon i ögonvrån hur David försiktigt försökte påkalla hennes uppmärksamhet. Hon låtsades inte se det. Han kunde gott vänta lite. På väg ut med brickan till det andra sällskapet stannade hon till vid hans bord och ställde av ett glas vatten.

”Jag skulle gärna vilja best…”

Agnes avbröt honom. ”Jag kommer. Ett ögonblick bara.” Innan hon gick bort till honom igen tog hon beställningarna från det andra bordet. Leende.

”Ja, var du klar?” Hon tittade uppfordrande på honom.

”Ja.” Han tittade ner i menyn. ”Jag tänkte ta bruschettan.” Agnes suckade trött, hon hade vunnit vadet med sig själv. ”Till förrätt. Till varmrätt kanske fisksoppan med havskräftor och marulk. Eller har du något annat förslag?” Han tittade frågande på henne. Agnes visste inte vad hon skulle tro. Drev han med henne? Fisksoppan var det dyraste de hade på menyn.

”Nej”, sa hon. ”Den rekommenderar jag verkligen.”

”Bra. Då tar jag den. Och till efterrätt…” Han funderade en stund. Agnes fick lite dåligt samvete. Han kanske kände sig tvungen att bevisa för henne att han visst hade pengar genom att beställa en trerätters middag. Men om han inte hade det, då?

Han kanske ruinerade sig på den här middagen och då var det ju hennes fel. Visserligen gillade hon honom inte, men hon var ju inte ond.

”Du behöver ju inte ta det nu. Du kan bestämma dig senare.”

”Okej, då gör jag det.” Han log och lämnade tillbaka menyn. Agnes gick och slog in bongen. Det kom ytterligare några gäster under kvällen. Men inte många. Hon hade inte direkt några problem med att hålla koll över gästerna. Ändå gjorde hon sig ingen brådska när hon såg att David Kummels vattenglas var tomt och att han hade slut på bröd. Det enda hon var snabb med var notan. Han hade hoppat över efterrätten, så förmodligen hade hon haft rätt. Han ville imponera på henne, men utan att ha täckning.

När han betalat tackade han för maten och sa artigt att det hade smakat utmärkt. Sedan hämtade han sin parkas i garderoben och lämnade restaurangen. Hon såg hur han vandrade bort längs gatan med händerna djupt nerkörda i fickorna. Det fanns något sorgligt över honom. Gå ut och äta alldeles ensam, hade han inga vänner? Agnes ruskade av sig tankarna. Om så vore, skulle det ju knappast vara hennes problem.

En ledig helg. Den första sedan hon började på det nya jobbet. Det kändes ovant. Vad skulle hon göra? Som tur var ringde Madde på lördagen och frågade om hon kunde komma in till Stockholm och sova över hos Agnes. Visst. Madde ville ”göra stan”, som hon sa. Agnes visste vad det betydde.

Trots att det inte var mycket mer än en timme med tåget, var Länninge en annan värld. Den lilla världen. Som kunde vara så snäll och trygg och omhändertagande, som stod för mamma och pappa och barndomskompisar och hej och tjena med varenda människa man mötte. Men som också var sövande tråkig. En stad där ingenting hände. En oväntad provsmakning av ett nytt smörgåspålägg nere på Konsum kunde rapporteras som en verklig händelse vid dagens slut. En okänd poet som läste egna dikter på biblioteket en tisdagskväll var en kulturtilldragelse som recenserades i lokaltidningen. De lokala minigolfmästerskapen var Länninges största sportevenemang och vinnaren var något av en kändis i staden. En respektabel person.

De första åren efter det att Agnes flyttat därifrån hade hon sett ner på allt det där. Klasskompisarna som stannade kvar. Förutsägbarheten. Men med åren hade hon börjat tänka om. Staden formade sina invånare, precis som den hade format henne. Hon hade också avfärdat Stockholm som överreklamerat och uppblåst. I själva verket hade hon varit rädd för att åka dit. Rädd för att inte hitta. Rädd för allt våld hon läst om. Rädd för att inte veta hur man åkte tunnelbana. Rädd för att inte veta vilka affärer som var ”rätt” och vilka som var töntiga.

Några få gånger åkte hon och Camilla trots allt in till Stockholm för att handla. De brukade ta sig från Centralstationen upp på Drottninggatan och sedan vandra där fram och tillbaka några timmar. Sedan åt de hamburgare och drack coca-cola på McDonald’s innan de åkte hem. Ofta med några kassar i händerna, kläder från butiker som förmodligen inte alls var ”rätt”. Det var kul att komma till Stockholm, spännande, men det var skönt att åka därifrån.

Hur det kommit sig att hon flyttat hit kunde hon knappt förklara själv. Plötsligt en dag hade hon bara fått nog av sin hemstad. Det var ingenting som hade hänt. Tvärtom, allt var precis som vanligt, men kanske var det just det som väckte insikten om att hon måste bort. Att den ena dagen var den andra så oändligt lik.

Hon hade slutat gymnasiet och jobbat som au pair i Minnesota ett år. Det som skulle ha blivit hennes livs äventyr, visade sig istället vara stilla familjeliv i en håla inte mycket större än Länninge. När hon kom hem hade hon börjat jobba heltid på Gullans kök. Tillfälligt, sa hon till sig själv, men månaderna gick och inget hände. Hon hade precis fyllt tjugo när hon bestämde sig för att flytta.

Gullan blev förstås ledsen för att hon skulle sluta på lunchserveringen, och mamma och pappa grät en skvätt, men förmodligen inte mer än de skulle ha gjort om hon flyttat till en hyreslägenhet nere i centrum. Hon hade gjort slut med Håkan också, killen hon varit tillsammans med sedan hon var sexton. Ingen av dem hade gråtit. Det var ingen stor kärlek, de hade snarare varit ihop av gammal vana. Håkan hade nästan sett lite lättad ut när hon meddelade honom beslutet. ”Vad då, från nu, eller vad då?” hade han frågat och sedan konstaterat att då kunde han ju hänga med sina kompisar till Gotland över midsommar.

När hon väl bestämt sig gick allt väldigt lätt. Hon hade hyrt ett rum i en lägenhet på Hornsgatan. Det fanns en kokplatta i rummet, men enligt kontraktet fick den inte användas för att laga mat. Toaletten låg i korridoren utanför och den fick hon ha för sig själv. Duscha fick hon däremot göra i värdinnans badrum. Det var inte optimalt, men det gick.

Jobb hade hon fått nästan genast. Det var fortfarande goda tider då, i början av nittiotalet, och det var sällan det krävdes formella meriter. Det var på ett sådant jobb hon hade träffat Lussan som extraknäckte som servitris medan hon pluggade på Handels. Agnes hade varit imponerad, men Lussan viftade bort det. Sa att det var en trist plantskola för tjugoåringar med pärlhalsband. Lussan tog i alla fall examen och började jobba i fastighetsbranschen. Agnes blev kvar på restauranggolvet. Trots det fortsatte de att umgås och vänskapen hade visat sig vara av det ovanligt hållfasta slaget.

Så höll det på, med olika jobb och olika lägenheter i andra, tredje och till och med fjärde hand. Tills hon köpte sin lilla tvåa i Aspudden. Och träffade Tobias. Tobias med de smala benen och de gröna ögonen.

Madde kom vid femtiden. Att hon var upplagd för att ”göra stan” märktes direkt. Hon verkade glad och förväntansfull, hade sminkat sig och klätt sig för en kväll ute. Vit, tajt t-shirt, vita stövlar och uppvikta jeans. De två råttsvansarna som vippade på var sida om ansiktet gjorde att hon såg yngre ut än hon var. Agnes undrade om hon ens skulle kunna beställa en öl utan att bli tillfrågad om leg.

”Vad skulle Jonas göra i dag då?” frågade Agnes medan hon började förbereda middagen.

”Han skulle på fest hos Dojjan.”

”Och dit ville inte du följa med?”

”Skojar du? Att umgås med Dojjan och hans kompisar är ungefär lika roligt som att krypa ner i bakluckan på en Volvo 240 och se vad som händer. Jag fattar uppriktigt sagt inte vad Jonas ser hos det där gänget. Ingen säger ju något, de sitter bara där och grymtar. Men det är klart, de har känt varandra sedan lekskolan. De kanske inte behöver prata för att umgås. Dessutom ses de ju varenda dag på jobbet.”

”Är det inga tjejer alls med?”

”Nej. Jag tror en av dem, förutom Jonas, har en tjej, men hon följer inte heller med. De andra är singlar. Jag har svårt att tro att någon tjej skulle stå ut med dem.”

”Hur går det förresten med jobb för Jonas?”

Madde mulnade något. ”Inget vidare. Han har jobb sex veckor till, sedan måste han sluta.”

”Har han sökt något nytt?”

”Nej. Jag tror inte han vet hur man gör. Han har aldrig sökt ett jobb i hela sitt liv. Vad ska han söka, förresten?” Madde slog ut med armarna och besvarade sedan frågan själv. ”Ingenting. Det finns ingenting att söka. Inte i Länninge i alla fall. Han får väl stämpla tills han kommer på något.” Hon ryckte på axlarna som för att markera att hon tyckte det var nog pratat om detta. Agnes kunde förstå det. Det här var väl det enda man pratade om därhemma. Verket och nedläggningen. De hade väl ältat det till leda.

”Vart vill du gå i kväll, då?” frågade Agnes istället.

”*Jag* vet inte! Det är det ju *du* som ska veta det. Det är du som bor här. Jag vill ha kul!”

”Kunde nästan tänka mig det. Vad tror du om att börja med en drink hos Kalle, på restaurangen?”

”Gärna för mig. Om vi går vidare sen.”

”Visst. Ska vi höra om Lussan vill följa med?”

”Gör det, hon är ju helt galen! Kommer du ihåg förra gången vi var ute? När hon försökte få mig att stöta på den där gubben i kostym!”

”Det var ingen gubbe. Han kan inte ha varit mer än trettiofem.”

”Nej, precis – gubbe!”

Hon slog numret till Lussans mobil. Inget svar. Agnes talade in ett meddelande och berättade om deras planer. Hon hade inte pratat med Lussan på en vecka och visste inte hur det hade gått senast. Paolo hade viftat undan hennes fråga, sagt att det inte var någonting, så Agnes hade lugnat sig.

Agnes gjorde kycklingfajitas till sig och Madde och öppnade en flaska vin. Vitt, Madde drack inte rött, egentligen inte vitt heller, men det gick ner i alla fall. Sedan gjorde de sig i ordning för att gå ut. Agnes satte på sig en kjol, sminkade sig och gned in lite vax i hårtopparna. Innan de skulle gå bytte hon tillbaka till byxor. De skulle ju bara gå på en barrunda.

Pernilla och Henrik hälsade snabbt på dem. Det var mycket gäster på restaurangen. Tempot verkade ovanligt högt, det gladde Agnes. De tittade in i köket och hälsade på Kalle och Filip som jobbade intensivt. Kalle skrattade åt henne, sa att han borde porta henne så att hon höll sig därifrån när hon var ledig. Agnes skrattade tillbaka och sa att det förmodligen vore en bra idé. Så tog hon med sig Madde till baren och blandade varsin gin och tonic åt dem. Hon var noga med att slå in den exakta summan i kassapparaten. Inte för att någon kontrollerade, eller ens skulle ta illa upp om hon bjöd sig själv och sin syster på en gratisdrink, utan för principen.

Efter besöket på Små citroner gula gick de till en annan bar, e vid Nytorget. Det var trångt och rökigt där inne. Ett populärt ställe, mycket musiker och skådisar. Tobias brukade hänga här, det visste Agnes. Hon tittade sig nervöst omkring så fort dörren öppnades. Till sist föreslog hon att de skulle gå vidare. De tog tunnelbanan ner till city och avverkade snabbt två ställen till. Köerna började växa utanför de populära krogarna vid Stureplan och Agnes sa att nu var det nog slut på barhoppandet. Annars var risken stor att de skulle behöva tillbringa resten av kvällen i någon sorts kölimbo. Det var trots allt lördag. Lönelördag dessutom och det var mycket folk ute.

Det tredje stället de hamnade på låg lite på en bakgata och trycket där var inte så stort ännu. De fick en plats i baren och tittade ut över restauranglokalen.

”Titta!” sa Madde plötsligt. ”Där sitter ju Lussan!” Agnes vände snabbt på sig så hon tittade åt samma håll som Madde. Och mycket riktigt, där satt Lussan och mitt emot henne, med ryggen mot baren, satt Paolo. De samtalade intensivt, ingen av dem hade upptäckt Agnes och Madde.

Agnes bet ihop. Inte för att hon hade något emot att Lussan träffade Paolo, hon hade ju trots allt gett klartecken, men hon kände sig på något sätt förrådd. Varför kunde inte Lussan ha berättat för henne? Det gjorde hon ju alltid annars när hon hade något på gång.

”Vänta lite”, sa hon till Madde. ”Jag kommer strax.” Agnes gick bort till bordet. ”Jaså, här sitter ni …” sa hon och tittade på dem båda. Lussan ryckte till.

”Agnes, vad gör du här?”

”Jag är ute med Madde, på en barrunda. Vi försökte ringa dig.”

”Jaha, jag har faktiskt stängt av telefonen. För en gångs skull.” Hon skrattade lite nervöst.

”Ja, ibland vill man ju vara *privat*. Eller hur?” Agnes tittade frågande på Lussan. Paolo reste sig upp, och ursäktade sig. Han skulle gå på herrummet. En lätt genomskinlig ursäkt för att lämna de båda damerna ifred för enskilda överläggningar. ”Jaså, du är ute med Paolo? Kunde du inte ha berättat det?” Den sista kommentaren lät vassare än det var menat. Lussan hade ju faktiskt ingen informationsplikt. Hon fick träffa vem hon ville, när hon ville. Ändå kunde inte Agnes bli kvitt den där känslan av besvikelse som hon först känt när hon såg dem.

”Ja, jag tänkte jag skulle ha ringt dig och berättat, men … så tyckte jag liksom inte att det var något att berätta. Vi är ute och äter ihop bara. Som kompisar. Tar ett glas … eh, Ramlösa.” Hon höll upp flaskan med mineralvattnet framför sig.

”Är *du* ute en lördagskväll och dricker Ramlösa?” Agnes skulle precis fråga hur det var fatt när Paolo kom tillbaka. Han tittade frågande på dem. Agnes backade ett steg och sa att hon skulle gå tillbaka till baren där Madde väntade. De skulle bli tvungna att byta ställe igen. Här kunde de inte vara kvar. Inte med Lussan och Paolo på en tête-à-tête några meter därifrån. ”Vi syns”, sa hon och log lite stelt.

”Jag ringer dig”, hörde hon Lussan ropa när hon började gå bort mot baren. Ja, det kunde hon ju göra. Eller låta bli. Just nu kändes det som det kvittade.

”En kompis till dig var här i helgen.” Kalle hade svårt att dölja sin nyfikenhet.

”Vilken kompis?”

”Han sa att ni kände varandra.”

”Han? Hur såg han ut?”

”Svårt att säga, medellängd, brunt hår. Ganska vanlig, tror jag. Jag såg honom bara på håll. Det var Pernilla han pratade med. Han hade varit här förut, sa han.”

Agnes stönade till. ”Kan det ha varit min granne?”

”Det är möjligt. Han hette som en fisk, sa hon. Gedda, Braxen …”

”Kummel.” Agnes var inte nöjd med nyheten. Hade hon fått någon sorts stalker på halsen? En sådan där som förföljer kvinnor. Hade hon inte stött på honom någon gång i tunnelbanan också? Han hade kanske stått och väntat på henne. ”Verkade han mysko?” frågade hon Kalle.

”Mysko? Nej, det tror jag inte. Pernilla sa att han verkade trevlig. Förresten, Lussan ringde. Hon skulle eventuellt komma förbi i kväll, sa hon.”

”Jaha.” Agnes släppte tanken på David Kummel. Hon kunde inte hjälpa det, men hon kände sig fortfarande sårad över Lussans smygande. Det var en barnslig reaktion, det insåg hon, men i hemlighet hoppades hon att Lussan skulle be om ursäkt.

Efter helgen var det återigen en lugn kväll. När klockan var nio hade de inte haft mer än åtta gäster. Inte ens Agnes tröst räckte speciellt långt när hon såg Kalles förtvivlade blick genom rutan på köksdörren. Vad skulle hon säga? Att det skulle bli bättre? Det hade hon ju faktiskt inte en aning om. Med något enstaka undantag, som i lördags, hade de inte fått fler gäster. Det verkade inte hjälpa hur bra mat de än serverade. Felet låg någon annanstans. Kanske var det ingen bra gata trots allt. Det kanske helt enkelt fanns för många restauranger i den här delen av stan. Överetablering. Det var inte helt otänkbart.

När Lussan kom hade sex av de åtta gästerna gått. Två stycken satt kvar och samtalade lågt över varsin cappuccino. De såg inte ut att ha någon brådska med att avsluta, så Agnes slog sig ner bredvid Lussan i baren efter att först ha serverat henne ett glas rött.

”Jag förstår att det såg konstigt ut i lördags”, började Lussan försiktigt och tog en klunk av vinet. ”Men det var faktiskt som jag sa, att vi var ute som kompisar.”

”Varför kunde du inte ha berättat det, då?”

”Ja … Jag vet inte vad jag ska säga. Det kändes så annorlunda alltihop, jag visste inte vad jag skulle säga om det. Han ville att vi skulle gå ut och käka och …” Lussan stannade till, som om hon inte själv visste vad fortsättningen var. Agnes var tyst en stund. Egentligen ville hon inte rota, ville inte Lussan berätta så *fine*, men det kunde inte hjälpas att hon var nyfiken.

”Vad pratade ni om?” sa hon så nonchalant hon kunde.

Lussan vred på sig. ”Inget speciellt, ditten och datten …” Hon skrattade lite ansträngt. ”En vanlig middag bara …”

”Med Ramlösa?” Hon trodde Lussan skulle ta det som ett skämt, men istället fortsatte hon att skruva besvärat på sig.

”Ja. Det var Paolos förslag. Han envisades, höll på att tjata en massa om att det inte var nyttigt att dricka vin så ofta. Jag menar, herregud, vilka är det som pimplar vin stup i kvarten? Svenskar eller italienare?” Hon skrattade till som för att lätta på stämningen men blev snabbt allvarlig igen. ”Jag fick till och med lova honom att inte dricka något på en hel vecka.”

Agnes tittade på glaset i Lussans hand. ”Det verkar du inte ha gått med på.”

”Jo. Men jag sa aldrig vilken vecka.” Hon skrattade och tog en klunk till.

”Så vad då …?” Agnes fattade fortfarande inte hur det hela hängde ihop. ”Har ni någonting på gång, eller?”

”Nej, inte alls! Inte alls!” Lussans protest var lite i kraftigaste laget för att kännas naturlig. Hon tog en klunk vin till. ”Men han är söt”, la hon till med ett flin. Agnes kunde inte låta bli att le tillbaka.

”Jodå, han är söt”, sa hon. ”Jag kanske ska hämta honom förresten, han är inne i köket.”

”Äh, lägg av!” Lussan satte ner glaset på bardisken så häftigt att det skvimpade över. Av leendet syntes ingenting längre. ”Han skulle ju vara ledig i dag.” Hon sköt instinktivt glaset ifrån sig, så att det kom att stå närmare Agnes än henne själv.

”Lugn, jag bara skämtade!” Agnes blev förvånad över den häftiga reaktionen. ”Han är inte här. Det är Filip och Kalle som är i köket.”

”Säkert?” Lussan tittade misstänksamt på henne innan hon sakta drog tillbaka glaset.

”Säkert.” Hon skulle precis fråga vad som egentligen pågick när paret i hörnan signalerade att de ville ha notan. ”Det här tror jag att vi får tala mera om”, la hon till innan hon lämnade baren. Men när hon kom tillbaka hade Lussan inte alls någon lust att prata längre. Inte om viktiga saker i alla fall. Hon hade fyllt på sitt vinglas och satt och berättade en historia för Kalle om en svindlare som sålt sin lägenhet till fyra personer och sedan flytt till

Frankrike med pengarna. Kalle verkade tycka historien var rolig, för han skrattade mycket.

Agnes fick inte någon mer chans att reda ut hur det egentligen stod till med Lussan. När de skildes åt utanför restaurangen försäkrade Lussan henne om att allt var som vanligt. Precis som vanligt och om någonting ändrade sig på den fronten så skulle Agnes vara den första att få veta det.

”Oroa dig inte, lilla vännen!” sa hon till sist och klappade Agnes över kinden. ”Gå hem och sov nu, det kan du behöva. Lussan klarar sig alltid.”

Kalle ringde henne redan på morgonen. Han var så upphetsad att han snubblade på orden.

”Agnes, gissa vad jag har fått veta? Gissa!” Trots den intensiva uppmaningen gav han henne inte tid att formulera någon gissning. ”Johnny, du vet. Min gamla kompis som är journalist …”

”Han som avslöjade den där porrklubbshistorien?”

”Precis.”

”Vad är det med honom?”

”Han fick höra av en av redigerarna, som är polare med en av redigerarna på Nöje att Jenny Brink sagt att hon hört från nöjesredaktören att Lola tydligen ska recensera en restaurang.” Han gjorde en paus, som för att ta sats, men Agnes hann före.

”Jag kan inte säga att jag är chockad. Det är ju ändå hennes jobb …”

”Jo, men fattar du inte. Det intressanta är ju *vilken* restaurang.”

”Låt mig gissa …”

”Just det! Små citroner gula.” Kalle lät mer än nöjd. Som en katt som stolt släppt ner en blodig mus på köksgolvet och jamande beundrade sitt byte. ”Det här kan bli grejen, förstår du? Det här kan vända alltihop! Om vi blir recenserade av Lola så är vi hemma.”

”Tror du verkligen det?”

”Men snälla du, hur tror du Picnic blev en sådan succé?”

”För att de serverade god mat och för att …”

”För att Lola hyllade stället. Just det. Jag har sett samma fenomen på massor av restauranger. Redan samma dag som recensionen publiceras ringer telefonen som tokig. Alla vill boka bord! Tro mig, en recension av Lola är det närmaste en välsignelse man kan få i den här branschen.”

”Jo, jag vet …” Agnes tänkte efter en stund, hörde Kalles häftiga andhämtning i luren. ”Men du, vad händer om den blir dålig, då?” Hon ville inte måla fan på väggen, Små citroner gula var en bra restaurang, de skulle säkert få ett bra omdöme. Men hon ville veta om Kalle tänkt på alternativet.

”Det blir den inte”, svarade han självsäkert.

”Men *om*”, envisades Agnes.

”Då är det kört. De restaurangerna hämtar sig aldrig. Det är bara att lägga ner. Eller göra som Pernilla sa: byta namn och börja servera plankstek och stor stark för nittionio spänn.” Han lät inte speciellt orolig. ”Men det kommer inte att hända. Vi är en bra restaurang med bra personal som serverar bra mat. Det finns inget elakt att skriva om oss. Så enkelt är det!”

Agnes visste att han hade rätt. Och kanske skulle en recension vara lösningen. De skulle bli kända och få ett rykte. Det vore precis vad stället behövde.

”Jaha, vad gör vi nu, då?” sa hon till sist.

”Vi börjar med att gå igenom menyn. Ser till att det inte finns några svaga kort. Jag tror till exempel vi ska byta ut den chèvrefyllda paprikan som tillbehör till kycklingen. Chèvre är lite för … lite för -98, om du förstår vad jag menar.”

”Men den är god. Tror du verkligen gästerna upplever den som ’-98’?”

”Kanske inte, men Lola skulle göra det. Jag läste en recension där hon fullkomligt hånade en krögare för hans försök att servera cross-over på tvåtusentalet.”

”Men det viktiga är väl att det är gott? Jag menar, Biff Rydberg och Wallenbergare är ju knappast heller nyskapande.”

”Nej, men det är klassiker, det är en annan sak. Klassiker kan man alltid ha på menyn, men trendig mat som serveras ett par år för sent … Det är verkligen *no-no*!”

”Okej.”

”Vi är egna och vi är originella och det ska synas på vår meny.”

”Och då serverar man på inga villkor chèvre efter 1998 … Har jag uppfattat det korrekt?”

”Fullständigt.”

Innan de avslutade samtalet bestämde de att träffas nere på restaurangen för att gå igenom menyn ordentligt. Och allt annat också för den delen.

Kalles entusiasm hade smittat av sig på Agnes. Han hade nog rätt. Det här skulle kunna ändra allt. En recension av Lola var viktig. Hon ansågs allmänt som branschens tyngsta kritiker och hennes vassa formuleringar var fruktade. Precis som hennes beröm var känt som det bästa en restaurang kunde råka ut för.

Agnes och Kalle hade bestämt sig för att mötas en timme tidigare än vanligt. För att lägga upp strategin, som Kalle sa. De skulle informera de andra under kvällen. Det var viktigt att alla visste vad som var på gång. Det fanns inget utrymme för slarv. Inte för att de brukade slarva, underströk Kalle, men om de någon gång skulle börja så var det i alla fall inte nu.

När Henrik kom in vid femtiden satt Agnes och Kalle fortfarande och diskuterade menyn. De hade inte gjort några stora ändringar. Förutom den chèvrefyllda paprikan som bytts ut mot honungsglaserad sötpotatis, hade de bara lyft bort en av desserterna, en chokladtårta som i och för sig var god, men ganska slätstruken. Istället skulle de servera en mangosorbet med anis som Kalle fortfarande höll på att experimentera med.

Henrik tyckte att nyheten om Lola var lysande. Han berättade om en restaurang han kände till som fått en recension som visserligen inte var mer än medioker, men som ändå fördubblat antalet gäster.

”Problemet är väl bara”, la han till. ”Att vi inte vet vem hon är.”

Agnes tittade upp. ”Men Kalle vet vem hon är.”

”Nej, jag har ingen aning.” Kalle ruskade på huvudet.

”Men du sa ju att hon hade varit på Picnic när du jobbade där.”

”Ja men, det var ju massor av människor som var där, hur skulle jag kunna veta vem hon var? Vi måste helt enkelt hålla en jämn och hög nivå”, slog Kalle fast. ”Hon kan komma vilken dag som helst. Då ska vi vara beredda. En stökig lördagskväll eller en tisdag utan en enda gäst i lokalen. Vi måste servera lika bra mat, oavsett.”

”Och hålla lika hög klass på servicen”, la Henrik till. ”Hur ofta skriver hon förresten?”

”Varannan vecka tror jag, eller om det är en gång i månaden. Hon sägs vara rätt grundlig i alla fall.

Strax därefter kom Filip, och Kalle gav honom en kort briefing. Också han fyllde på med några solskenshistorier, och några om restauranger som fått lägga ner efter sågningar av Lola. Bland annat en han jobbat på, så han visste vad han talade om. Agnes undrade vad det kunde betyda, att han jobbat på en restaurang som sågats, men beslöt sig för att det knappast kunde ha varit Filips fel. Själv hade hon ju jobbat på Pastakungen och om den hade recenserats hade det knappast varit i några lysande ordalag. Rätt man, eller kvinna, på fel plats helt enkelt.

Det märktes på jobbet att något var på gång. Så fort dörren till restaurangen öppnades skärptes uppmärksamheten. Var det hon? Maten, som redan tidigare varit bra, blev ännu ett snäpp bättre. Kalle granskade varenda uppläggning innan de gick ut till gästerna. Inget mindre än perfekt dög.

Agnes och Henrik stramade också upp sig. Det var absolut inget Kalle hade bett om, de gjorde det på eget initiativ. Den informella tonen, det personliga småpratet med gästerna fick lämna plats för en mer diskret service. För Agnes var den omställningen inget problem, det var så hon jobbat på Le bateau bleu. Personlig bara om det efterfrågades och fullt på det klara med att restaurangbesökarna inte kommit för att umgås med henne. Henrik, som i flera år jobbat på Stadshotellet i Trosa hade inte heller några svårigheter. Han var klassiskt skolad i restaurangbranschen.

Det var värre för Pernilla. Hon hade svårare att kliva tillbaka. Charmigt personlig, var hennes stil och med det utseendet var det för övrigt näst intill omöjligt att vara diskret. Först hade det retat Agnes lite. När nu hon och Henrik jobbade för att höja klassen på restaurangen, kunde inte Pernilla också skärpa till sig? Men efter några dagar slappnade Agnes av. Pernilla hade sin stil, den var en del av hennes personlighet. Skulle hon försöka sig på något annat skulle det bara bli en charad. Och charader var, misstänkte Agnes, inget som recensenter uppskattade.

Enda gången Agnes kostade på sig att släppa lite på sin nya, professionella roll, var när Lussan tittade in. Men först efter att hon noga studerat kvällens klientel och uteslutit att någon av dem kunde vara Lola, vågade hon sätta sig en stund med Lussan i baren.

Och ärligt talat fick väl inte heller hennes granne ett speciellt professionellt bemötande. Agnes började allvarligt fundera på om det var så att han förföljde henne, när han för tredje gången dök upp på restaurangen. Men var han psykopat dolde han det väl. Visserligen fanns det något otroligt retfullt med David Kummel, men galen verkade han inte.

Agnes kunde inte riktigt säga vad det var hon retade sig på hos honom. Han var som en kastrerad katt: snäll och rar och menlös. Hon tycktes kunna säga vad som helst utan att han sa emot eller blev sårad. En omanlig egenskap. Agnes tänkte att han säkert var typen som blev olyckligt kär i tjejer som bara såg honom som en snäll lyssnare, en ofarlig kille. Eller så var han bög, fast det var nog tveksamt. Bögar lyssnade inte på Bruce Springsteen och Pink Floyd. Men vem vet, med den konstiga musiksmak han verkade ha skulle det inte förvåna henne om han plötsligt började digga Judy Garland och Bobbysocks. Häromkvällen hade han spelat Led Zeppelin. Stairway to heaven fyra gånger i rad. Agnes hade precis varit på väg ner för att knacka på. Även om han, i ärlighetens namn, inte spelade särskilt högt måste det väl finnas någon gräns för vad grannar kunde tvingas stå ut med? Innan hon hann ner hade han dock slutat. Det var nästan så att Agnes blivit besviken. Hon hade redan formulerat några sarkastiska kommentarer om repeatknappen och Veckans smashhit.

Under restaurangbesöket var han försynt, fortfarande ensam. Den här gången hoppade han över förrätten och gick direkt på kycklingen. När han fick in den perfekt grillade filén tittade han på tallriken. Agnes hade syrligt önskat honom smaklig måltid och var redan på väg bort från bordet när han med en försiktig harkling och ett tyst ”ursäkta” påkallade hennes uppmärksamhet.

”Jo, ursäkta”, sa han igen. Agnes tittade frågande på honom. ”Skulle det inte vara chèvrefylld paprika till den här?”

”Nej, det var det förut.” Agnes bet ihop, hon hade visst glömt att informera honom om ändringen i menyn. ”Det är honungsglaserad sötpotatis som tillbehör istället.”

”Vad synd.”

”Hur sa?”

”Jag sa bara att det var synd, det hade varit gott med chèvre.”

”Ja, jag är ledsen.” Agnes ryckte på axlarna.

”Men sötpotatis är säkert också gott”, skyndade han sig att tillägga och plockade snabbt upp kniv och gaffel som för att bevisa hur välvilligt inställd han var till den glaserade rotsaken som låg framför honom på tallriken. Agnes lämnade honom och gick bort till Lussan som satt i baren och åt grillade pilgrimsmusslor.

Paolo jobbade i köket och eftersom de sju gästerna, tre par plus David Kummel, knappast höll honom sysselsatt, kom han då och då ut till baren. Agnes märkte hur Lussan förändrades varje gång Paolo dök upp. Agnes hade sett henne flirta så många gånger att hon trodde sig känna igen mönstret, men det här liknade inte något hon sett tidigare.

Lussans taktik brukade vara att få männen att tänka på sex. Det var inte en speciellt komplicerad plan. Ungefär lika svårt som att göra sig populär hos barn genom att bjuda på godis. Fräcka kommentarer, mycket glans på trutande läppar och så fram en aning med brösten. Hon gjorde det nästan automatiskt, oavsett om hon var intresserad eller inte. *Jaså, här sitter du? – Ja, på mina fasta små skinkor...* Titta lite från sidan, puta med läpparna och fram med tuttarna. Den man som inte började tänka på sex då var inte skapt. Eller lyssnade väldigt mycket på Barbra Streisand. Det tråkiga var att den taktiken fungerade allra bäst på män som redan var upptagna och som efter själva sexet inte var intresserade av så mycket mer. Tills de blev sugna på sex nästa gång. Som Torben, dansken, som ringde varje gång han var i Stockholm. Trogen som en hund, på sitt sätt. Hans *kone* hemma i Århus skulle möjligen uppfatta saken annorlunda. Poängen med hela det här systemet var i alla fall att det skedde på Lussans villkor, det var *hon* som bjöd upp. Det var *hon* som valde objekten. Åtminstone hade det fungerat så tidigare.

Nu satt hon och pratade med Paolo. Hon skämtade visserligen, men inte om sex och av läppglansen hade det mesta hamnat som feta avtryck på vattenglaset. Hon skrattade också, men inte på det där livsfarliga Sharon Stone-sättet som hon ibland la sig till med.

Deras samtal förändrades när Agnes var i närheten. Blev mer återhållsamt. Eller så inbillade hon sig. Men hon hade svårt att komma ifrån känslan av att vara överflödig i deras sällskap.

Agnes gjorde en runda i matsalen. David Kummel signalerade försiktigt när hon svepte med blicken över lokalen. Hon låtsades inte se honom. Istället fyllde hon på vinglasen vid ett annat bord, och nickade vänligt åt ett par som bad om notan. Först när hon kom tillbaka med den gick hon fram till sin granne där han satt alldeles ensam. Stackarn, han hade inte bara en usel musiksmak, han verkade inte ha några vänner hellre. Kanske var han ändå en stalker, tänkte Agnes med en rysning. Tänk om han såg henne som sin bästa vän, eller ännu värre, som sin flickvän. Han kanske levde i en egen fantasivärld där de här besöken på hennes restaurang i själva verket var kärleksmöten. Sånt där hade man ju sett på bio. I hans fantasi satt kanske de två vid det vackert dukade bordet och tittade varandra djupt in i ögonen. Hon rös. Kanske skulle han dra fram en ask med en ring också och fria till henne. Och om hon sa nej skulle han döda henne och förvara hennes lik i sin lägenhet tills det började lukta och grannarna ringde polisen och allting avslöjades.

Agnes var framme vid bordet.

”Ja?” Hon ansträngde sig för att låta opersonlig. Man visste ju aldrig.

”Skulle jag kunna få titta på dessertlistan?”

”Visst.” Agnes hämtade en meny. Hon väntade vid sidan medan han tittade igenom alternativen.

”Vilken tycker du är godast?” frågade han.

”De är goda allihop”, svarade Agnes efter en viss tvekan. Frågan lät oskyldig, men han kanske förde anteckningar över alla småsaker hon sa. Och sedan, när han lurat iväg henne till en övergiven stuga i skogen, hur nu det skulle gå till, så skulle han tvinga henne att äta mockabrulée med kanderade pecannötter tills hon besvarade hans kärlek. Eller dog en plågsam död.

”Okej, då tar jag den här”, sa han till sist och pekade i menyn. Agnes nickade. Nej, David Kummel var nog inte psykopat. Dessutom hade han gjort ett bra val. Det var första dagen de hade mangosorbeten på menyn. Den hade blivit väldigt lyckad. Frisk, men söt och med en distinkt brytning av anis i botten. Kalle hade gjort ett bra jobb.

Paolo tog emot beställningen i köket. Efter några minuter var den färdig att serveras. Den äggformade sorbetkulan låg i en liten vit porslinsskål som i sin tur stod på ett gult fat där ett hjärtformat knäckflarn var nedstucket i en toppig klick vanilj-crème fraiche. Det var väldigt snyggt. Och väldigt gott. Agnes hade provsmakat.

David lyste upp när Agnes ställde fatet framför honom.

”Vad vackert!” sa han. Agnes log. Hon såg ingenting på bordet som liknade en ask med en förlovningsring. Kanske var han inte galen ändå.

När klockan var halv tolv låste Agnes dörren efter de sista gästerna. Så vitt hon kunde avgöra, en lyckad kväll. Åtminstone för de elva gästerna. Men de väntade fortfarande på Lola. I morgon kanske. Eller i övermorgon.

Agnes förstod det så fort hon klev in. Uppenbarelsen hade inte varit tydligare om så Jesus själv hade kommit vandrande i öknen. Kvinnan som steg in i lokalen var i femtioårsåldern, möjligen uppåt sextio. Det korta, grå håret var välborstat och hårt sprayat. Ögonskuggan stålblå och läpparna skarpt röda, naglarna likaså. Dräkten hon bar var diskret kritstrecksrandig, jackan insvängd och kjolen knälång. Pumpsen var höga och den svarta lackväskan dinglade i en guldkedja från axeln.

Hon tittade sig omkring. Det var fredagskväll, så tack och lov var restaurangen inte tom. Agnes skyndade fram och hälsade henne välkommen och frågade om hon väntade någon mer i sällskapet. Det gjorde hon inte. Agnes visade henne till ett bord, centralt placerat men vid en vägg, inte alltför utsatt. Agnes drog ut stolen och kvinnan satte sig utan ett ord. Hon tackade lika kortfattat nej till en drink före maten, men nickade uppskattande när Agnes serverade ett glas isvatten samtidigt som hon lämnade menyn.

När hon var säker på att kvinnan inte tittade ryckte hon åt sig Pernilla som stod och skojade med några gäster vid ett annat bord.

”Hon är här nu”, väste hon.

”Vem?”

”Sssch! Lola, förstås.” Agnes nickade försiktigt bort mot bordet där kvinnan satt och tittade i menyn. Pernilla spärrade upp ögonen. ”Är du säker?”

”Ja men, titta efter själv. Tycker du hon ser ut som en söderbo som slunkit in på en bit mat efter jobbet?”

”Nej, i och för sig inte.”

”Jag sätter en hundring på att hon kommer att äta en treräters och att vi kommer att få se henne här igen.”

”Varför tror du det?”

”Därför att hon inte kan äta allt på menyn på en gång förstås. Ska hon göra en grundlig bedömning så måste hon komma tillbaka.” Plötsligt tittade kvinnan upp och Agnes ryckte till. ”Förvarna köket”, väste hon till Pernilla innan hon gick bort till sin vip-gäst för att ta emot beställningen.

Hon ställde mycket frågor kring maten. Var marulken var fångad, om grönsakerna var ekologiska, vilket vin som passade till kycklingen. Det mesta kunde Agnes svara på, sedan de fått veta att recensenten var på ingång hade Kalle varit extra noga med att de skulle kunna redogöra för alla ingredienser. Varje kväll innan öppning hade de dessutom en genomgång av eventuella förändringar på menyn. Vinlistan hade de finjusterat och både hon och Pernilla och Henrik hade god koll på vad som passade till vad, ändå blev hon nervös av frågorna. Hon hade dåliga tävlingsnerver. Som när hon skulle köra upp den där gången i Länninge.

Hon hade övat varenda dag i ett halvår. Hon kunde backa runt hörn, fickparkera, göra säkerhetskontroll, köra landsväg, motorväg, stadstrafik, ja till och med Länninges enda rondell behärskade hon till fulländning. Ändå blev det fullständigt svart i huvudet när uppkörningsmannen i en paus frågade henne vilken pedal som var kopplingen. Den i mitten hade hon till slut sagt. Hon hade fått godkänt i alla fall, men uppkörningsgubben hade sagt att det var tur för henne att hon redan klarat teoriprovet, annars skulle hon nog fått plugga lite på det.

Kvinnan harklade sig, hon hade till slut bestämt sig för fisksoppan och undrade vilket vin Agnes kunde rekommendera till. Ett ögonblick stod det stilla. Fisksoppa? En Anjou Blanc kanske? Nej, självklart inte. Anjou Blanc var ett dessertvin. En sådan rekommendation skulle knappast ha imponerat på Lola. En Sancerre Les Belles Dames fick det bli istället. Gästen verkade nöjd med förslaget. En fara avvärjd.

Till förrätt beställde hon pilgrimsmusslor och nudelsallad med chili och koriander. Skulle sancerrevinet passa även till detta? Agnes svalde.

”Jag skulle nog rekommendera något halvtorrt istället, för att möta styrkan i chilin. Den här till exempel.” Hon pekade på ett vin i listan. ”Kloster Eberbach, en riesling.” Kvinnan log mot henne, för första gången. Tänderna var jämna, men ganska gula.

”Då säger vi så”, sa hon och slog ihop listan innan hon avslutade sin beställning. ”Till efterrätt tar jag hallonpannacotta.” Hon sträckte över menyn och vinlistan till Agnes som log och sa tack och lämnade bordet.

Hon kände sig alldeles skakig när hon slog in beställningen och meddelade köket. Nervositeten hade spritt sig ända dit. Kalle trampade oroligt omkring mellan spisen och stekbordet och Paolo vispade i en kastrull så det stänkte på hans förkläde.

”Nå?” frågade Kalle så fort hon kom in i köket. ”Hur verkar hon, då?”

”Stel”, svarade Agnes ärligt. ”Hon testade mig. Frågade tusen frågor om allt vi har på menyn innan hon bestämde sig.”

”Vad då för frågor?” Kalle tittade oroligt på henne. Agnes upprepade de hon kom ihåg. Kalle lugnade sig något. ”De kunde du väl svara på”, sa han.

”Jag tror det.” Hon nämnde inget om sin nästan-miss med vinet. ”Jag måste gå ut igen”, sa hon. På väg ut genom dörren hörde hon Kalles röst till Paolo.

”Jaha du, nu jävlar gäller det!”

När restaurangen stängt på kvällen samlades de allihopa i matsalen. Kalle öppnade en flaska vin och Pernilla hämtade fyra glas. Paolo avböjde, han var törstig, sa han, och öppnade en iskall coca-cola. De behövde varva ner. Lola hade lugnt och metodiskt tuggat sig igenom deras minutiöst preparerade och serverade mat. Inte med en min hade hon avslöjat vad hon tyckte. Efter pannacottan och en liten espresso hade hon betalat – kontant, och sedan lämnat restaurangen med ett kort ”tack och adjö”.

Paolo och Kalle gick igenom måltiden. Gång på gång. Hade nudlarna varit överkokta? Hade det varit för mycket chili i salladen? Hade det funnits ben i marulken? Pernilla sa att hon tyckte sig ha sett hur gästen drog ut ett ben ur munnen. Paolo stönade, det var han som rensat fisken. I vanliga fall var ett ben i maten inte hela världen. Det var ju trots allt riktig fisk och inte fiskpinnar, men i ett sådant här fall kunde det vara just det som gjorde skillnaden mellan bra och mindre bra.

Efterrätten var de i alla fall nöjda med. Pannacottan var len som en bebiskind och svagt rosafärgad av silat hallonkoncentrat. Den serverades med en halv passionsfrukt och några färska hallon influgna från Venezuela och inhandlade för ett hutlöst kilopris på Årsta partihallar samma morgon.

De satt som en samling förälskade skolflickor som pratade om den nya lärarvikarien. Analyserade varje ord, varje rörelse. Beställningarna gicks igenom om och om igen. Till och med espresson fick sin beskärda del av analysen. Var det tillräckligt med crema? Använde hon socker?

Det var Pernilla som först bröt upp och sa god natt. De andra följde efter. Kalle sa hej och vinkade av dem innan han gick bort till sin bil som stod parkerad på Katarina Bangata. Paolo och Agnes gjorde sällskap bort mot Slussen. Det var mycket folk ute. Det var ju fredagskväll och klockan var inte mer än halv ett.

Nere i tunnelbanan var det stökigt. Några unga killar med

vaxat, bakåtstruket hår stod och muckade med varandra. Deras flickvänner stod en bit bakom och försökte få dem att sluta. Det var elva minuter tills tunnelbanan mot Aspudden skulle komma. Efter tre minuter gled Paolos tåg in på perrongen från motsatt håll. Paolo öppnade munnen, som om han vore på väg att säga något, men ångrade sig. Han tog ett steg bort mot tåget som höll på att stanna. Så vände han sig hastigt om mot Agnes.

”Du vill inte följa med?” frågade han. Agnes var oförberedd på frågan, hon tvekade. En hundradels sekund för länge. ”Äh, glöm det!” sa han och slog ut med armarna. ”Vi ses i morgon.” Så sprang han bort mot tunnelbanans öppna dörrar. Han hann precis slänga sig in innan de stängdes. Han vinkade inte åt henne när tåget lämnade stationen.

Det serverades kalvstek med gräddsås, kokt potatis, pressgurka och gelé hemma hos familjen Edin på Snickarvägen i Länninge. Maud hade dukat med Rörstrandsporslinet och rödvinet var upphällt i slipade kristallglas från Tjeckoslovakien. Fast Jonas och Sven drack folköl och Madde coca-cola, men Maud och Agnes skålade högtidligt med varandra och drack av det franska vinet som var alldeles för strävt för att kallas gott. Det var inte ofta de samlades till söndagsmiddag allihop, en gång i halvåret kanske. Förra gången hade Tobias varit med. Agnes var övertygad om att de andra tänkte på det, hon gjorde det i alla fall.

”Hur går det med jobb?” frågade hon Jonas för att avleda tankarna.

”Jag har sökt två stycken.”

”Jaha, men vad bra!”

”Fast jag fick inte något av dem.”

”Nähä.” Agnes kände sig dum. Mamma ryckte in. Den eviga optimisten.

”Det är bara en tidsfråga. Du som är så duktig!”

”De vill ju att man ska ha utbildning.”

”Kan du inte skaffa dig det, då?” frågade Agnes. Det var en dum fråga och hon visste svaret.

”Nej, jag kan inte plugga.”

”Ja men, du behöver ju inte läsa på högskolan. Du kan väl gå en sådan där kurs som mamma och pappa har gått på. Den verkade ju jättebra.”

”Du menar en datakurs?”

”Ja.”

”Så att jag blev en arbetslös datasnubbe istället för en arbetslös verkstadsarbetare?”

Det låg något i vad han sa. Att kunna designa en webbsida var inte längre den nyckel till arbetsmarknaden som det hade varit för ett par år sedan. ”Men …” började hon trevande. Det kändes inte riktigt bra att lämna ämnet med den slutsatsen. Jonas avbröt henne.

”Dojjan och jag har snackat om att öppna verkstad.”

”Har ni?” Madde såg förvånad ut.

”Ja, något måste vi ju göra. Vi kan ju inte stämpla resten av livet. Och vi är ju båda rätt bra på motorer.” Han tystnade, alla tittade på honom. ”Ja, alltså, bilar kommer väl alltid att gå sönder, eller …?”

”Jag tycker det låter som en utmärkt idé”, sa Sven och Maud nickade ivrigt. ”Du är på tok för ung för att ge upp.” Madde sa fortfarande ingenting. Jonas började äta igen.

”Men var ska ni få pengar ifrån?” sa hon till slut. Hon hade svårt att dölja sin skepsis.

”Vi får väl ta ett lån.” Jonas stoppade in en gaffel fullastad med kalvstek, potatis och pressgurka i munnen, resten var lite svårt att höra. ”Och schå får man väl schånt där schtataegebidrag.”

Agnes blev lite motvilligt imponerad av Jonas attityd till problemet. Hon tänkte på hur knäckt hon själv hade blivit när hon blev av med jobbet. Då befann hon sig ändå i Stockholm, i en bransch som ständigt sökte folk. Jonas satt i Länninge, som en av närmare fyrahundra verksarbetare på jakt efter jobb. Framtidsutsikterna var inte direkt lysande. Även Madde verkade förvånad över det Jonas sagt. Hon tittade misstänksamt på honom från sidan där hon satt, men han fortsatte obekymrat att lassa in söndagsmiddag som om han inte sett mat på flera veckor.

De lämnade ämnet och Maud började prata om den nyplanterade klängrosen, Dorothy Perkins, en ”verklig klassiker härdig till zon fyra”, som rådjuren gått så hårt åt under vintern. De hade försökt med allt för att skrämma bort de där eländiga skadedjuren, sa hon. Fårullsbollar, blodmjöl, tvålflingor, cayennepeppar, vimplar, vitlök … Maud hade till och kört ut Sven mitt i vintern för att kissa runt busken. Hon hade läst någonstans att det skulle hjälpa.

”Men det enda som hände var att pappa höll på att förfrysa den lille!” skrattade mamma. Agnes log lite ansträngt. Hon hade fått mer information än hon bett om. Att hennes mor kallade hennes fars … grej för *den lille* var definitivt mer än hon ville känna till. Tack och lov valde Maud att inte fördjupa sig i ämnet. ”Och jag som trodde vi skulle få problem med mjöldaggen”, fortsatte hon istället. ”Hon ska ju vara så känslig för mjöldagg, Dorothy. Vi har varit så försiktiga med hönsgödseln, men vad hjälper det när de där … banditerna kommer och gnager sönder våra växter!”

”Du får prova att hänga ut din gamla rävboa”, föreslog Madde på skoj. Hon och Agnes hade haft den i utklädningslådan som barn. Ursprungligen kom den visst från mormor, men mamma hade aldrig använt den. Dels var hon inte så förtjust i räv, dels var hon orolig för vad grannarna skulle tycka om hon började klä sig i päls. Maud tittade upp.

”Vet du, det kanske inte är en så dum idé … Det kan vara värt att prova.”

”Och om det funkar så kan ni tipsa om det på hemsidan.” Agnes tittade på Madde och fnissade. Maud och Sven verkade inte förstå att döttrarna drev med dem.

”Ja”, sa Sven. ”Bra råd ska man dela med sig av.”

”Har ni några besökare att dela med er till, då?”

”Nja, det har väl varit lite trögt, men Maud har mejlat både Vi i Villa och Allt om Trädgård och tipsat om hemsidan, så vi får väl se om det blir något.”

”Det blir det säkert”, ljög Agnes. Hon kunde för sitt liv inte förstå hur de kunde tro att en enda människa skulle vara intresserad av att besöka en hemsida gjord av två förtidspensionerade trädgårdsamatörer. Å andra sidan kunde hon över huvud taget inte förstå hur folk frivilligt kunde tillbringa sin fritid med daggmaskar och bladlöss. Eller riskera hälsan på *den lille* med nattligt vinterkissande.

Efter middagen satte de sig i vardagsrummet för att dricka kaffe. Agnes hade berättat om hur det gick på restaurangen. Hon hade hoppat över biten med hur ont om gäster det var. Det var synd att oroa dem i onödan. Kanske skulle det ju lösa sig nu, med recensionen och allt. Hon berättade om Lola också, men som väntat gjorde det inget större intryck eftersom ingen i familjen hört talas om henne, än mindre läst någon av hennes recensioner. Men de nickade intresserat när Agnes förklarade att Lolas åsikt skulle kunna förvandla Små citroner gula till den succé restaurangen förtjänade att vara.

Sedan var det dags att åka hem. Jonas och Madde hade bil, en skruttig Ford Fiesta, men Agnes lyckades övertala Madde att promenera med henne till stationen. Agnes var proppmätt och behövde röra lite på sig innan det var dags att hoppa på tåget.

Det skulle snart vara vår på riktigt och kvällen var, om inte ljummen, så i alla fall inte iskall. Solen höll på att gå ner och det rödaktiga ljuset speglade sig i plåttaket på Länningeverket som skymtade på andra sidan vägen. Den enorma fabriksskorstenen stod svart och orörlig mot kvällshimlen, som masten på ett sjunkande skepp. Det var första gången hon sett den utan att det kom rök ur den, insåg Agnes plötsligt. Verket brukade vara igång dygnet runt, skiftarbete. Till och med på storhelger jobbade folk. Driftsminimum, kallades det då. Det var en felaktig benämning.

Driftsminimum var vad hon såg nu. En stor, livlös tegelklump med plåttak och skorsten, omgärdad av ett tre meter högt stängsel. Där inne fanns ingenting längre. Maskinerna hade skeppats över till Tartu i Estland, ledningen likaså. Det var bara arbetarna som var kvar i Länninge. Fast nu var de inga arbetare längre.

”Vad tänker du på?” frågade Madde.

”På verket.” Agnes nickade bort mot fabriken. ”Det är så sorgligt på något sätt.”

”Äh, det är väl inget sorgligt!”

Agnes blev förvirrad. Vad då *inget sorgligt*? Det är klart att det var sorgligt. En nedlagd fabrik, arbetslösa människor. ”Vad menar du?”

”Verket har förlamat hela den här stan i, vad är det? Typ, sextio år. Och alla har varit så förbannat tacksamma. Men vad är det de har fått egentligen? Jobb, javisst, men också knäckta ryggar, sabbade lungor …” Agnes avbröt henne.

”Men det var ju länge sedan de slutade med de där lösningsmedlen …”

”Ja, men det hjälper väl inte dem som redan fått skiten i sig?” Hon fortsatte utan att vänta på svar. ”Miljön har den förstört också, den där förbannade fabriken! De senaste fyra åren har det varit badförbud i Lillbergasjön, visste du det?”

”Men är det säkert att …”

”Ja, vad tror du det beror på, att små barn har kissat i den? Skulle inte tro det, va.” Madde tittade upproriskt på sin storasyster. ”Fast det värsta är att det där verket har gjort folk till lealösa idioter. Ingen har behövt anstränga sig. Ingen har tänkt till vad de vill med sina liv. Nej, bara in i fabriken. Löneslavar är vad Länninge har varit fullt av!”

”Men vad då, är inte alla löneslavar?” protesterade Agnes. ”Du är väl också löneslav, fast du jobbar på dagis.”

”Ja, det är möjligt, men jag har i alla fall valt det själv. Medvetet. Jag *vill* jobba med ungar. Hur många på verket tror du *ville* vara fabriksarbetare?”

”Förmodligen fler än sådana som vill vara arbetslösa...”

”Äsch, du fattar vad jag menar!”

”Jo, det är möjligt. Fast jag tycker du är lite hård.”

”Ja, men jag har levt med verksarbetare hela livet. Jag har sett vad som händer. Med Jonas, med alla hans kompisar, med mamma och pappa. De vandrar in genom de där grindarna och sedan vandrar de ut igen fyrtiofem år senare. Och däremellan har ingenting hänt.”

”Vad skulle ha hänt då, menar du?”

”De skulle ha upplevt någonting, använt sin fantasi, tagit lite risker!”

”Som du gör på dagis...?”

Madde blev sur. ”Ja, men skit i det då, om du inte vill förstå.”

De gick tysta en bit. Agnes tänkte på vad Madde sagt. Hon hade aldrig sett det så. Hon hade alltid tänkt på verket som stans motor. Det som allt snurrade kring, det som gjorde att det fanns affärer, skolor, människor... Ju mer hon tänkte på det desto konstigare kändes det. Det är klart att det inte kunde finnas människor för att det fanns en fabrik. Det måste ju rimligen vara tvärtom. Annars var det ju precis som Madde sa, att människorna existerade för fabriken, som någon sorts bränsle. Det var en läskig tanke.

”Allvarligt”, sa hon efter en stund. ”Jag tror faktiskt jag förstår vad du menar. Man har väl sett verket som stadens välgörare så länge bara, så det är lite svårt att släppa den bilden.” Madde grymtade till svar, hon var fortfarande sur. Agnes fortsatte. ”Du har säkert rätt. Jag menar, om inte verket lagt ner skulle ju aldrig Jonas ha kommit på den här idén med att öppna verkstad. Eller mammas och pappas hemsida. Hur skulle världen annars få del av ditt tips om rävboa mot rådjur?” Agnes höll masken. Madde tittade upp, surt först, sedan flinade hon till och började skratta. Agnes också. ”Länge leve de amerikanska kapitalisterna!” ropade hon.

”Död åt fabriken, liv åt folket!” skanderade Madde.

”Nej”, utbrast Agnes med låtsad skräck, ”inte LIV!”

Madde tittade förvirrat på henne, så flinade hon till igen. ”Nej, visst nej. Inte LIV. Död åt fabriken, *kärlek* åt folket!” De fortsatte att skratta och hitta på slagord, tills Agnes plötsligt stannade upp och tittade på Madde.

”Men du”, sa hon allvarligt. ”Här går vi och är lyckliga, så fruktansvärt osolidariskt av oss.” Hon låtsades snyfta till. ”Hur ska det nu gå för Estland, hur ska det gå för stackarna i Tartu?”

Nästa gång Lola dök upp var hon inte ensam. En man gjorde henne sällskap. Det var inget konstigt med det. Agnes hade hört att restaurangrecensenter ofta gick ut i sällskap, kanske för att inte väcka för stor misstanke. Agnes hälsade dem välkomna och visade dem till det bästa bord som var ledigt i lokalen, vilket inte var så svårt eftersom alla bord var lediga. På den korta promenaden dit hann Agnes uppfatta att de talade franska med varandra. Han var något äldre än hon men lika elegant i välskräddad kostym och diskret mönstrad sidenslips. Agnes gjorde ett snabbt övervägande. Hennes franska var tämligen usel, men månaderna på Le bateau bleu hade inte gått helt obemärkt förbi. En del restaurangfranska hade hon trots allt plockat upp. Hon kunde åtminstone visa sin goda vilja. När de slagit sig ner vände hon sig först mot kvinnan.

”Får det lov att vara något att dricka före maten?” Och sedan direkt efter, leende, mot mannen. ”Bon soir, desirez-vous quelque chose à boire en attendant?” Blev de imponerade av hennes språkkunskaper så visade de det inte i alla fall. Kortfattat tackade de nej och bad att få se menyn istället. Agnes lämnade bordet med en nick. Hon kände sig pinsam och märkte hur det hettade om kinderna. Vad skulle det där vara bra för? Prata franska... Nu skulle väl Lola tro att hon försökt fjäska för mannen i hennes sällskap. Hur lyckat var det?

När hon kom tillbaka med menyerna tilltalade mannen henne igen. Han hade ångrat sig och ville ha en dry martini. Kvinnan avböjde fortfarande. När Agnes skulle gå sa han något till henne. Det gick snabbt, Agnes hängde inte med.

”Pardon?”

”Votre français est excellent”, upprepade mannen och log, nästan flirtigt, mot henne. Kvinnan mitt emot tittade på. Hon såg inte vänlig ut.

”Merci.” Agnes skyndade sig bort från bordet. Det här var definitivt inte bra. Hon hade dragit till sig uppmärksamhet, dessutom på bekostnad av damen i sällskapet. Dubbla minuspoäng. Upphöjt till hundra eftersom damen ifråga var restaurangrecensent. Hon borde definitivt ha vetat bättre.

Resten av kvällen var hon noga med att i första hand vända sig till Lola och hon använde bara sin franska vid ett fåtal tillfällen. Om ansträngningen räckte, visste hon inte. Hon fick till och med för sig att de vid ett tillfälle pratade om henne. När de inte trodde att hon såg lutade de huvudena ihop en aning och viskade med några nickningar åt hennes håll. Men hon kunde ha missuppfattat det också, det kunde ha varit något annat de talade om.

Maten som serverades var i alla fall i toppklass. Inte en miss så vitt Agnes kunde bedöma. Uppläggningarna var vackra som små konstverk, utan att vara överarbetade eller pretentiösa. De åt förstås tre rätter, olika sinsemellan dessutom, och ställde som tidigare krångliga frågor om vin och tillagningsförfaranden.

Agnes var alldeles svettig när de till sist lämnade restaurangen två och en halv timme senare. De andra gästerna måste ha undrat vad det var frågan om när servitrisen, efter att rakryggat och leende tagit avsked av det fransktalande paret och önskat dem välkomna åter, sjönk ihop som en trasa i baren, omringad av två stirriga kockar.

En stund senare dök Sofia, Kalles flickvän upp. Agnes hade inte sett henne särskilt många gånger på restaurangen. Hon hälsade vänligt och försvann sedan in i köket. Hon kom ut efter en stund och satte sig i en av fåtöljerna i baren. Agnes försökte prata med henne, men hon svarade bara korthugget och verkade inte speciellt intresserad av small-talk. En kvart senare kom Kalle ut. Han verkade nervös och frågade om inte Sofia ville ha något att äta eller dricka. Det ville hon inte. Han fortsatte att erbjuda henne olika saker; vatten, en macka med prosciutto, kanske lite sorbet, en espresso. Till slut snäste hon av honom, hon ville inte ha något, hade han inte hört det? Hon ville gå hem, var han inte klar någon gång? Jodå, visst. Kalle skyndade sig ut i köket. Sofia reste sig och satte på sig jackan. Det dröjde innan Kalle kom tillbaka. Agnes insåg att han var tvungen att avsluta arbetet i köket. Ställa undan mat till förvaring, stänga av spisar och stekbord. Förbereda för diskaren, som också var städare, och som brukade komma tidigt på morgonen. När han till sist kom ut igen hade han hängt av sig kockjackan och satt på sig sina egna kläder.

”Kan du låsa i kväll, Agnes?” frågade han oroligt.

”Absolut, det är inga problem.”

”Tack. Glöm inte larmet.” Han vände sig mot Sofia. ”Ska vi gå, då?” Hon tittade trött på honom och Agnes måste medge att det var en ganska korkad fråga till en person som stått i tjugo minuter med ytterkläderna på vid dörren.

När de hade försvunnit gick Agnes ut till Filip som fortfarande var kvar i köket.

”Vad var det där om?” frågade hon och nickade mot dörren där Kalle och Sofia precis försvunnit.

”Vad då?”

”Sofia, hon verkade så sur.”

”Jaha ja, Kalle sa något om att hon inte gillar att han jobbar så mycket. Men vad fan hade hon väntat sig? Han har precis öppnat en restaurang, då är det inte direkt läge att sitta hemma och mysa med räkor och vitt vin på kvällarna. Eller hur?" Filip torkade energiskt av den rostfria bänken där havssaltet, olivoljan, den hackade löken, vitlöken, tomatröran, vinet, smöret, örterna och allt det andra i mise-en-placen nyss stått.

"Nej, det är möjligt. Fast är man kär biter det kanske inte riktigt med sådana logiska argument. De har ju inte varit tillsammans så länge heller."

Filip ryckte på axlarna. "Vad vet jag, jag har ingen aning om hur sånt där funkar", sa han och Agnes nickade förstående. Filip var ung och singel, vad visste han om relationer?

"Jag var tillsammans med en musiker förut. Han var inte heller hemma så mycket", la hon till. "Jag tror jag kan förstå hur Sofia tänker."

Filip och Agnes lämnade restaurangen samtidigt. Agnes gick en extra runda innan hon släckte lamporna, slog på larmet och låste dörren. Det kändes som att gå hemifrån, tänkte hon. Och det var det ju också, på sätt och vis.

Det var tyst i huset när hon klev in i hissen, för trött att gå de tre trapporna upp till lägenheten. Inte ens från Kummel hördes det något ljud. Han kanske inte var hemma. Eller så hade hans skivspelare gått sönder. Tänk om det vore så väl. Den senaste tiden hade förvirringen i hans musiksmak ökat ytterligare när han börjat spela Elvis och gammal blues. Härom morgonen hade han toppat med Doors. Agnes visste inte vad hon skulle tro. Drev han med henne? Två slutsatser hade hon i alla fall dragit av hans musiksmak. Det ena var att han var periodare. Körde samma skiva gång på gång, för att sedan tvärt byta till något helt annat. Som med Bob Dylan. Under ett par dygn hade han spelat Bob Dylan tills hon höll på att kräkas. Och sedan, plötsligt, ingenting. Den andra slutsatsen var att han inte lyssnade på något som producerats de senaste tio åren. Var han inte lite för ung för att så helhjärtat ägna sig åt nostalgi?

Hon öppnade dörren och klev in. Tände lampan i hallen och sparkade av sig skorna. Hon hade vant sig vid att komma hem till en tom lägenhet. Ibland kunde hon till och med uppskatta det. I och för sig var den tom för det mesta även när Tobias bodde där, men inte på det här viset. Disken som stod i diskhon var hennes. Den obäddade sängen doftade av henne och ingen annan. Skulle hon sätta på cd-spelaren skulle hon få höra Alicia Keys eftersom det var den skivan hon lyssnat på senast. Mjölken i kylen skulle räcka till kaffet i morgon eftersom ingen annan varit där och druckit upp den, och hårmoussen tog inte slut förrän hon själv gjorde av med den sista skumbollen. Det fanns definitivt fördelar med en tom lägenhet, det gjorde det. Man var bara tvungen att påminna sig om dem ibland.

"Agnes, det är pappa."

"Hej pappa!" Agnes sträckte på sig. Klockan var nästan elva och hon låg fortfarande kvar i sängen. Nattarbetarnas privilegium. Hon hade suttit uppe alldeles för länge i går kväll och tittat på Hallmark, innan hon kunnat slappna av tillräckligt för att gå och lägga sig. Kanske hade det varit bättre att sätta sig och meditera en stund för att komma ner i varv, men Agnes visste inte hur man gjorde. Och i jämförelse med ett par stadiga glas whisky, vilket många av hennes kollegor tog till, så tyckte hon ändå att Hallmark var ganska oskyldigt.

"Det har hänt en olycka." Först nu hörde hon hur spänd på rösten han lät. "Mamma har råkat ut för en bilolycka."

"Vad då för bilolycka?" Maud körde ju inte ens bil.

"Hon skulle cykla ner till stan och så i rondellen, precis där cykelbanan korsar gatan, så kom det en bil i alldeles för hög fart. Den hann inte stanna."

Agnes blev alldeles kall. "När hände det här?"

"För två timmar sedan. Föraren i bilen ringde ambulansen."

"Hur allvarligt är det?"

”Ganska allvarligt, förmodligen. Hon är fortfarande medvetslös.”

”Men herregud!” Agnes rös till, hon hade tappat känseln i handen som höll telefonen. Hon försökte formulera en fråga, men hur hon än vände på meningen, så kom hon inte ifrån ord som ”dö”, ”döende”, ”dödlig”. Det var inte ord hon ville använda. ”Jag kommer så fort jag kan”, fick hon till sist ur sig. Innan hon fortsatte gjorde hon en kort paus. ”Är det … bråttom?”

”Läkarna säger att läget är stabilt.” Sven försökte låta lugnande, men Agnes hörde hur orolig han var.

”Jag kommer med en gång. Det går ett tåg om …” Hon tittade på klockan. ”En knapp halvtimme. Jag kommer direkt till sjukhuset.”

”Hon ligger på intensivvårdsavdelningen.”

”Okej, vi ses snart.”

Agnes slängde sig upp ur sängen och drog på sig kläderna som låg på stolen under fönstret. Jackan från kroken. Väskan. Kolla plånboken. Nycklarna. Och så ut.

Hon sprang till tunnelbanan. Ansiktet kändes stramt i vinden. När hon satt på tunnelbanesätet pillade hon bort lite stelnad morgongegga ur ena ögonvrån. Stirrade stint ut genom fönstret, såg sitt eget bleka ansikte när tåget efter Liljeholmen dök ner i underjorden igen. När tunnelbanan anlände till T-centralen var det tre minuter tills tåget skulle gå. Agnes sprang så fort hon kunde genom den kakelklädda passagen. Trots att det inte var mycket folk höll hon på att krocka flera gånger.

Hon hann med tåget. Hon hade tur. Ödet var med henne. Agnes försökte tänka att det var ett gott omen, ett tecken. När hon kom fram skulle säkert mamma vara vaken. Trött och med ett plåster i pannan, men vid medvetande. Hon skulle trösta familjen som varit så orolig för henne. Redo att förebrå sig själv för att hon inte sett sig för ordentligt, för att hon inte haft hjälm. Nu skulle det minsann bli av att hon köpte sig en, skulle hon säga. Och alla skulle hålla med. Också förebrående, men lättade.

Hon tänkte igenom scenariot gång på gång, som ett mantra. Såg hur familjen skrattade och kramade om mamma, försiktigt för att inte trycka mot blåmärken och skrapsår. Hörde hur mamma oroade sig för vad de skulle äta till middag, hur hon gav instruktioner till pappa om köttfärs i frysen och potatis på nedersta hyllan. Agnes log för sig själv. Så typiskt mamma att bry sig om andra till och med från sin sjuksäng.

Hon klev av en station före Länninge. Utanför stationshuset tog hon en taxi, inte för att det var någon brådska, läget var ju stabilt, men det fanns ju ingen anledning att dra ut på det heller.

Det tog knappt tio minuter att komma fram till sjukhuset. Agnes betalade taxichauffören och klev in genom byggnadens automatiserade dörrar. Hon sökte med blicken över orienteringstavlan. Intensivvårdsavdelningen låg i andra änden av sjukhuset. Hon skulle ta hissen till andra våningen och sedan följa vit streckad linje. När hon skulle kliva in i hissen var hon nära att krocka med ett gäng kvinnor i sjukhusrockar. Förmodligen personal på väg ner till kafeterian för en tidig lunch. De skrattade. Agnes såg hur namnet *Irène* gled förbi på en namnskylt innan de försvann och hon fick plats i hissen. Andra våningen. Pling. Följa vit streckad linje. Som en kokainist med näsan i marken kom hon fram.

Innanför glasdörrarna fick hon syn på en sköterska. Maud Edin, var fanns hon? Där. Sköterskan pekade. Rum 12. Det snurrade i huvudet på Agnes. Hon hade ju inte ätit, inte druckit, inte ens andats sedan pappa ringde. Hon stod framför dörren nu. Det var tyst därinne, eller välisolerat. Det kändes som om hon skulle svimma. Som i luciatåget, men den här gången skulle hon inte stjäla uppmärksamheten från skolans populäraste tjej med skolans längsta hår, utan från sin mamma. Agnes tog ett djupt andetag. Hon fick skärpa sig.

Den första hon såg var Madde som stod vid fotändan av sängen. Lite längre in, på en stol, satt pappa. Stålsängen i mitten av rummet var bäddad med landstingets randiga påslakan och en orange filt. Huvudändan var lätt upphöjd. Det stod maskiner runt om. Det registrerades någon sorts kurva på en av dem. Slangar och sladdar var fästa vid patienten som låg i sängen.

Det räckte med en blick så började Agnes gråta. Inte hejdlöst, men sipprande, med darrande haka. Som om locket bara glidit lite, lite åt sidan. Tillräckligt för att släppa ut en tunn slinga av het ånga. Madde gick fram och kramade om henne. Pappa gjorde detsamma. Agnes släppte inte sin mamma med blicken. Hon såg så liten ut där i sängen. Som ett barn.

Det här var inte bilden hon försökt frammana. Det enda som stämde var plåstret, fast till och med det var större. En kompress fasttejpad på högra sidan av pannan, ända från hårfästet ner till ögonbrynet. Bilden som nu bredde ut sig för henne inne i det kala, lilla sjukhusrummet var bilden hon försökt hålla ifrån sig. Hon gick fram till sängen och satte sig på stolen där pappa just haft sin plats.

”Hej mamma”, sa hon och tog den ena av händerna, den utan nålar, som låg slappt på täcket. ”Det är Agnes.” Rösten stockade sig. ”Hur mår du? Har du slagit dig?” Mammas hand var varm, men den besvarade inte de tryckningar Agnes gav den. Huden var rynkig och man kunde ana begynnande åldersfläckar som diffusa bruna partier. Hon hade aldrig tänkt på att mamma hade gamla händer. De var alltid i rörelse. Lagade något, rensade, stickade, hackade, sköljde, påtade… De var aldrig stilla länge nog för att granskas.

Pappa hade kommit och ställt sig bakom Agnes. Han la handen på hennes axel. Den var tung, och säkert gammal den också.

”De säger att de inte har kunnat upptäcka någon hjärnskada vid röntgen. Så det är ju bra i alla fall…”

”Hur länge kan hon ligga så här, då?”

”De vet inte.” Pappa suckade.

Madde fyllde i. ”De vet ingenting. De är hemskt snälla, men de vet ingenting.”

”Men någonting måste de väl kunna säga?” Det blev tyst i rummet. Först nu la Agnes märke till hur mycket maskinerna lät. Den ena surrade, den andra åstadkom ett svagt väsande. Dessutom brummade det dovt av ett osynligt fläktsystem och nere på gatan körde bilar förbi i hög fart. Det var inte tyst i rummet. Det bara kändes så. Hon hade tusen frågor, som till exempel vad hennes mamma gjorde här, men det var klart att ingen kunde besvara dem.

Det hördes en svag knackning, så sköts dörren upp. En sköterska kom in och läste av maskinerna. Hon sa ingenting, bara log och nickade lite innan hon gick ut igen.

Trots att hela familjen var samlad kändes det som om de väntade på någon. Timmarna gick. De var som en bil där man plockat bort motorn. På utsidan såg den ut som vanligt, men den rörde sig inte ur fläcken. Det var till slut Madde som tog initiativet.

”Vi måste äta något”, sa hon. ”Jag går ner och köper några mackor.”

”Jag följer med dig”, sa Agnes. Pappa nickade. Mat var förmodligen inte något han prioriterade just nu.

Inte ens på vägen ner till fiket fick de igång något samtal. Agnes sa saker som: ”Det är klart det ordnar sig.” Och Madde svarade: ”Absolut, absolut.” Sedan dog det ut. De började på ett antal sådana samtal innan de gav upp och återvände med tre plastinpackade baguetter med ost och skinka och tre koppar kaffe.

Då och då kom sjukhuspersonal in i rummet. De tog blodtryck, kollade remsor, log lugnande och gick ut igen. När det blev kväll försökte Agnes och Madde övertala Sven att han skulle åka hem och sova. Han behövde vila. Till en början vägrade han, sa att det var bättre om flickorna åkte hem så stannade han, men till slut gav han med sig. De bestämde att Madde skulle stanna kvar och Agnes följa med pappa hem.

Innan de lämnade avdelningen gick de förbi kontoret där en sköterska satt.

”Vi tänkte åka hem och sova”, sa Agnes. Hon försökte låta normal, rationell. ”Vi ville bara veta... hur det är med mamma. Innan vi åker...” Hon förmådde inte formulera tanken, ställa frågan. *Kommer mamma att dö i natt?*

Sköterskan bad dem vänta medan hon hämtade doktorn. Det var en man i dryga femtioårsåldern. Som pappa kanske, men spänstigare.

”Jag tycker ni ska åka hem”, sa han och tittade allvarligt på dem.

”Så det är ingen fara då, i natt...” Agnes röst lät tunn. Pappa stod tyst bredvid henne.

”Det är svårt att säga. Med den diagnos vi har kan jag inte lova någonting.” Han gjorde en liten paus. Det var inte det svaret Agnes hade velat höra. Läkaren förstod nog det för när han fortsatte lät han mindre allvarlig. ”Självklart ringer vi om det är något, men jag tycker absolut att ni ska åka hem och vila.”

De sa inte mycket under bilfärden. Pappa var grå i ansiktet, axlarna ihopsjunkna. Huset på Snickarvägen var mörkt när de kom hem. Agnes gick runt och tände lampor, försökte låta, humma för sig själv, för att fylla upp tystnaden. Pappa tog en dusch och kom sedan ut i köket där Agnes satt.

”Jag går och lägger mig”, sa han. ”Jag tror inte jag kan sova, men man kan ju alltid försöka.” Han log svagt. Agnes log tillbaka.

”Jag ska också gå och lägga mig. Om en liten stund.” När Sven lämnat köket blev Agnes sittande ensam. Hon hade tänkt titta lite på teve, försöka koppla av, men hon orkade inte. Ville inte. Bilden av mamma i sjukhussängen lämnade henne inte. Trots det kändes den helt overklig. Som en av barndomens mardrömmar då man vaknade upp svettig och mamma satt på sängen och strök en över håret. *Mamma du ska väl aldrig dö? Nej, lilla gumman det ska jag inte, inte på väldigt, väldigt länge. Men jag vill inte att du ska dö någonsin! Men vännen, det måste jag, det måste alla, men det behöver du inte oroa dig för nu. Nej, jag vill inte, jag vill inte. JAG VILL INTE!*

Agnes stannade på sjukhuset hela veckan. Maud förflyttades till en vanlig avdelning. Hon hade inte återfått medvetandet, men läget var fortfarande stabilt. Agnes önskade att det inte vore det. Hon önskade att något skulle hända. På sjätte dagen gjorde det det. Pappa hade gått ut för att ta sig lite luft i sjukhusparken när den väsande maskinen började pipa. Den surrande också. Den gröna kurvan på den svarta skärmen planades ut. Personal kom springande. Agnes och Madde kördes ut. Ännu mer personal kom springande. Dörren slogs upp och slogs igen. Agnes och Madde stod utanför. Vem av dem som tog den andre i handen, visste inte Agnes, men hon kände det kladdiga greppet hårt mot sin egen handflata. I änden av den långa sjukhuskorridoren föll ljuset in genom ett fönster.

Det var en solig dag när mamma dog.

Hon hade stannat några extra dagar hos pappa. Att säga att han tagit det bra var en kraftig överdrift, men Agnes var ändå förvånad över att han klarade av att över huvud taget finnas till. Gå upp på morgonen, äta mat, gå och lägga sig på kvällen. Det var knappt så hon klarade det. Hon hade förlorat sin mamma, alldeles för tidigt dessutom och på det mest meningslösa av sätt. Ibland tog insikten tag i henne, svingade henne runt runt så hon blev kräkfärdig, men någonstans fanns ändå trösten. Barn ska förlora sina föräldrar. Förr eller senare. Det var naturens ordning. Det var annat med pappa. Han hade förlorat sin hustru, sin livspartner, och så var det inte tänkt. Eller var det det? *Tills döden skiljer er åt.*

Moster Gullan hade kommit från Spanien också. Hon var hemma hos Sven nästan hela tiden. Förkrossad förstås, men på ett annat sätt än pappa. Hon pratade oavbrutet. Om Maud, om minnen, om lägenheten i Marbella, om ingenting... Agnes märkte att pappa stängde av. Han hade ju ingenstans att ta vägen, inget jobb att gå till. Agnes undrade om det hade varit bättre. Kanske. Arbetskamrater som kunde klappa honom på axeln och trösta. Fasta tider och ett schema för tillvaron. Själv längtade hon till jobbet. Hon längtade efter sitt vanliga liv, med rutiner, istället för det svarta hål hon nu rörde sig i. Det fanns liksom inget att greppa. Bara svart och ogenomtränglig sorg.

Madde och hon hjälptes åt med att ordna inför begravningen. Nästa fredag skulle den hållas. Besöket på begravningsbyrån hade varit lika overkligt som om det vore sin egen begravning Agnes beställde. Vänliga, opersonliga, formellt klädda främlingar som undrade om *Maud* haft några speciella önskemål kring arrangemanget. Vilken absurd fråga! Hon hade råkat ut för en bilolycka, de hade liksom inte haft tid att fråga. Och ämnet hade av någon anledning inte varit aktuellt under senaste söndagsmiddagen. Eller under någon annan middag de senaste femtiosju åren.

Sven hade utan protester godkänt ceremonin. Det enda han, med oväntad skärpa, lagt sig i var valet av psalmer. De skulle spela Härlig är jorden och Bred dina vida vingar. Det visste han bestämt. Det var Mauds älsklingspsalmer.

Till slut bestämde sig Agnes för att åka hem. Gullan skulle ta hand om pappa. Madde lovade också att titta till honom så ofta det gick. Vännerna var informerade. Grannarna likaså. Fjellners hade redan varit över ett par gånger. Det fanns inget mera för Agnes att göra. Det var inte många dagar kvar till begravningen, hon skulle snart vara tillbaka.

Det var bara en och en halv vecka sedan hon åkt tåget sist. Åt andra hållet. Ändå kändes det som ett annat liv. När hon steg av i Stockholm blev hon nästan förfärad av hur mycket människor det var. Hur bråttom alla hade. Folk pratade i mobiltelefoner, skyndade till möten, tittade i skyltfönster och köpte tonfiskmackor i Pressbyrån. Var det ingen som såg henne? Var det ingen som såg att hon hade sorg? Att mamma hade dött, att allting var förändrat.

När hon klev in i lägenheten hemma i Aspudden var hon alldeles darrig. Hon trodde att hon samlat ihop sig, att hon var förberedd, men plötsligt insåg hon att det inte ens hade börjat.

Hon sjönk ihop i hallen, som en liten hög på golvet. Hon snyftade och hulkade. Det lät inte ens som gråt. Det var som om sorgen var så stor att den funnit ett eget läte. Hur länge hon låg där visste hon inte, men så småningom började hon urskilja saker. Som reklambroschyrerna hon låg på. Glättiga extrapriserbjudanden som rasat in under tiden hon varit borta. På skohyllan stod skorna hon haft i sitt tidigare liv. Ovanför hängde ytterkläder hon mindes svagt. Allt var annorlunda, allt var förändrat. Var det verkligen tänkt att allt skulle fortsätta som vanligt? Att hon skulle gå till jobbet? Köpa Bregott och gå ut med soporna? Boka tid i tvättstugan och reta sig på grannar med dålig musiksmak? Eller skulle allt sådant också ändra sig nu?

Hon hade slutat gråta, andades bara tungt utan att orka resa sig. När telefonen ringde reagerade hon knappt, men den fortsatte envist. Svararen var inte på. Agnes hasade sig upp i halvsittande och därifrån till sittande, till stående. Hon lyfte luren. Det var inte mamma.

”Agnes, hej, är du hemma?” Det var Kalle. ”Hur är det med dig?”

”Så där.” Rösten lät konstig. Hon satte sig i soffan.

”Ska jag komma över?”

”Tack, men det behövs inte.”

”Är det verkligen säkert?”

”Ja, jag tror det.” Hon började känna igen sin egen röst. Den var svag och grötig, men den var hennes.

”Jag vet inte vad jag ska säga, men jag är så ledsen för det som har hänt. Jag beklagar verkligen sorgen. Finns det något jag kan göra för dig?”

”Nej. Men det är snällt att du frågar.” Hon hade ringt Kalle och berättat om mammas olycka, att hon skulle bli kvar några dagar. Sedan hade hon ringt igen om dödsfallet och att hon skulle bli kvar ytterligare några dagar. Kalle hade stöttat henne på alla vis, erbjudit hjälp och sagt åt henne att absolut inte känna någon press. Restaurangen fixade han, hon skulle ta precis så mycket tid hon behövde. Nu satt hon hemma i sin soffa och hade ingen aning om vad hon skulle med tiden till. ”Jag vill nog gärna börja jobba så fort det går”, sa hon.

”Ska du inte ta det lite lugnt?”

”Jag behöver något att tänka på. Hur har det gått förresten?”

”Bra, fast det har varit tråkigt utan dig.”

”Några fler gäster?”

”Nej inte direkt, men det ordnar sig.” Han ville inte oroa henne, Agnes förstod det.

”Har Lola varit där igen?” Det var skönt att prata om restaurangen, som att återerövra små bitar av det där livet som varit.

”Nej. Hon har varit här tre gånger nu, jag skulle inte tro att hon kommer mer. Nu är det bara att vänta på recensionen.” Det blev tyst.

”Jag kanske tittar förbi i kväll. Och, som sagt, jag börjar gärna jobba så fort det går.”

”Du kan börja i morgon, om du vill. Både Pernilla och Henrik är införstådda med läget. Men känn dig inte tvingad, gör det som känns bäst för dig.”

”Okej. Tack Kalle.”

Lite senare ringde Lussan också. De bestämde att ses på restaurangen vid åtta. Agnes blev nästan rörd över vilka bra vänner hon hade. Och så tänkte hon på Madde. Jonas hade visserligen inte sagt mycket under dagarna på sjukhuset, men han hade funnits där. Hämtat och lämnat med den risiga Forden, köpt kinamat nere på en restaurang i stan när de tröttnat på sjukhusbaguetterna. Hon märkte det på Madde som kunde komma tillbaka på morgonen med förnyad energi efter en natt hemma. Hon hade någonstans att hämta kraft. Precis som Agnes hade nu. Hon tänkte på pappa. Var skulle han hämta sin kraft? Kunde grannar och före detta arbetskamrater verkligen hjälpa honom? Hon själv ville gärna hjälpa till, men hon bodde ju i Stockholm. Hon kunde inte hälsa på honom varje dag. Men det var klart, hon kunde ringa. Och Madde bodde ju nära. De fick hjälpas åt.

Agnes kom in på restaurangen en halvtimme innan hon skulle träffa Lussan. Så fort hon klev in i lokalen var det som om något lossnade inom henne och för ett kort, kort ögonblick kände hon något som liknade glädje. Pernilla kom fram och kramade om henne och Kalle kom ut och gjorde detsamma. Själv stack hon in huvudet i köket och hälsade på Filip. Han nickade och mumlade något som hon tyckte lät som ”... lessen ... ähum ... mamma”. Hon nickade tillbaka och gick ut i baren. Kalle slog sig ner bredvid henne och strök henne över kinden.

”Lilla stackare”, sa han. Agnes kände hur tårarna steg, mer behövdes uppenbarligen inte.

”Sluta att vara så gullig”, sa hon. ”Jag klarar inte det.”

”Okej då, i sådana fall skulle jag vilja be att du skärper till dig, för du kommer att behövas här när Lolas recension publiceras.”

Agnes skrattade till. En tår trillade ner på kinden. Hon skyndade sig att stryka bort den. ”Den måste bli bra, va?”

”Vi har i alla fall gjort det bästa vi kan. Jag kan inte se att någonting har gått fel. Eller vad säger du?”

”Nej.” Hon tänkte på fransmannen och Lolas vassa blickar den kvällen. ”Jag hoppas inte det. Maten har i alla fall varit perfekt.”

”Så, när vill du börja?”

”Jag börjar gärna i morgon.” Kalle tittade tveksamt på henne. Hon fortsatte för att övertyga honom. ”Allvarligt. På fredag är det begravning, så på fredag och lördag kan jag inte jobba, men sedan hoppas jag att det kan vara som vanligt igen.”

Kalle tittade tveksamt på henne. ”Agnes, du har just förlorat din mamma. Det är ju ingen brådska.”

”Sluta dalta med mig, sa jag.” Agnes hade fått tillbaka klumpen i halsen. Tårarna steg. Kalle backade genast.

”Okej, då säger vi så. Du jobbar onsdag, torsdag och sedan

börjar du igen på söndag." Precis då kom Lussan och Kalle ursäktade sig och gick tillbaka in till köket.

Lussan skyndade sig fram till Agnes och kramade henne hårt och länge. Agnes var tvungen att stryka bort ännu flera tårar.

"Du fixar det, tjejen", sa Lussan till slut när hon kramat färdigt och höll Agnes en bit ifrån sig. "Man gör det. Så är det bara."

Ja, vem skulle veta om inte Lussan.

Ett par kom in och slog sig ner bredvid Agnes och Lussan i baren. Kvinnan i sällskapet pratade högt med gäll röst och skrattade mycket. Åt ingenting tycktes det som, för mannen sa knappt ett ord. Agnes sneglade mot paret och vände sig sedan mot Lussan.

"Skulle du ha någonting emot att ta en promenad istället?"

"Absolut inte."

De satte på sig ytterkläderna igen och sa hej till Pernilla innan de gick. De tog höger på Skånegatan och gick upp mot Nytorget.

"Hur gammal var du när din mamma dog?" frågade Agnes efter en stunds tystnad.

"Fjorton."

"Varför dog hon?" Trots att de känt varandra så länge hade de aldrig pratat om det. Det hade aldrig funnits någon anledning. Lussan hade berättat att hennes mamma var död och sedan var det inte så mycket mer att säga om det. Åtminstone inte då, i Agnes värld.

"Hon tog en överdos."

"Knark?" Agnes stannade till. Visserligen hade hon förstått att Lussan kom från en problemfamilj, men knark … Plötsligt skämdes hon enormt. Så självupptagen hon hade varit som inte ens brytt sig om att fråga!

Lussan började gå igen. "Ja, hon var inte en sådan där knarkare som man ser på Plattan, det var mer sofistikerat än så. Det började när hon fick mig. Hon fick någon sorts depression. Så en doktor skrev ut tabletter till henne. Och sedan blev det mer tabletter. Och ännu mer. Ibland gjorde hon uppehåll, bestämde sig för att det fick vara nog. När min lillebror föddes till exempel, då höll hon upp i nästan tre år, men sedan blev hon deprimerad igen."

"Och läkarna bara skrev ut tabletter utan att ha någon koll på hur hon hade det?"

"Ungefär så. Hon blev ju smart också. Bytte läkare när de började gnissla. Hon var väldigt manipulativ. Leif, min styvfarsa, Jespers pappa, lyckades hon lura i flera år. Han försökte ju få henne att sluta, han försökte till och med låsa in henne en gång när hon hade slut på tabletter. Men då lyckades hon rymma. Från tredje våningen, klättrade ner via balkongerna och hoppade fyra meter." Lussan tystnade. "Sedan tog hon en överdos. Tryckte i sig en halv burk tabletter när hon var ensam hemma en helg. När vi kom hem på söndagen så var hon död."

"Självmord?"

"Ja. Eller ett desperat försök att döva ångesten. Fast det kanske är samma sak."

De hade passerat Nytorget och korsat Renstiernas gata. Nu började de långsamt gå uppför den smala trätrappan mot Vitabergsparken. Vårfåglarna kvittrade fortfarande i skymningen.

"Vad hände med dig, då?" Agnes tittade på Lussan.

"Min styvpappa skulle ta hand om mig och Jesper, men jag var ju som sagt mitt i puberteten. Jobbig som fan, så han klarade inte av det där mer än ett par år. Jämt höll han på och skrek och hotade: Louise skulle göra si, och Louise skulle absolut inte göra så! Jag flyttade hemifrån när jag var sjutton."

Agnes stannade till igen. "Varför har du aldrig berättat det här för mig?"

"Kanske för att det är något jag inte har så stor lust att påminna mig själv om. Det är inte den bästa perioden i mitt liv."

Det blev tyst. De närmade sig Sofia kyrka. Kyrkporten stod öppen, det verkade vara någon sorts körövning där inne för det hördes sång. Samma stycke som ideligen avbröts och påbörjades igen.

”Men det är ju en fruktansvärd historia”, sa Agnes till sist.

”Det är mitt liv.” Lussan skrattade till lite torrt.

”Ska vi sätta oss?” Agnes pekade på en träbänk utanför kyrkan. Lussan nickade och de slog sig ner.

”Förlåt mig”, började Lussan efter en stunds tystnad. ”Jag hade absolut inte tänkt berätta det här för dig i dag. Det var inte därför vi skulle träffas. Jag ville ju trösta dig och så häver jag ur mig den här gamla skiten. Förlåt.” Hon tog Agnes hand. ”Hur mår du?”

”Ja, vad ska jag säga. Allting är ju relativt…”

”Agnes, det där hände när jag var fjorton år. Tro det eller ej, men jag har kommit över det. Du behöver inte ha dåligt samvete för att du är ledsen.”

”Nej, det har jag inte heller. Men i jämförelse var det ju ändå någon sorts lycklig död. Om det nu finns någon sådan.”

”Det tror jag inte. Och en älskad människa lämnar alltid efter sig sorg. Din mamma dog alldeles för tidigt. Du behöver inte vara ett dugg duktig och hantera det vuxet. Det är fruktansvärt sorgligt. Så är det bara och ni kommer att sakna henne resten av livet.”

Agnes sjönk ihop. ”Det känns så fruktansvärt meningslöst. En bilolycka, jag menar…” Tårarna började rinna igen. Lussan la armen om Agnes och höll henne intill sig. En man som rastade en hund gick förbi och tittade nyfiket på dem.

”Så ja, så ja”, tröstade hon tyst mot Agnes hår. När snyftningarna lugnade sig började hon prata igen. ”Men jag kan berätta en sak för dig, Agnes, och det är att man lär sig leva med det. Och till slut kan man till och med se att man har lärt sig något av det. Hur märkligt det än verkar just nu.” Agnes tittade upp.

”Vad har du lärt dig?”

Lussan släppte Agnes och rätade på sig. Hon tänkte efter en stund. ”Att inte ta något för givet. Ja, jag vet att det låter som en kliché, men för mig betyder det faktiskt någonting.” Hon gjorde en paus. ”Och att se till att fixa det jag vill ha, för ingen annan gör det åt mig. Eller har någonsin gjort." Agnes nickade sakta. Det lät som Lussan. Lussan fixade saker, hon väntade inte på ödet eller på andra. Ibland gick det, ibland inte, men då hade hon i alla fall försökt. Det var en egenskap Agnes beundrade. "Du kommer att klara det här, jag lovar dig. Även om det inte känns så nu. Och du kommer att lära dig saker. Om dig själv, inte minst. Och det är faktiskt inte så illa."

De reste sig från bänken. Agnes hade haft tillräckligt många urinvägsinfektioner för att veta att det inte var någon bra idé att sitta alltför länge i tunna byxor på en kall parkbänk. De promenerade vidare, pratade om småsaker. Sådant som inte betydde något. Det var skönt.

När de kom fram till Skanstull skildes de åt med löfte om att höras snart. Agnes var trött när hon åkte hem, men hon kände sig lättare. Inte gladare, men tyngden som dragit henne neråt hade minskat och på natten sov hon för första gången på länge utan att vakna svettig och skräckslagen.

Visst fixade hon det. Absolut. Men inte mycket mer än så. Hon hälsade gästerna välkomna, placerade dem vid bord, lämnade ut menyer, tog emot beställningar och serverade mat. Hon fyllde på vin, hällde upp vatten, plockade disk och önskade gästerna välkomna tillbaka när de sedan lämnade restaurangen. Henrik höll ett vakande öga på henne. Kalle hade ordnat med backup och det var nog klokt. Två gånger under kvällen fick Agnes gå undan och sätta sig. Andas lugnt, dricka ett glas vatten och torka en och annan tår som helt oprovocerat trillade ner för hennes kinder. Men hon var ändå stolt när hon gick hem på kvällen. Hon hade börjat jobba igen och det kändes bra. Men klumpen i halsen försvann aldrig helt och hon bävade för begravningen.

På fredagsmorgonen vaknade Agnes tidigt. Hon hade sovit oroligt, drömt hemska drömmar om stora ödsliga kyrkor, väldigt olika den vackra, vita kyrkan i Länninge där hon döpts och konfirmerats och där hennes föräldrar gift sig. Och där hennes mammas begravning skulle äga rum.

Efter en halväten tallrik fil klädde hon sig. Hon hade strukit och lagt fram kläderna kvällen innan. Svarta byxor, vit skjorta och svart kavaj. Nu stod hon framför hallspegeln och tittade på sig själv. Det såg ut som om hon skulle gå och jobba på något trist kontor. Som om hon tagit anställning på bank för att göra sin döda mamma glad. Agnes tog av sig kavajen och skjortan och började sedan leta i den trånga garderoben. Till slut fann hon vad hon sökte; en röd tröja, långärmad men tunn och klädsamt urringad utan att vara alltför festlig. Hon provade den med kavajen till. Mycket bättre. Den fick det bli, hon skulle ju knappast hedra sin mamma genom att klä ut sig till kontorsråtta.

Hon tittade igenom smyckeskrinet också. Där låg det, halsbandet hon fått av mamma och pappa när hon konfirmerade sig. Ett guldhjärta med en liten, liten diamant mitt på. Ett barnsligt smycke egentligen, hon hade inte använt det många gånger, men nu ville hon ha det. När hon knäppt kedjan bakom nacken tittade hon sig i spegeln en gång till. Det lilla hjärtat hamnade precis i halsgropen. Hon var färdig att ge sig av.

För en gångs skull önskade Agnes att tågresan skulle vara längre. Hon var nervös, det kändes som om mycket små varelser med stilettklackar trampade runt i magen på henne.

De skulle träffas hemma hos pappa och Gullan och sedan åka tillsammans till kyrkan. När Agnes kom fram till Snickarvägen var Madde och Jonas redan där. Inte heller Madde hade klätt sig enligt konventionen. Hon hade jeans, nya och svarta visserligen, men ändå. Utanpå hade hon en löst hängande tunika i svart med små blommor på. Agnes sa inget. Madde hade säkert resonerat som hon, att hon ville vara sig själv. Att mamma hade velat att hon skulle vara sig själv.

Gullan satt i soffan, ovanligt tyst. Kinderna var bleka och den svarta hatten hon redan satt på sig skuggade ögonen.

Pappa var också färdig i mörk kostym och vit slips. Han såg samlad ut, men sorgen syntes lång väg. Varenda por, vartenda hårstrå utstrålade saknad och sorg. Agnes kramade om honom och han kramade tillbaka. Inte bara en sådan där vanlig pappakram, utan hårt och länge, som om han för första gången verkligen tänkte på vad han gjorde när han omfamnade sin dotter. Sedan var det dags att ge sig av.

Prästen mötte dem utanför kyrkan. Hälsade allvarligt och tryckte deras händer. Berättade långsamt och pedagogiskt vad som skulle ske, hur ceremonin skulle förrättas. Genom dörrarna, längst inne i själva kyrkan skymtade Agnes kistan. Hakan började darra igen, det gick inte att hålla tillbaka. Hon tittade på Madde som hade upptäckt samma sak och stod och stirrade in genom kyrkporten. Prästen såg det också. Han föreslog att de skulle gå in innan de övriga gästerna kom, så att de fick vänja sig.

Agnes ville inte gå in, hjärtat bultade som om det var på väg ut ur kroppen, benen kändes som om de skulle vika sig när som helst. Madde stack armen under hennes.

”Vi klarar det”, sa hon lugnt. Tårarna rann. Hennes mascara var inte vattenfast. Agnes kunde inte låta bli att skratta till när hon såg sin syster stå där som ett halloweenspöke med svarta rännilar ner på kinderna.

”Mascara i dag, knäppskalle”, sa hon mjukt och skakade på huvudet. Hon halade upp en näsduk ur fickan och började torka av Maddes kinder. Prästen stod och väntade på trappan. Pappa kom fram till dem.

”Är ni redo, flickor?” frågade han och la sina händer på deras axlar. De nickade. Så gick de in.

Det blev en fin begravning. De sjöng om tidevarv som kom och försvann och släkten som följde släktens gång. Och för första gången i livet betydde de bekanta orden någonting, på riktigt. Agnes lät tårarna falla ner i knäet och hon kunde känna hur de vätte huden på hennes lår. Madde satt bredvid henne med Jonas arm om sina axlar. Ibland tog hon Agnes hand och tryckte den.

När det var över och det var dags att resa sig, gå upp, gå vidare, såg sig Agnes för första gången om i kyrkan. Hon blev förvånad över hur mycket folk det kommit. Hon hade ingen aning om att hennes föräldrar hade så mycket vänner. Många kände hon igen, men flera hade hon inte sett förut.

Det var mottagning med smörgåstårta och kaffe i församlingshemmet efteråt. Pappa hade insisterat på att beställa tårtan från Roland's, trots att Gullan erbjudit sig att baka. Maud hade alltid tyckt att det var festligt att gå på kondis. Nu skulle det inte bli några fler möjligheter till det.

När alla hade satt sig, knackade Sven i kaffekoppen. Han reste sig upp och vek ut en liten lapp han haft i innerfickan. Det blev tyst.

"Kära vänner, kära familj", började han. Agnes plockade fram den blöta näsduken ur fickan. "Det här är den sorgligaste dagen i mitt liv." Han blinkade kraftigt och svalde några gånger, så tog han sats på nytt. "Och det är väl som det ska vara, antar jag. För med Maud har jag också upplevt mitt livs lyckligaste dagar." Nu var det flera som plockade upp sina näsdukar. Det snörvlades runt om i den sparsamt inredda lokalen. "Hon gav oss våra döttrar, Agnes och Madeleine. Hon gav oss sin tid och sin kärlek. Sin omsorg och sin omtanke. Maud var min hustru och hon var den bästa man kan tänka sig. Hon bara fanns där, utan åthävor, utan dramatik. Nu är hon död. Meningslöst, kan man tycka, men vad tjänar det till. Bättre då att tänka på hur meningsfullt det har varit att ha henne hos oss. Att få ha varit hennes make, hennes barn, hennes syster och hennes vänner. Jag hoppas att ni känner samma tacksamhet över det som jag gör." Han stod tyst i ett ögonblick innan han satte sig ner igen.

Agnes som satt bredvid sträckte ut en hand och tog pappas som låg stilla på bordet. De satt så en stund. Tystnaden låg kvar över rummet. Till slut reste sig Madde upp och gick fram till pappa som fortfarande satt stilla och tittade ner i knäet. Hon satte sig på huk bredvid hans stol och strök honom över armen. Han tog tag i hennes hand och höll den en liten stund, så tittade han upp. "Så, varsågoda att ta för er nu. Jag hoppas att tårtan smakar bra." Någon hostade till lite och så började sorlet igen.

Till en början försiktigt, sedan med större självförtroende. Det slamrades med bestick mot porslin. Agnes hämtade en termos och fyllde på kaffe till dem som ville ha. Det hölls inga fler tal, det var som om allting hade sagts när Sven läst färdigt från sin lilla lapp.

Efter en dryg timme tackade gästerna för sig med handtryckningar, omfamningar och vackra ord om Maud. Sedan försvann de i små svartklädda grupper bort mot parkeringsplatsen utanför stenmuren som omgärdade den gamla kyrkan. Pappa och Agnes tog bilen tillbaka till Snickarvägen. Madde och Jonas kom efter med Gullan i Forden.

Agnes sa åt pappa att sätta sig i vardagsrummet. Själv hämtade hon en flaska whisky från det provisoriska barskåpet ovanpå kylskåpet, det var där flaskorna hamnat när pappa monterat ner baren i gillestugan. Hon ställde den tillsammans med glas och en skål is på en bricka. Pappa nickade när hon frågade om han ville ha. Gullan och Jonas också. Madde avböjde. Så hällde hon upp en till sig själv också och slog sig ner i en fåtölj. De pratade lite grann, mest Gullan, om begravningen, om prästen och om vem som var vem av gästerna. Om Maud sa de ingenting.

Madde hade suttit tyst nästan hela tiden. Hon skruvade oroligt på sig och fingrade på kanten av den blommiga tunikan. Jonas satt bredvid henne i soffan med armen om hennes axlar. Till slut drog hon efter andan och började prata. Lite för högt, som om hon behövde den extra kraften för att komma igång.

”På sätt och vis kommer mamma i alla fall att leva vidare”, sa hon utan att fästa blicken på någon av de andra i rummet. Gullan hade tystnat. Pappa och Agnes tittade på Madde. Jonas kramade hennes axel. ”För jag är med barn.”

På söndagen var Agnes tillbaka på jobbet. Inte glad, absolut inte lycklig. Men lugn. Hon hade begravt sin mor, värre än så här skulle det inte bli på ett bra tag, det insåg hon. Och i det konstaterandet fanns det någon sorts tröst. Maddes nyhet hade förstås också hjälpt till. Mitt i sorgen hade glädjen tittat fram, som när solen plötsligt bryter igenom en sådan där hopplöst mulen dag. De hade börjat gråta allihop, till och med Jonas hade vänt sig bort och torkat en tår. Madde hade gjort graviditetstestet samma morgon som begravningen. Det var svårt att inte tänka på Ödet och på släkten som följa släktens gång. Kanske till och med på själar som vandrade vidare, även om Agnes egentligen inte trodde på sånt där. På något underligt vis hade kvällen, denna sorgliga dag, ändå slutat lyckligt. Eller åtminstone hoppfullt. Agnes älskade sin syster för det.

När Agnes tittade in i köket på väg för att byta om till arbetskläder, satt Paolo där på en pall. Han såg blek ut.

”Hur står det till?” frågade Agnes.

”Så där”, svarade han och gjorde en grimas. ”Jag känner mig inte riktigt bra i magen om jag ska vara ärlig.”

”Oj då, det låter inte bra.”

”Nej, det började i natt, men jag tänkte att det skulle gå över om jag bara kom ut och fick röra lite på mig.”

”Men det gjorde det inte?”

”Nej.” Han grimaserade och tog sig åt magen. ”Jaha, då var det dags igen!” Han reste sig hastigt och skyndade ut ur köket.

Kalle dök upp en stund senare. När han fick höra hur det var med Paolo tog han ett snabbt beslut.

”Du kan inte jobba så här. Jag får köra dig hem.”

”Men det behövs inte, jag kan ta tunnelbanan.” Mer hann han inte säga förrän han var tvungen att springa ut igen. Kalle gick och hämtade sin jacka.

”Jag är tillbaka om en halvtimme. Vi får skjuta lite på öppningen, men inte mer än tio minuter hoppas jag.”

”Fixar du att vara själv i köket i kväll?”

”Det är lugnt. Det är ju söndag dessutom ...”

Paolo kom ut i matsalen. Han var blek och gick lite framåtböjd. Han pratade inte längre om att ta tunnelbanan.

När de försvunnit satte Agnes igång med sina arbetsuppgifter. Hon dukade, vek servetter och fyllde på salt- och pepparkar. Så skar hon upp citroner och såg till att det fanns is i frysen. Kalle kom kvart över sex. Inga gäster hade kommit ännu och han skyndade sig in i köket för att förbereda det Paolo inte hunnit.

Kalle hade rätt, det blev en lugn kväll. De klarade det på två utan problem.

”Jag ringer in Filip istället för Paolo”, sa han medan han städade upp i köket och ställde undan överblivna ingredienser på sina platser. ”Vill du ha hjälp i matsalen i morgon, eller tycker du att det funkade i dag?”

”Det är lugnt, jag mår faktiskt ganska bra”, svarade Agnes.

”Okej. Hur var begravningen förresten?”

Hon tänkte efter en stund. ”Bra. Ingen glädjens högtid direkt, men fint.”

Kalle klappade henne på axeln. ”Ja, fy fan, vad tufft att begrava sina föräldrar. Jag hoppas det dröjer länge."

"Det trodde jag också att det skulle göra." Hon tystnade. Det kändes sorgligt, men inte outhärdligt. Den här gången började inga tårar rinna. Kalle tittade på henne en stund, som för att se hur det var med henne. På riktigt. Så släppte han henne med blicken och hängde upp trasan han just torkat av bänkarna med över vattenkranen. "Nej, hörru", sa han sedan med ett litet leende. "Om vi skulle ta och ge oss för i dag?"

På morgonen dagen efter ringde Kalle hem till Agnes. Han lät ynklig.

"Agnes, dåliga nyheter. Jag har också blivit sjuk. Samma som Paolo. Måste vara någon maginfluensa. Inte rolig, kan jag säga."

"Stackare! Behöver du hjälp?"

"Nej, tack. Sofia tar hand om mig." Han skrattade till lite kort. "Hon måste verkligen älska mig. Jag är inte direkt till min fördel."

"Jag förstår det, jag såg ju Paolo i går. Har du pratat med Filip?"

"Ja, och det är det som är problemet. Han är bortrest. Kommer inte tillbaka förrän i morgon. Jag hade glömt det."

"Vad ska vi göra då? Hålla stängt?"

"Helst inte. Vi har inte råd att hålla stängt. Dessutom har vi två bokningar och måndagar brukar det vara hyfsat med folk. Du, vänta, jag ringer upp dig om en stund." Det klickade till i luren. Fem minuter senare ringde Kalle upp igen. Nu lät han om möjligt ännu ynkligare. "Ledsen för avbrottet", sa han med svag röst. Agnes ville hjälpa honom. Hon försökte vara så effektiv som möjligt.

"Men om vi inte ska hålla stängt och varken du eller Paolo eller Filip kan jobba, vem ska då vara i köket?"

"Det var det jag tänkte be dig om hjälp med. På kontoret sitter det en lapp som det står Rolf på, och så ett telefonnummer."

"Ja."

”Det var en kille som ringde en dag och sökte jobb som kock. Jag har inte träffat honom, men han hade bra meriter. Kan du inte kolla med honom om han skulle kunna vicka en kväll. Tills Filip kommer tillbaka.

”Vågar du släppa in en främling i köket?”

”Det hänger på dig … Tror du att du kan instruera honom?”

”Ja …” Agnes kände sig tveksam. Visst kunde hon recepten och rutinerna i köket, men att vara ytterst ansvarig var en annan sak. ”Visst, det ordnar sig”, sa hon till slut. ”Du kommer inte ihåg vad den här Rolf hette i efternamn, så skulle jag kunna ringa honom på en gång.”

”Tyvärr.” Han kved till. ”Du, jag måste sluta nu. Du kan väl ringa och berätta hur det har gått.” Han väntade inte på svar och Agnes la ifrån sig luren. Hon klädde på sig och en timme senare var hon inne på restaurangen.

Hon tände i köket och gick in i den lilla skrubben de kallade kontoret. Efter lite letande hittade hon lappen under en orderkonfirmation från Köttgrossisten. Hon slog numret och hade nästan gett upp hoppet när någon till sist lyfte luren och svarade med ett förvirrat ”hallå?”. Agnes presenterade sig och frågade om det var Rolf hon talade med. Det var det. Det tog en lång stund innan hon lyckades förklara för honom vad saken gällde. Han visste inte vem Kalle Reutersward var och kände inte till namnet på restaurangen.

”Jag har pratat med så mycket folk”, var hans förklaring. ”Jag kan inte hålla reda på alla.”

När Agnes kom till frågan om han kunde hoppa in som kock en kväll blev han tveksam. Kunde han få kontant betalt? Pengarna direkt i handen samma kväll? Agnes tvekade, det här borde egentligen Kalle svara på, men hon ville inte störa honom i onödan. Hon fattade ett beslut. ”Ja, det går bra”, sa hon. På något vis fick det väl lösa sig. Det viktiga nu var ju att restaurangen inte behövde hålla stängt. Det där med bokföringen fick de fixa senare. De bestämde att han skulle komma in till klockan tre så skulle Agnes gå igenom menyn med honom och visa var saker fanns. När de la på kände hon sig inte helt behaglig till mods. Hon hade inte fått ett alltigenom positivt intryck av denne Rolf, vars efternamn hon fortfarande inte visste. Hon ringde Kalle på direkten i alla fall, för att meddela att problemet var löst. Det var Sofia som svarade, Kalle låg och sov. Agnes hälsade till honom och bad Sofia framföra meddelandet. Sedan åkte hon hem igen. Hon skulle behöva vila en stund före jobbet. Inte heller denna natt hade bjudit på någon vidare sömn.

Kvart i tre var hon på plats på restaurangen. Hon tog en flaska mineralvatten ur kylen och satte sig ner vid ett bord för att vänta på Rolf. Kvart över tre hade han fortfarande inte kommit. Halv fyra började Agnes bli riktigt orolig. Det var ingen som svarade när hon slog numret på lappen en gång till.

Tjugo i fyra öppnades dörren till restaurangen. Agnes ryckte till. Hon hade suttit på helspänn, gått igenom olika möjligheter för att lösa krisen. Det enda hon hade kunnat komma på var att hålla stängt. När hon hörde handtaget som trycktes ner blev hon genast lättad. Tills hon fick syn på mannen i dörröppningen.

Rolf kom fram till henne och hälsade med ett alldeles för hårt handslag. Han var i femtioårsåldern, ögonen var rödsprängda, håret tovigt och ansiktet orakat. Kläderna var skrynkliga och luktade starkt av tobaksrök. ”Ledsen att jag blev lite sen”, sa han med en skrovlig röst. När han öppnade munnen släppte han ut ett moln av däven öldoft. Någon närmare förklaring till sin försening gav han inte. Det här lovade inte gott. Agnes kände hur paniken växte men hon höll masken så gott hon kunde och försökte intala sig att kockar knappast var något prydligt släkte. Han såg visserligen ut som en slusk, men det behövde ju inte gästerna lida av.

Hon visade Rolf in till köket och pekade ut var saker fanns. Han nickade och mumlade bekräftande.

”Ska vi kanske gå igenom menyn”, sa hon när rundturen var

klar. Rolf nickade. De slog sig ner vid bordet där Agnes suttit och väntat. Hon hämtade två menyer, en till dem var, och började metodiskt gå igenom den rätt för rätt så detaljerat hon kunde. Vid några tillfällen grymtade Rolf till. Ogillande, tyckte Agnes, men hoppades att hon hade fel. ”Har du några frågor?” avslutade hon till sist genomgången. Han tittade fundersamt i menyn och kliade sig i huvudet med en sorgkantad nagel.

”Den här tonfisken, hur brukar ni göra med den?”

”Ja, vad menar du?”

”Du sa att den var grillad. Som en biff då, eller?” Han plockade fram ett knögligt paket Prince ur fickan och tände en cigarett.

”Nej”, svarade hon sakta. ”Inte direkt som en biff… Tror du att det blir problem med den?” la hon snabbt till. Vi kan ju stryka den från menyn i kväll.”

”Nej, men det ska väl inte vara några problem. Det är väl bara att grilla på. Kött som kött.”

”Fast det är ju inte kött…”

”Jo, fiskkött!” Han började skratta. Det lossnade lite slem i halsen som rosslade runt innan han svalde det och drog ett nytt djupt bloss på cigaretten.

”Var sa du att du hade jobbat tidigare?”

”Lite överallt.” Han pustade till och nickade, ungefär som om han just berättat sitt livs historia.

”Som till exempel?”

Han suckade. ”Här och där.”

”Jaha.” Agnes försökte igen. ”Kalle sa att du hade fina meriter.”

”Vilken Kalle?”

”Min chef. Som du pratade med när du ringde hit.”

”Jaså, jaha.” Han visade inga tecken på att vilja upprepa vad han sagt då. ”Ja, man har varit runt en del”, sa han till sist. Agnes gav upp. Rolf satt kvar på sin stol.

”Du kanske vill börja, då. Jag kan visa dig var sakerna ligger i kylskåpet.”

”Nej, det behövs inte. Jag hittar nog.”

Det var en timme tills restaurangen skulle öppna. Rolf satt på sin stol och rökte. Inte så mycket som en lök var hackad i köket. Agnes reste sig upp.

”Nej, mycket att göra”, sa hon käckt. ”Om vi skulle ta och sätta igång.”

”Ja, man kanske skulle göra det.” Han drog ett sista bloss på cigaretten. Glöden snuddade vid filtret. Så fimpade han den i askfatet som Agnes ställt fram.

”Du säger till om det är något du undrar över”, sa hon en gång till innan han försvann in i köket.

Han nickade med ryggen mot henne och mumlade något som hon hoppades var ett bekräftande. Så fort han gått in i köket tog Agnes undan askfatet och började duka. Måtte det bara inte komma några gäster, tänkte hon innan hon mindes vad Kalle sagt om bokningar. Hon kollade snabbt i listan. De var inte stora i alla fall. Det ena sällskapet var fyra personer och det andra bara två. Hade de tur skulle det inte komma fler gäster, tänkte hon i ett försök att peppa sig själv. Det lyckades inget vidare.

En kvart innan öppningsdags tittade hon in i köket. Det hon såg lugnade henne något. Spisarna var på, stekbordet och salamandern likaså och Rolf hade ställt upp en till synes normal mise-en-place på arbetsbänken. Det måste betyda att han i alla fall jobbat som kock någon gång. Hon var förvånad att den slutsatsen kunde kännas tröstande, men det sa väl lite om hennes förväntningar.

Agnes tackade för varje minut det var folktomt i lokalen, men halv sju kom de första gästerna. Hon lyckades få dem att beställa var sin dry martini före maten och gjorde dem så starka hon vågade. Kanske kunde spriten trubba av deras smaklökar något.

Gästerna grimaserade åt drinken och Agnes undrade oroligt om hon tagit i för mycket. Det var inte mer än några droppar vermouth i glaset, resten var ren gin. Men gästerna verkade tvärtom nöjda och Agnes pustade ut. Svenskar kunde aldrig få för starka drinkar, det hade en bekant som jobbat som bartender på

Teneriffa berättat för henne. Italienare och fransmän klagade om drinken smakade för mycket sprit, men en svensk (eller för all del finne) tackade bara sin lyckliga stjärna och låtsades som ingenting. För deras del fick det gärna vara ren sprit i glaset bara de inte behövde betala extra för det.

När de signalerade till henne att de ville beställa drog hon sig med tunga steg bort mot bordet. Hon hade tur, de ville ha varsin bruschetta och sedan den färska pastan med saffran och scampi. Det var deras två enklaste rätter. Pastan hade Kalle gjort dagen innan, så allt Rolf behövde göra var att steka brödskivor och fixa pastasåsen. Hon gick lättad ut till köket med beställningen.

”Två tomatmackor och spagetti med saffran, sa du?” Frågan var retorisk. Rolf hade redan plockat fram brödet. Agnes motstod reflexen att stanna kvar och övervaka det hela. Hon tvingade sig att gå ut i matsalen igen, serverade rödvin och vatten till sällskapet. Hon hoppades att de skulle dricka fort, men de hann inte mer än provsmaka vinet innan förrätten stod i luckan. Han var tydligen snabb i alla fall, Rolf. Agnes visste inte om det var bra eller dåligt.

Hon gick ut till köket för att hämta de två ”tomatmackorna”. Höll andan när hon öppnade dörren. Så fick hon syn på tallrikarna på bänken och andades ut. De såg helt normala ut, förutom persiljekvistarna som Rolf petat ner på gammalt stadshotellmanér. Hon plockade diskret bort kvistarna och slängde dem åt sidan. När hon tittade närmare på anrättningen såg hon att han använt för mycket olja, det rann lite vid sidan av brödet. Nåja, det kunde väl knappast vara så farligt, den doftade i alla fall av vitlök och tomathacket var generöst upplagt.

Agnes serverade gästerna, men backade för säkerhets skull snabbt iväg från bordet. Som om avståndet skulle göra henne osårbar. I samma stund dök ett nytt sällskap upp. De var fyra stycken och Agnes gissade att det var de som bokat bord. Mycket riktigt. Det var två par, ett äldre och ett yngre. Förmodligen föräldrar med dotter och pojkvän, åtminstone var den yngre kvinnan en kopia av den äldre, bara lite hårdare sminkad.

Agnes placerade dem vid ett bord och försökte upprepa sin manöver med drinkarna. Det lyckades inte, de ville avvakta med dryckesbeställningen. Medan det nyanlända sällskapet studerade menyn dukade Agnes av förrätten vid det andra bordet. Hon vågade sig på att fråga om det smakat bra och fick jakande svar. Det var för tidigt att dra några slutsatser av det, att misslyckas med en bruschetta var nästan omöjligt.

Agnes återvände till det andra sällskapet. De konfererade ytterligare en stund innan de till sist bestämde sig. Pappan ville ha de marinerade biffspetten med rostade grönsaker, pojkvännen tog samma sak. Mamman ville ha kycklingen och dottern tog saffranspastan med scampi. Det borde inte vara några problem. Fortfarande inga verkliga utmaningar. Spetten var redan marinerade och skulle bara grillas. Agnes hade förklarat vilka grönsaker som skulle rostas och hon hoppades att Rolf startat med det i tid. Kycklingen var möjligen den knepigaste rätten. Inga svåra moment i sig, men stektes den för länge blev den torr och tråkig och trådade sig, det kunde ingen timjansky i världen skyla över.

När hon slog in den nya bongen var pastaportionerna precis klara. Agnes tog tallrikarna från bänken och började med att plocka bort persiljekvisten som även här prydde tallrikens högsta topp som en amerikansk flagga på månen. Pastan såg rejält överkokt ut. Hon gissade att han kokat den säkert fem sex minuter. Färsk pasta skulle inte koka mer än högst två. Ovanpå pastan, för dagen uppiffad med gröna ärtor, var han nu hade hittat dem någonstans, låg vad hon antog var hackad scampi.

”Scampin serveras hel”, sa hon så vänligt hon kunde till Rolf. ”Och koka inte pastan mer än två minuter. Max. Och inga ärtor.”

Rolf grymtade till och tog en klunk ur en ölflaska han ställt bredvid spisen. Han hade tydligen gjort sig hemmastadd i baren också. Innan hon gick ut för att servera den överkokta pastan, la hon tillbaka persiljekvistarna. De dolde i alla fall lite av den upphackade scampin.

Tack och lov verkade det bli en riktigt lugn kväll. Vid halv åtta var inte fler än tre bord besatta. Maten som Rolf lagade var inte i närheten av den normala standarden på Små citroner gula, men ingen klagade – utom mamman som tyckte att kycklingen var lite torr. När dörren återigen öppnades tittade Agnes oroligt upp. Hon andades snabbt ut. Aldrig hade hon väl trott att hon skulle bli nöjd över att se David Kummel, men om de nu skulle ha några mer gäster denna olycksaliga kväll så var hon ändå glad över att det bara var hennes granne. Hon hälsade för en gångs skull glatt på honom och han lyste upp över det vänliga bemötandet.

”Jobbar du här i närheten?” frågade Agnes medan hon visade honom till ett bord. ”Jag menar eftersom du är här så ofta.”

”Nej, det kan man väl inte direkt säga”, svarade han och satte sig ner. Agnes väntade på en fortsättning, men det kom ingen och hon var, ärligt talat, inte tillräckligt intresserad för att fråga mer. Hon gav honom en meny och sa så nonchalant hon kunde att de hade en ny kock i köket i dag.

”Det är bara tillfälligt”, la hon till. ”Men, ja, bara så du vet …”

Han nickade och studerade menyn. Det gick fort, han hade sett den förr. Precis när han höjde fingret för att markera att han var redo att beställa öppnades dörren till restaurangen återigen. Agnes, som var på väg att servera kaffe, höll nästan på att tappa brickan när hon tittade upp. De två i dörren tittade på henne när hon med en desperat manöver i sista sekunden lyckades återfå balansen och rädda det som var på brickan. En cappuccino hade läckt ut lite mjölkskum över kanten på koppen, men annars hade hon klarat de komplicerade stegen oväntat bra. Kvinnan höjde sina handskbeklädda händer och klappade sakta tre gånger.

”Bravo”, sa hon torrt och klev nerför trappan. Mannen i beige trenchcoat följde efter bakom. Agnes svalde. Hon hade nästan fått tunnelseende och en konstig, hög ton ringde i öronen på henne. Nu visste hon i alla fall med säkerhet att kvällen inte skulle bli värre än så här. Lola hade anlänt.

Agnes skyndade sig att servera kaffet på brickan och vände sig sedan mot paret som stod mitt på golvet. Det var samma fransman som varit där tidigare med Lola. Han var något ledigare klädd den här gången. Istället för slips hade han en sidenscarf elegant knuten i halsen på den öppna skjortan. Agnes nickade och sa ett tyst ”bon soir” innan hon erbjöd paret att ta deras ytterkläder. De slog sig ner vid ett bord utan att invänta placering. Innan hon hann fråga beställde de också varsin drink. Han en dry martini även denna gång och hon en kir royal. Agnes förmådde sig inte att påpeka att de inte hade kir royal. Istället gick hon ut till baren och plockade fram en flaska Pol Roger ur kylen. Det skulle bli den dyraste kir royal hon någonsin serverat, tänkte Agnes när hon försiktigt bände upp korken. En hel flaska champagne för ett ynka glas, dessutom förorenat med svartvinbärslikör. Hon hoppades att Kalle skulle förlåta henne, förhoppningsvis var det väl investerade pengar.

På väg ut med drinkarna såg hon hur David fortfarande satt och vinkade åt henne. När hon serverat de dyrbara drinkarna ursäktade hon sig och gick bort till Davids bord.

”Ledsen att det dröjde”, sa hon leende men utan större inlevelse. David log tillbaka, han verkade inte arg.

”Jag tror jag ska prova tonfisken i dag”, sa han och slog igen menyn.

”Tonfisk, okej … Annars kan jag verkligen rekommendera den färska tagliatellen med saffran och scampi”, försökte hon. På tredje försöket räknade hon med att Rolf skulle kunna få till pastan så att den åtminstone hyfsat påminde om originalet.

”Ja, den är god, men … jag tar nog ändå tonfisken. Den har jag inte ätit förut.” Han log emot henne och sträckte över matsedeln. Agnes tog emot den.

”Visst”, sa hon och tackade än en gång sin faktiskt ganska otursdrabbade stjärna för att det bara var David Kummel som var försökskanin denna gång. Innan hon hann ut i köket med beställningen såg hon i ögonvrån hur Lola påkallade hennes uppmärksamhet med en diskret, men elegant handrörelse.

”Vi har bestämt oss”, sa hon med en blick på fransmannen på andra sidan bordet. ”N'est-ce pas?” Han nickade. ”Monsieur här vill ha biffspetten med rostade grönsaker. Vad är det för grönsaker förresten?”

”Potatis, morot …” Det stod helt stilla, hon kom inte på en enda grönsak till, trots att blandningen innehöll en hel massa. ”Eh …” Hon försökte se rätten framför sig. ”Zucchini, aubergine och rödbeta”, kom det till sist. Lite för fort dessutom, så att hon var tvungen att upprepa vad hon sagt. Varken Lola eller fransmannen ställde några fler frågor.

”Själv tar jag tonfisken.”

Agnes hostade till. Hon som trodde kvällen redan hade nått sin absoluta botten. Men prövningarnas tid var tydligen inte förbi. ”Annars kan jag rekommendera …”

”Förlåt?” Kvinnan höjde ena ögonbrynet. Mer behövdes inte. Agnes förstod piken. Lola hade beställt tonfisk, det fanns ingen anledning för Agnes att rekommendera något annat som om gästen inte visste sitt eget bästa. Vilket hon förmodligen inte gjorde. Agnes nickade bara sakta och på uppmaning rekommenderade hon vin som passade till rätterna. Sedan gick hon ut till köket.

Rolf höll fortfarande en ölflaska i handen, men det stod nu två tomma på bänken bredvid. Agnes lämnade beställningarna.

"Ta spetten och tonfisken först", sa hon. Visserligen borde Davids beställning göras först, men han fick finna sig i att vänta. Det här var ett nödläge. Hon iddes inte ens säga något till Rolf om att det var en viktig beställning. Hon hade en känsla av att det inte spelade någon roll.

Hon gick ut i matsalen igen. Tog betalt av familjesällskapet som tackade för en god middag innan de gick. Agnes gissade att det berodde på artighet. Ytterligare ett par kom, de som hade beställt bord. De blev lite generade när de såg hur lite folk det var i lokalen. Reservationen hade knappast varit nödvändig. Agnes orkade inte oroa sig längre. Hon försökte vara så trevlig det gick, maten kunde hon inte påverka och det som försiggick i köket just nu var bortom hennes kontroll.

Till slut var stunden inne och de färdiga varmrätterna stod i luckan. Tallriken med spetten såg helt okej ut, om man bortsåg från persiljan. Rolf hade kommit ihåg att rulla dem i sesamfrön, vilket han glömt första gången, och grönsakerna såg hyfsat fräscha ut. Agnes lyfte upp spetten lite så att de lutade på grönsakerna istället för att ligga platt på tallriken. Uppläggningen såg genast modernare ut. Så tittade hon på den andra tallriken. Bara det faktum att hon visste att det skulle vara tonfisk gjorde att hon kunde identifiera den gråa "kotlett" som simmade runt i lite överflödigt stekflott. Sparrisrisotton som skulle serveras till var en på tok för stor hög brunaktig risgrynsgröt med gröna ärtor istället för sparris.

"Jag hittade inte sparrisen", sa Rolf kort, som om han misstänkte att Agnes inte var helt nöjd med hans val av ersättning.

"Och vad har du gjort med fisken, om jag får fråga?"

"Grillat den. På med lite grillkrydda och så fem minuter på

varje sida. Jag smakade lite, man kan inte ens tro att det är fisk", sa han nöjt.

"Men det är fisk, och det ska vara fisk!" Agnes nästan skrek. "Har du redan börjat med den andra?"

"Nej."

Agnes gjorde ett snabbt överslag. "Okej, citron och havssalt och så gnider du in den med rosmarinoljan i flaskan där. Och sedan grillar du den, hastigt, max två tre minuter på varje sida. Tonfisk är jättekänsligt, den blir torr direkt om du steker den för länge!" Rolf surade. "Nu!" skrek Agnes. "De väntar, spetten kallnar." Rolf satte igång med fisken. Agnes smakade på risotton, den smakade som brun risgrynsgröt med ärtor. "Du får servera fisken också med de rostade grönsakerna. Den här geggan kan vi inte använda", sa hon kort. Hon brydde sig inte om att ta hänsyn till Rolfs eventuella kockheder längre. När han var färdig med fisken la han upp den på en tallrik tillsammans med grönsakerna. "Citron också", påpekade Agnes som stannat kvar i köket för att övervaka processen. Rolf skar en tunn skiva, delade den till hälften och la den med ändarna åt varsitt håll på fisken som om det vore en räksmörgås på ett konditori han garnerade. "Inte så", fräste Agnes. "En tjock klyfta ska det vara. Och den ska inte ligga på fisken, utan vid sidan av!" Rolf la dit klyftan och Agnes slet åt sig tallriken med spetten också. Den hade stått under värmelampan och hon hoppades att den inte kallnat alltför mycket.

När hon serverade maten tittade Lola frågande på henne.

"Jag trodde att det skulle vara sparrisrisotto till?"

"Ja, jag ber så hemskt mycket om ursäkt, det måste ha blivit ett missförstånd i köket. Jag kan be kocken göra risotton, men det kommer tyvärr att ta lite tid." Agnes höll tummarna, kvinnan i den fiskbensmönstrade kavajen tittade ogillande på tallriken framför henne.

"Ja, jag får väl ta det så här", sa hon till sist. Som om hon precis accepterat att svälja en levande gräshoppa. Agnes önskade smaklig måltid och avlägsnade sig från bordet. Så fick hon syn på

David Kummel som satt vid sitt bord och vinkade lite försiktigt. Honom hade Agnes alldeles glömt bort. Hon gick raskt sig fram till hans bord.

”Ett ögonblick, din mat är på väg”, sa hon ursäktande och skyndade sig ut i köket. ”Har du någon mer tonfisk?” frågade hon Rolf som nu var inne på sin fjärde öl.

”Nej, jag har inte tinat fler.”

Agnes tittade på tallriken med den första tonfisken som stod kvar under värmelampan. Den såg inte god ut. ”Lägg upp lite mer rostade grönsaker på en tallrik och skär upp en rejäl citronklyfta till”, beordrade hon. Rolf gjorde som hon sa. Försiktigt lyfte hon över tonfisken på en bit hushållspapper för att suga upp lite av grillfettet, så la hon över den på den nya tallriken och ringlade försiktigt över lite rosmarinolja. Till sist la hon på citronklyftan och bar ut den nu lätt maskerade fisken till den väntande gästen. Än en gång fick hon ursäkta bristen på risotto. David var inte lika svårflirtad som Lola utan nickade bara och sa att det gick bra.

Lola och fransmannen hade ätit upp. När det var dags att duka ut tvingade sig Agnes att fråga om det smakat bra. Fransmannen nickade uppskattande, Lola sa ingenting. Agnes kände på sig att hon fortfarande var sur över den uteblivna risotton, men det kunde inte hjälpas. Under rådande omständigheter fick hon vara glad att hon över huvud taget haft någon mat att servera. Det kunde hon givetvis inte säga, man pratade inte om magsjuka kockar med restaurangrecensenter. Inte heller om öldrickande uteliggare i köket. Istället tog hon emot deras beställning på tiramisu och espresso och lämnade bordet med lätt darrande knän. Snart skulle det vara över.

När dörren slog igen bakom Lola och hennes franske följeslagare, suckade Agnes så högt att de sista gästerna vände sig om för att se vad som hänt. Hon visste inte om hon skulle skratta eller gråta. Det hade inte varit något lyckat restaurangbesök. Som tröst försökte hon intala sig att det inte varit någon katastrof heller. Men det var nog, ärligt talat, en definitionsfråga.

Vid sitt bord i hörnan satt David Kummel kvar. Han hade inte klagat över sin fisk, men Agnes såg det inte som någon komplimang åt fisken, snarare som ett utslag av hennes grannes försynta personlighet. Plötsligt kände hon en väldig tacksamhet mot den ensamma gestalten vid bordet. Hon gick bort till honom.

”Jag är ledsen att du inte fått så bra service i kväll”, sa hon, men nämnde däremot inget om maten. Kanske hade han inte märkt något och då var det ju onödigt att ta upp saken. ”Kan jag få bjuda på en efterrätt som kompensation. Eller kaffe, eller både och kanske?”

David lyste upp. ”Oj, vad trevligt, hemskt gärna!”

”Vill du titta i menyn?”

”Nej, tack, jag tar tiramisu. Och en espresso, om det går bra?”

”Visst.” Agnes gick ut i köket. Rolf satt på en stol därinne. Han var ordentligt röd i ansiktet och svettades ymnigt. Antalet flaskor på bänken hade stigit betydligt sedan sist hon var där. Hon plockade fram en portionsskål med Kalles tiramisu ur kylen, pudrade lite kakao över och ställde den på ett fat. Så gick hon ut i baren och gjorde en dubbel espresso. När hon serverat David tog hon betalt av det sista paret som var kvar i matsalen. Sedan gick hon ut och sa åt Rolf att han kunde gå. Hon kunde själv fixa ordning i köket bara hon blev av med det där illaluktande fyllot som misshandlat deras råvaror och deras rykte under kvällen.

Hon sträckte fram tvåhundra kronor till honom. Han protesterade. Minst fem ville han ha. Agnes tvekade ett ögonblick och gav honom sedan en hundralapp till. Så pekade hon på kolonin med tomflaskor på bänken. ”Där har du dina resterande tvåhundra”, sa hon så bestämt hon kunde. Hon var inte van vid att vara den som fördelade pengar. Hennes argument verkade dock fungera. Rolf grymtade surt, men tog av sig Kalles kockjacka och slängde den på stolen. Sedan hämtade han sin egen slitna skinnjacka och lämnade köket. Agnes följde efter och låste ytterdörren efter honom när han gick. Det sista hon såg var hur det stack upp en oöppnad ölflaska ur vardera jackficka.

”Ja, herregud...” sa hon halvhögt för sig själv. Först då kom hon ihåg David Kummel som fortfarande satt på sin plats i hörnet och följde henne med blicken.

”Vem var det där?” frågade han och pekade mot dörren där Rolf, efternamn okänt, just gått ut.

”Det vill du inte veta”, svarade Agnes trött.

”Okej.” David nickade. ”Men får jag fråga om han hade någonting att göra med att min tonfisk smakade Piffi Allkrydda?” Han tittade allvarsamt på henne, sedan började han le. Agnes som försökt att hålla masken kunde inte heller låta bli att le. Så började hon fnittra.

”Piffi Allkrydda, sa du det?”

”Ja. Eller möjligtvis Piffi Grillkrydda.” Han skrattade. Agnes också.

”Jag vet inte”, fick hon fram. ”Men jag ska fråga nästa gång jag stöter på honom på någon parkbänk.” Agnes hade börjat skratta så hon hickade. Hon visste egentligen inte åt vad. Det var bara så dumt alltihopa. Magsjuka kockar, ett fyllo i köket, en recensent i matsalen och så hon då, som skulle försöka få ihop alla bitarna. Skrattet stillade sig. Hon satte sig ner på en stol bredvid Davids bord. ”Var det så illa?” frågade hon till slut och tittade uppgivet på David.

”Alltså, det...” Han försökte slingra sig, men gav upp. ”Ja, typ...” blev till slut svaret. ”Det var ju tur att ni inte hade så mycket gäster i kväll i alla fall”, försökte han trösta.

Agnes suckade. ”Det är inte *hur många* som var här som räknas, utan *vilka*... Såg du de där?” sa hon efter en stunds tystnad och pekade bort mot det tomma bordet där Lolas sällskap suttit. David nickade. ”Vet du vem det var?” Hon väntade inte på svar. ”Sveriges viktigaste matrecensent.”

”Jaså?”

”Lola”, la Agnes till, men namnet verkade inte säga honom någonting. ”Om hennes mat var lika misslyckad som din så kan vi hälsa hem.”

”Men så allvarligt kan det väl inte vara?” David såg road ut. Agnes blev irriterad.

”Jo, faktiskt”, snäste hon till. David slutade att le.

”Men om hon nu är så viktig, som du säger, så kommer hon väl hit flera gånger.” Han la huvudet lite på sned, vädjande. ”Hon kan ju inte bedöma stället efter bara ett besök. Eller hur? Och ni brukar ju servera fantastisk mat. Det här var ett undantag. Sådant händer.”

Agnes skakade misstroget på huvudet. ”Hon *har* varit här tidigare, och den här kvällen var visserligen ett undantag, men det kommer givetvis att påverka hennes omdöme. En dålig recension är döden för en restaurang.”

”Men nu överdriver du väl?”

”Jag önskar att jag gjorde det, men det är sant. Det vet alla i branschen. Jag vet massor av krogar som har fått lägga ner efter en sågning av Lola.”

”Men då hade de väl förtjänat det.”

”Det är möjligt, men jag tycker inte att vi har gjort det bara för att kockarna råkat bli sjuka en kväll.”

”Jag tror inte du behöver oroa dig. Ni har en bra restaurang, fråga mig, jag är ju gäst här.” Han log. Agnes veknade.

”Tack, du är snäll.”

De satt tysta en stund. David åt upp det sista av sin tiramisu. Agnes tänkte på Lola, kanske skulle en dålig kväll ändå inte räcka för en sågning? Hon reste på sig och skulle precis börja plocka ihop den disk som stod kvar på ett av borden när David började prata igen.

”Du, förresten, har du varit bortrest? Jag har inte sett dig på ett tag ute i Aspudden.”

”Ja, det stämmer.” Hon stannade upp. David såg ut som om han väntade på en fortsättning. ”Min mamma dog för tio dagar sedan.” Det kändes konstigt att säga det. ”Jag har varit hemma hos min pappa. Och sedan var det begravning i fredags."

"Men … så hemskt. Hon kan inte ha varit så gammal."

"Femtiosju."

"Hade hon varit sjuk länge?"

"Nej. Det var en bilolycka."

"Men vad hemskt …" upprepade han. Agnes började plocka ihop de tomma kaffekopparna på bordet. David reste sig. "Du, det var verkligen tråkigt att höra om din mamma. Jag beklagar sorgen."

"Tack."

"Ja, då ska väl jag gå, då." Han började gå mot utgången men hejdade sig efter några steg. "Visst ja, jag har ju glömt att betala." Han började treva efter plånboken. Agnes viftade undan det.

"Glöm det! Jag kan inte ta betalt för det här. Ge oss en ny chans en annan gång istället."

"Är det säkert?"

"Helt."

"Ja, då så." Han log och tog ytterligare ett steg mot dörren innan han stannade igen. "Du … du har inte lust att komma förbi när du slutar. Så kanske jag kan få bjuda igen. På en kopp te, eller så?" Han såg så generad ut att Agnes nästan började skratta. Men så bet hon ihop istället, det var inte snällt att skratta åt någon som var blyg.

"Kanske", sa hon.

"Jag skulle bli jätteglad. Ja, om du vill förstås", la han snabbt till. "Du kan komma hur sent du vill, jag brukar vara vaken länge."

"Och spela musik, va?"

"Ja … hur så?"

"Det är ganska lyhört."

"Har jag spelat för högt igen?" Han såg förskräckt ut.

"Nej, det är lugnt … Problemet är nog inte *hur* du spelar, snarare *vad* …"

David såg olycklig ut. "Ja, jag är hemskt ledsen, jag har verkligen ingen musiksmak."

”Nej, jag vet.” Agnes log.

”Nej, jag menar, jag *har* ingen musiksmak. Bokstavligen. Jag var en sådan där riktig frimärkssamlarnörd när jag var yngre. Satt bara hemma och läste jämt. Jag försöker verkligen lära mig det här med musik.”

”Kan du inte öva på något annat än Pink Floyd och Bob Dylan …”

David suckade. ”Jag har fått låna en massa skivor av en kompis. Det var han som plockade ut sånt som jag borde tycka om, sa han. Som skulle höra till *den musikaliska allmänbildningen*. Men jag vet inte heller riktigt om jag gillar allt …”

”Se där.” Agnes skrattade till. ”Då har du ju musiksmak i alla fall.”

”Ja, jag har inte tänkt på det så …” David log och öppnade dörren. ”Och som sagt, vill du komma förbi så vore det trevligt.” Hon mötte hans blick. Han hade också bruna ögon, ljusbruna, precis som hon. Snälla ögon.

”Okej, då säger vi så”, sa hon efter en sekunds tvekan. Hon blev själv förvånad över sitt beslut. Att sitta och dricka te mitt i natten var inte riktigt hennes grej och David Kummel var ingen direkt nära vän. Ändå kändes tanken på att vara ensam plötsligt inte så lockande. Det hade varit en jobbig kväll, ja inte bara kvällen förresten. Hela hennes liv var jobbigt just nu. Det kunde kanske inte skada med lite sällskap, och vid närmare eftertanke var David Kummel kanske inte så tokig ändå. Var det tråkigt hade hon ju i alla fall nära hem.

David gick och Agnes blev ensam kvar. Det skulle ta tid att städa upp i köket, men klockan var inte speciellt mycket. Hon hade stängt restaurangen en timme tidigare än vanligt för att undvika fler gäster.

Efter en dryg timmes städning var hon färdig. Precis innan hon skulle slå på larmet kom hon ihåg champagneflaskan i baren. Hon hade tryckt i korken så gott det gick, men den skulle knappast hålla sig till i morgon. Det vore synd att låta nästan en hel flaska Pol Roger gå till spillo, då kunde hon ju lika gärna ta den med sig hem till David. På något underligt vis hade hon nästan börjat se fram emot besöket.

Agnes tittade upp mot fasaden. Det var släckt överallt utom i Kummels lägenhet. Hon slog in portkoden och sköt upp dörren. Det var mörkt i trapphuset också och Agnes tryckte på strömbrytaren. Hon tog trapporna, hon skulle ju bara till andra våningen. Utanför Kummels dörr stannade hon till. Hon kände sig inte särskilt fräsch efter kvällens prövningar. Kanske hon skulle gå upp och sätta på sig en annan tröja? Borsta igenom håret?

Hon började gå uppför nästa trappa också. Halvvägs slocknade ljuset. Med handen på ledstången gick hon de sista stegen i mörkret och tog sikte på den självlysande röda ljusknappen vid hennes dörr. När hon tryckte in den och ljuset spred sig på våningsplanet höll hon på att få en chock. Utanför hennes dörr satt en figur på golvet med en väska bredvid sig.

Det var Tobias.

Agnes stod fullständigt blickstilla. Ekot av hennes skrik kunde fortfarande höras som ett svagt ringande mellan väggarna i trappuppgången. Hon stirrade på Tobias. Han tittade på henne. Så reste han sig sakta och tog ett steg mot Agnes. Hon backade.

”Vad gör du här?” Hon försökte låta lugn, men hjärtat dunkade som om hon just avslutat ett maratonlopp.

”Kan vi prata inne i lägenheten?”

Agnes ville inte släppa in honom. Hon ville be honom dra åt helvete. Istället drog hon fram nycklarna ur jackfickan och med blicken fast koncentrerad på låset fick hon upp dörren. Hon gick in först. Tobias väntade tills hon fått av sig skorna innan han klev efter. Han stod en stund tafatt i den lilla hallen som om han väntade på ett ”kliv in!”. Det kom inget. Agnes gick in i vardagsrummet och satte sig i fåtöljen. Inte i soffan där de kunde få plats båda två. Hon la benen i kors. Och armarna. Så väntade hon.

Tobias fick av sig den svarta kavajen och bootsen och kom efter. Han gick försiktigt, som om golvet var täckt av krossat glas. Han stannade upp igen. Inget ”slå dig ner!” hördes. Han gick bort till soffan och satte sig på yttersta kanten. Det såg stelt och obekvämt ut. Agnes tittade på honom, så fientligt hon kunde.

”Du ser ledsen ut.” Hennes strategi fungerade tydligen inte. Hon ville inte se ledsen ut. Hon ville vara förbannad. Avvisande. Nedlåtande. Oberörd. Lycklig. Vad som helst utom ledsen.

”Vad vill du?”

Tobias fingrade nervöst på en av soffkuddarna. ”Jag tänkte att vi kunde prata.”

”Mitt i natten? Med en resväska i handen?”

”Du har väl jobbat? Jag har varit här ganska länge och väntat på att du skulle komma hem.”

Än sen då, ville hon svara. Vad menade han, att hon skulle bli smickrad för att han suttit några timmar i hennes trappuppgång? Hon fortsatte att titta på honom. ”Vad vill du?”

”Jag har saknat dig.” Lång tystnad. Hjärtat som precis lugnat sig något började bulta igen. Han hade en svart t-shirt med en playboy-kanin på sig. Agnes hade inte sett den förut. En present från flickvännen kanske?

”Och?”

”Och ...” Han tvekade. ”Och, jag tänkte att du kanske hade saknat mig också ...”

Saknat Tobias? Var hade han fått det ifrån? Hon hade gråtit en skvätt och sedan hade det varit bra med det. Vad trodde han? Att hon fortfarande gick omkring och längtade?

”Och vad ska du göra åt det, i sådana fall?”

”Jag vet inte. Jag ville bara träffa dig, prata.”

”Och vad tycker din flickvän om att du går hem till ditt ex mitt i natten för att ’prata’?”

Tobias skruvade besvärat på sig. Han gillade inte frågan, det syntes. ”Hon är inte min flickvän längre. Eller ... Hur ska jag säga?” Han funderade ett ögonblick under stora våndor innan han formulerade sig. ”Vi har tagit en paus”, kom det till sist. Han såg generad ut, som om han just pruttat högljutt och nu försökte komma på en lämplig bortförklaring.

”Så ni har tagit en paus, och då kommer du hit mitt i natten med en resväska för att 'prata'? Har jag förstått det rätt?" Agnes var ganska övertygad om att hon för ögonblicket lyckades rätt bra med sin fientliga look.

"Jag fattar hur det låter, men det är inte så."

"Nähä?"

"Jag *har* saknat dig. Jag har längtat efter dig. Det var en av anledningarna till att vi har tagit den här pausen." Tobias såg nöjd ut, han hade räddat situationen. Åtminstone för ett ögonblick, Agnes såg genast luckan han lämnade.

"Och vad var de andra anledningarna?"

Han suckade. "Spelar det någon roll? Det här handlar ju om dig och mig." Agnes tittade på honom under tystnad tills han började skruva på sig. Till slut började han tala. "Det var Ida. Hon kände sig osäker, visste inte om hon klarat ut allt med sitt ex. Ville kolla upp saker. Ja, du vet..."

"Så ni bestämde er för att 'kolla upp' lite på var sitt håll?"

Tobias lyste upp, äntligen hade Agnes fattat. "Ja, just det!"

Agnes visste inte om hon skulle skratta eller gråta. Det hon just fått höra var nästan osannolikt magstarkt, till och med för att komma från Tobias.

"Och hur tänkte du dig att jag skulle ställa mig till det?"

"Jag vet inte, Agnes, det måste du bestämma."

Där sa han ett sant ord. Det var hon som skulle bestämma. Faktum var att hon redan hade bestämt sig. Hon ville inte ha något mer med Tobias att göra. Han var borta ur hennes liv, nu skulle han bara bort ur hennes lägenhet också. Hon gjorde ett försök att resa sig, hon skulle gå fram till ytterdörren, peka på den och säga "ut!". Men ingenting hände. Händerna som hon resolut skulle lägga på armstöden och skjuta ifrån, benen som skulle ta spjärn mot golvet, munnen som skulle forma orden – allt var bara stilla. Det enda som fungerade var andningen, men inte ens den betedde sig som vanligt. Andetagen var korta, ytliga, ryckiga.

Istället var det Tobias som reste sig. Han gick bort till hennes fåtölj och sjönk ner på knä bredvid henne.

”Agnes, jag vet att du är arg. Och ledsen. Och jag begär inte att du ska hälsa mig välkommen tillbaka med öppna armar. Allt jag ber om är en chans. Känn efter vad du vill. Kanske har du inga känslor kvar för mig, då går jag när du ber mig. Men kanske har du det. Är du inte skyldig dig själv att känna efter?” Tobias sträckte ut sin arm och tog tag i Agnes hand. Den var fortfarande orörlig. Det var han som fick lyfta den, krama den, lägga den mot sin kind. Agnes bara satt.

”Okej”, sa hon till slut. Rösten var så liten att ordet knappt kom ut ur munnen på henne. Men Tobias hörde. Han log, inte glatt, snarare vemodigt och tacksamt.

”Tack”, sa han. ”Jag bäddar på soffan.”

Agnes kunde inte sova. Hon låg och stirrade i taket. Hon hade inte städat bort flugorna i lampan. De syntes inte när den var släckt, men hon visste att de var där. Torra, spröda, äckliga. Och där ute, på andra sidan väggen, i hennes soffa, under hennes blårandiga påslakan låg Tobias. Sov han? Eller låg han vaken precis som hon?

De hade inte sagt något mera. Han hade bara hemtamt plockat fram extratäcket och lakan, plockat upp tandborsten ur sin väska och försvunnit in en kort stund i badrummet. Agnes hade väntat i köket. Hon hade hunnit ångra sig hundra gånger medan hon lyssnade på hur vattnet rann i avloppet, hur han kissade och spolade. Ändå sa hon ingenting när han var klar och kom ut och sa god natt till henne. Han rörde sig försiktigt i lägenheten, talade tyst. Som om han vore rädd att en häftig rörelse eller ett oväntat ljud skulle locka fram allt det där hon inte fick sagt.

Och nu låg de här, på var sin sida om en vägg och väntade. På vad? Att svaren skulle infinna sig?

Till sist kände hon dåsigheten komma. Huvudet kändes tungt mot kudden. Andningen blev djup och jämn. Det ryckte några gånger i benen, så somnade hon.

När hon vaknade var det ljust. Solen sipprade in längs kanterna på rullgardinen. Hon sträckte på sig, rullade runt ett halvt varv så att hon låg vänd mot dörren. Plötsligt blev hon klarvaken. I dörröppningen stod Tobias. Han hade bara kalsonger på sig. Svarta, tajta. Hon hade nästan glömt hur smal han var, nästan tanig. Det mörka håret nådde ner till axlarna, de gröna ögonen tittade på henne. Så gick han fram emot sängen och utan att fråga, utan att säga ett ord, lyfte han på täcket och kröp ner bredvid henne.

Efteråt kunde hon inte förklara hur det hade gått till, bara att hon inte ångrade sig. Känslan av Tobias hud mot sin, hans doft, det mjuka håret mellan hennes fingrar. Det var som om hennes muskler varit krampaktigt låsta i fem månader, som om lungorna bara varit halvfyllda med luft sedan den där natten då han ringde och gjorde slut. Det var så det kändes när hon nu låg i hans famn, avslappnad, nästan lealös, hög på syre. Han strök henne över håret, kysste henne i pannan, la sin hand på hennes mage och lät den ligga där i dyningarna, som en flatbottnad eka. Allt motstånd hon hade samlat på sig var borta. Hon kunde inte ens minnas varför hon skulle göra motstånd. Mot vad? Mot mannen som låg bredvid henne i sängen och fick henne att må så bra? Som fick henne att vilja skratta mitt i all sorg.

”Mamma är död”, sa hon plötsligt. Tobias måste ha slumrat till för han ryckte till.

”Vad sa du?” Tobias reste sig upp på armbågen.

”Mamma är död”, upprepade Agnes. ”Vi begravde henne i fredags. Hon blev påkörd när hon var ute och cyklade.” Tobias såg chockad ut.

”Nej, det är inte sant … Du skojar?” Agnes fortsatte att tittade på honom. Hon skojade inte. ”Maud … Är Maud död?” Han blev alldeles blank i ögonen. ”Vad fruktansvärt”, upprepade han gång på gång. ”Lilla Agnes, vad fruktansvärt.” Han drog henne intill sig och kramade henne hårt och länge. De låg så tills den hemska nyheten sakta bleknade och de började kyssas igen.

De stannade kvar i sängen ända tills Kalle ringde strax efter lunch. Då var det smuligt på lakanen av mackorna som Tobias brett åt dem. En halvdrucken kopp med kallt kaffe stod på Agnes sängbord. Hon hade inte haft tid att dricka upp den. Å andra sidan var champagneflaskan hon hade haft med sig hem tom.

Motvilligt lyfte hon på luren och hasade sig upp i halvsittande. Hon drog upp täcket för att skyla sig. Tobias drog ner det och kysste de nakna brösten. ”Vackra”, mumlade han medan Agnes pratade med Kalle. Något okoncentrerad.

”Hur gick det i går?”

”I går? Du menar med …?”

”Rolf.”

”Rolf? Jaha, ja, du menar Rolf! Vad var det med honom, sa du?”

”Hur gick det?”

”Det gick … eh, vänta lite.” Agnes höll för luren och föste undan Tobias som nu var på väg ner över hennes mage. Hon grimaserade ljudlöst mot honom och pekade på telefonen. Han flinade åt henne, men la sig lydigt vid sidan och strök bara mjukt med ett finger på utsidan av hennes lår. Agnes gjorde ett nytt försök. ”Förlåt, vad sa du nu?”

”Ringer jag och stör på något vis?”

”Absolut inte. Jag skulle bara, eh … slå av radion.”

”Jaha. Jo, jag undrade hur det gick i går? På restaurangen, med Rolf?”

”Ja du, vad ska jag säga. Vill du ha sanningen, eller ska jag bara säga att det gick bra?”

”Aj då, ska jag bli orolig?”

”Tja, Rolf hade nog överdrivit sina meriter lite.”

”Är det sant? Han sa att han hade jobbat både på KB’s och Panorama och L’escargot …”

”Det var nog innan han började dricka öl på parkbänkar och sova utomhus, i såna fall.”

”Är det sant?”

”Ja, om det inte finns något annat KB, där de serverar plankstek med pulvermos, typ.”

Kalle stönade till i luren. Agnes var nära att göra detsamma när Tobias låtit sitt finger börja vandra över hennes kropp igen.

”Förlåt Agnes, jag hade ingen aning om att det var så illa.”

”Det är okej, jag överlevde, men du kanske inte kommer gilla resten av historien.”

”Är det mer?”

”Ja, tyvärr.” Agnes lyfte bort Tobias hand igen och försökte titta strängt på honom.

”Han snodde sprit?”

”Öl, ja självklart, men det var inte det.”

”Utan?”

”Vi hade en ganska viktig gäst i går …”

Sucken som hördes lät mer som en dödsrossling. ”Nej, nej, säg att det inte är sant! Var Lola där?”

”Tyvärr.”

”Hur illa var det?”

”Rätt illa. Jag tror jag räddade oss från en riktig katastrof i sista sekund, men bra var det inte.” Det blev tyst i luren. ”Hur mår du, förresten?”

”Sämre nu”, svarade Kalle med en suck.

”Jag är ledsen, jag borde kanske ha stängt restaurangen när jag såg vartåt det barkade, men jag var ju tvungen att ge honom en chans.”

”Snälla Agnes, det är inte ditt fel. Det är helt och hållet mitt ansvar. Jag är ledsen att jag utsatte dig för det här.”

”Det är lugnt, Kalle.” Hon tänkte på vad David sagt, att det kanske inte behövde vara kört. ”Det är ingen idé att måla fan på väggen. Vi har inte sett recensionen ännu. Hon kanske bortser från gårdagen, hon har ju faktiskt varit hos oss fler gånger. Och då har det ju inte funnits något att klaga på. Eller hur?”

”Det är möjligt.” Kalle lät inte övertygad. Agnes ville avsluta samtalet, Tobias började bli otålig.

”Du, tänk inte mer på det där nu”, sa hon så käckt hon kunde. ”I kväll är ju i alla fall Paolo tillbaka.”

”Ja, det är så dags det… Okej, vi ses i morgon. Tack för hjälpen i går. Och än en gång, jag är verkligen hemskt ledsen…”

De avslutade samtalet. Agnes sjönk tillbaka ner på kudden. Tobias lutade sig över henne och kysste henne på munnen.

”Du”, sa han fundersamt. ”Min Lundell-tavla, var har du gjort av den?”

”Jag har skurit den i småbitar.”

Tobias ryckte till och stirrade på henne med uppspärrade ögon. ”Du skojar”, sa han långsamt. Agnes kunde inte låta bli att skratta.

”Ja, det är klart jag skojar, vem tror du att jag är, Glenn Close i Farlig förbindelse? Den ligger under sängen.”

”Varför det?” Tobias slappnade av.

Agnes funderade ett kort ögonblick. ”För att jag inte gillar den”, sa hon till slut.

”Du gillade den ju förut.”

”Nej, det var du som gillade den. Jag stod ut med den.”

”Och det gör du inte längre, eller?”

Agnes ryckte på axlarna. ”Jo, det gör jag väl, antar jag. Jag såg ingen anledning att ha den uppe längre bara.”

Tobias nickade. ”Så då är det okej om jag hänger upp den igen, då?”

Agnes tänkte på tavlan under sängen. Det var inte särskilt praktiskt att ha den där. Den samlade damm och dessutom stack den ut lite vid gaveln så hon varit nära att kliva på den flera gånger. Hon tänkte efter.

”Visst”, sa hon till slut. ”Gör det du.”

De åt hämtpizza i soffan och tittade på Den nakna pistolen. Förmodligen borde de ha pratat istället, rett ut saker, men ingen av dem orkade ta initiativet. Visserligen hade frågorna kommit krypande under eftermiddagen, men Agnes gjorde sitt bästa för att hålla dem ifrån sig. Tids nog skulle hon få ta tag i det där, men nu ville hon bara få luta sig mot Tobias. Känna hans andhämtning under den tunna bröstkorgen och skratta åt samma skämt som han – fast det, ärligt talat, var mest han som skrattade. Hon hade aldrig riktigt förstått storheten med Leslie Nielsen.

Nu var klockan fyra och det var dags att ge sig av till restaurangen. Tobias klädde också på sig. Han hade lite ärenden att uträtta, sa han. Agnes ville inte fråga vilka, det spelade ändå ingen roll. Innan de gick ut hakade Agnes av en nyckel från kroken bredvid dörren. Hon gav den till Tobias så nonchalant hon kunde.

”Jag kommer hem ganska sent. Behöver du den här?” Deras blickar möttes. Tobias tog nyckeln.

”Tack”, sa han. Det lät som om han menade det.

När de kom ut i trappuppgången hördes musik. Agnes la knappt märke till det längre, men Tobias hajade till.

”Deep Purple, det var som fan! Har du fått en ny granne eller är det någon av tanterna som har hottat upp sin skivsamling?”

”Nej, det är en ny granne.” Agnes fick lite dåligt samvete. Hon hade helt glömt bort David. Men än sen då, hon hade ju inte lovat honom någonting. Och te kunde de väl dricka någon annan gång.

De började gå ner för trapporna. Precis när de passerade Kummels lägenhet öppnades dörren. Musiken strömmade ut. David som stod i dörren med en soppåse i ena handen ryckte till när han fick se de andra. Det var tydligt att han inte väntat sig någon där. Han hade sina gräsliga bruna manchesterbyxor och badtofflorna utan strumpor. Till det en skrynklig rödrutig flanellskjorta som var så blekt att det röda snarare var rosa.

David tittade på Agnes och på Tobias och så på Agnes igen.

”Jag är ledsen att jag inte kom förbi i går”, sa hon snabbt som om hon ville bli av med ursäkten innan hon kunde anklagas för något. ”Jag fick oväntat besök.” David tittade på Tobias som hälsade obesvärat och gick vidare ner för nästa trappa. Agnes dröjde kvar lite. ”Vi får ta det någon annan gång”, sa hon och försökte le.

”Visst”, sa David och vände tillbaka in mot lägenheten. Soppåsen hade han fortfarande i handen. ”Vi får ta det en annan gång.”

Agnes hoppade av tunnelbanan vid Slussen. Tobias skulle fortsätta in till T-centralen. Under resan hade han suttit med armen om hennes axlar, då och då kysst henne i hårfästet och på örat. Hon visste att hon borde ha dåligt samvete. Att hon borde ha stått fast vid sina principer och avgått med den moraliska segern. Hon fick väl skylla på att hon var svag, att omständigheterna var extrema, hennes mamma hade dött, och istället för att ensam och rakryggad göra det rätta, njöt hon av värmen från Tobias kropp. Av hans fingrar som oupphörligt tvinnande hennes hår, av orden han viskade i hennes öra. Han hade sjabblat till det, svikit henne och stuckit, men han hade ångrat sig. Nu var han tillbaka och hon hade förlåtit honom. Vad var det för fel med det? Vad var det för fel med att ge kärleken en andra chans?

Så fort Agnes klivit av på perrongen, med läpparna fortfarande fuktiga av avskedskyssen, så ringde telefonen. Hon tittade på de röda ljusen på tunnelbanan som försvann bort mot Gamla stan.

”Hallå, det är Agnes.”

”Louise Werner.”

”Lussan, hej!”

”Hur är det?”

Agnes började gå mot uppgången till Götgatan. ”Bra!” Utropet blev lite för entusiastiskt för en vanlig tisdagseftermiddag.

”Har det hänt något?”

Agnes tvekade. Hon ville inte berätta om Tobias, Lussan skulle inte gilla det. Hon ville njuta av det själv först, innan hon var tvungen att ta alla jobbiga samtal med familj och vänner. Förresten var hon ju inte tvungen att redovisa allt för Lussan, hon verkade ju ha sina hemligheter så varför skulle inte Agnes kunna ha det? ”Nej. Fint väder, bara”, sa hon så neutralt hon kunde.

”Tycker du? Det är ju mulet.”

”Fint för att vara mulet, menar jag…”

Lussan fnös. ”Ja, så kan man kanske se det…”

”Hur är det med dig, då?” Agnes skyndade sig att vända samtalet.

”Jo tack, okej. Stressigt, som vanligt förstås. Jag har varit ute och sprungit hela dagen. Jag är inne på min sjätte kopp 7-Elevenkaffe.”

”Personligt rekord?”

”Nej, men det kanske kan bli. Jag har ett par timmar kvar innan jag är färdig för i dag. Jobbar du förresten?”

”Ja, jag är på väg till jobbet nu.”

”Vad bra, jag tänkte titta förbi i kväll.”

”För att hälsa på *mig* då, eller…?”

”Ja…” Lussan låtsades inte förstå piken. ”Är det något problem?”

”Absolut inte.” Agnes skakade på sig. Hon hade kommit upp på Götgatan nu och var på väg ner mot Medborgarplatsen. Det skulle vara konstigt att träffa Lussan utan att säga något om Tobias. Nåja, det fick lösa sig. ”Vad kul, det var länge sedan.”

”Visst, flera dagar.”

De la på och Agnes gick vidare till restaurangen. Paolo var redan där. Kalle skulle stanna hemma en dag till, för säkerhets skull. Agnes berättade historien om Rolf och Paolo skrattade så han var tvungen att sätta sig. Agnes skrattade hon också, fastän det så sent som i går var en allt annat än lustig historia.

Vid halv åtta kom Lussan. Hon tittade in i köket på väg till baren och pratade en stund med Paolo. Agnes låtsades som ingenting, men när Lussan kom ut till baren var hon röd om kinderna och pladdrade på en lång stund om ingenting. Sedan bad hon Agnes om en cola light.

Det var lugnt i matsalen och Agnes var glad över sällskapet även om det blev knepigt att hålla Tobias utanför samtalet. Hon skulle berätta det, såklart, men inte just i kväll och Lussan var så upptagen av sitt att hon knappast märkte att Agnes mörkade. Det gick bra en lång stund. Lussan pratade jobb och sneglade mot köksdörren och Agnes berättade om Rolf och katastrofen med Lola.

Tjugo minuter senare öppnades dörren till restaurangen och där stod Tobias. Agnes, som precis höll på att servera kaffe vid ett av borden, ryckte till. Det var inte det att hon inte var glad att se honom. Tvärtom, kroppen rös till av förväntan bara vid anblicken av den mörka, smala mannen i cowboyhatt och kavaj. Men bakom en vägg några meter bort satt Lussan och om inte Tobias omedelbart lämnade lokalen så skulle ett möte vara oundvikligt. Agnes förbannade sig själv. Varför hade hon inte sagt något till Lussan, det skulle ju komma fram förr eller senare ändå? Det här skulle kunna bli mycket pinsamt.

Tobias kom leende fram till henne och utan att ta någon hänsyn till att hon fortfarande hade brickan med kaffekoppar i händerna så tog han tag om hennes midja och kysste henne i nacken. Agnes flinade dumt mot gästerna. Hon kände sig inte särskilt professionell. Så vände hon sig mot Tobias.

”Ett ögonblick.” Hon försökte låta sträng, men Tobias utnyttjade istället situationen och kysste henne på munnen.

”Jag har längtat!”

”Mm … du kan väl sätta dig där så länge.” Hon pekade på bordet som stod längst från baren. Tobias gick lydigt och satte sig och Agnes skyndade sig bort till baren med den tomma brickan. Hon skulle inte komma undan, skadan var redan skedd. Nu handlade det om att begränsa effekterna. Lussan tittade lite förvånat på henne när hon tappade brickan på golvet och var tvungen att böja sig ner för att ta upp den igen.

”Jo, du Lussan”, började hon trevande. ”Det är en grej som jag inte … hunnit berätta.” Mer hann hon inte säga förrän Tobias dök upp i baren. Han hade ett litet paket i handen. Agnes stirrade på honom, och så på Lussan. Instinkten sa åt henne att blunda och hålla för öronen. Det skulle inte bli något kärt återseende.

Tobias stannade till några steg från baren. Han hade fått syn på Lussan. Hon satt fortfarande med ryggen emot honom, men ledd av Agnes vilt stirrande blick vände hon sig om.

”Och vad fan gör *han* här?” Det blev Lussan som tog inledningsrepliken. Agnes började stamma. Tobias avbröt henne.

”*Han* är här för att hälsa på sin flickvän. Och för att ge henne den här.” Han sträckte över presenten till Agnes, leende, men Agnes kunde se att han var minst lika spänd som hon. Han var lika lite förtjust i Lussan som hon var i honom. Agnes tog emot presenten. Ett litet paket inslaget i guldpapper med krulligt guldsnöre på. Lussan bevittnade det hela.

”Nej men, vad gulligt av honom!” sa hon sarkastiskt. ”Agnes, hörde du att han kallade dig för sin flickvän?” Hon tittade på Agnes som för att värva henne till den väpnade motståndsrörelsen. Agnes flinade till. Hon hoppades att Lussan skulle uppfatta det som ironiskt och Tobias som tacksamt. Plötsligt hördes ett ”fröken!” från matsalen och Agnes höjde blicken. Hon la ifrån sig paketet på bardisken.

”Ett ögonblick, jag måste jobba”, sa hon stelt och lämnade Lussan och Tobias. När hon kom tillbaka några minuter senare var diskussionen i full gång.

”Du tror väl inte att du kan få tillbaka Agnes? Efter vad du har gjort!”

”Jag har bett om ursäkt och Agnes har förlåtit mig. Jag behöver inte *ditt* godkännande också!”

Lussan tittade upp när Agnes återvände till slagfältet. ”Agnes, säg att du inte har förlåtit honom!”

”Jag har inte förlåtit honom …” Hon tittade på Tobias som stirrade ner i bardisken. Handen som låg i knäet var knuten. ”På *det* sättet … Alltså, men man kan ju inte leva som någon sorts hämnare heller, eller …?”

”För min del får du gärna slå ihjäl honom! Jag ger dig alibi.”

Agnes fnissade till lite nervöst.

”Ska du inte öppna ditt paket?” Tobias tog hennes hand.

”Jo, jo visst … Kanske sedan …”

”Öppna det nu.”

Lussan instämde. ”Ja visst, Agnes, öppna det nu. Det kanske är någon av hans begagnade kondomer. Eller lämnade du allihop hos Fröken Plastbröst?”

”Snälla Lussan, lugna dig lite. Jag ska förklara.”

Lussan stirrade ursinnigt på Tobias. ”Ge mig ett glas vin”, väste hon till Agnes som lydde utan att blinka. ”Vad är det du ska förklara?”

”Att Tobias plötsligt dök upp i går, och att jag …” Hon ställde vinglaset på bardisken. Lussan lyfte det och drack snabbt ett par rejäla klunkar. ”Att jag har bestämt mig för att ge honom en chans.”

Lussan stönade. ”Du är fan ta mig inte klok …”

”Det kanske är du som inte är klok”, bröt Tobias in. ”Sedan när blev du en sådan jävla relationsexpert? Så länge jag har känt dig har du aldrig haft något förhållande, inget som varat mer än en natt i alla fall.”

”Du har aldrig känt mig!” fräste Lussan.

”Snälla, snälla! Lugna er!” Agnes höjde rösten. Bråket hördes förmodligen ut i matsalen. ”Det här är mitt liv! Jag måste få göra som jag vill. Lussan, jag uppskattar verkligen att du bryr dig om, men just nu orkar jag inte vara så rättrådig som du vill att jag ska vara. Jag blir glad av Tobias, kan jag inte bara få vara det?"

"Du skulle bli glad av amfetamin också… Det fattar du väl att jag inte kan låta dig göra något så destruktivt!"

"Destruktivt eller inte. Nu är det så här i alla fall." Agnes såg hur Tobias flinade mot Lussan. "Och det betyder inte att du och jag är färdiga med varandra, Tobias", la hon till. "Du har mycket att förklara innan du kan kalla mig din flickvän igen!" Tobias slutade flina.

"Visst, visst…"

Det blev tyst. Lussan signalerade stelt åt Agnes att fylla på vinglaset. När Agnes gjort det gick hon ut i matsalen. Ett av sällskapen ville betala. Vid ett annat bort var det dags att duka ut. När hon kom tillbaka till baren en stund senare satt både Tobias och Lussan vända framåt, som två passagerare på en buss. De verkade inte ha talat med varandra mer.

"Ska du inte öppna ditt paket?" frågade Tobias försiktigt när Agnes kom tillbaka. Hon suckade. Det var inte rätt tillfälle att öppna paket, men vad fan, situationen kunde väl knappast bli värre. Hon krängde av det guldfärgade snöret och tog bort papperet. Asken var från Guldfynd. Hon svalde. Vad hade han nu hittat på? Hon ville lägga undan asken, men Tobias förväntansfulla blick gav henne ingen möjlighet. Hon såg hur Lussan också sneglade på asken.

Sakta tryckte hon in den lilla låsknappen på plastasken och med ett knäppande gick den upp. Innehållet var täckt av rosa bomull. Hon plockade bort det. Där under låg ett guldsmycke, en medaljong. Agnes andades ut, det var ingen ring i alla fall. Hon plockade upp medaljongen.

"Öppna den", uppmanade Tobias.

Agnes letade någon sekund efter låsmekanismen innan hon hittade den. Medaljongen öppnade sig och en stund blev Agnes stående alldeles stilla. Hon tittade på sin mamma. En skrattande Maud i miniatyr med nylagt hår och rosiga kinder.

"Tycker du om den?" Tobias nästan viskade.

Agnes nickade. ”Den är väldigt fin. Tack.” Hon hade fått en klump i halsen. Lussan tittade på henne.

”Får jag se?” sa hon när nyfikenheten till sist besegrade ilskan. Agnes sträckte över smycket och Lussan tittade en lång stund på bilden inuti. Så knäppte hon igen medaljongen och gav tillbaka den till Agnes. ”Den är fin”, sa hon kort.

Tobias nästan strålade. Han hade inte bara lyckats överraska Agnes, han hade besegrat den onda väninnan med sin present också. ”Vad bra att du tyckte om den”, sa han blygsamt till Agnes. ”Jag tänkte att du kanske ville ha henne nära dig.” Agnes var tvungen att torka bort en tår och Tobias klev ner från barstolen för att krama henne. ”Det var inte meningen att du skulle bli ledsen.”

”Jag är inte ledsen för smycket, jag är ledsen för mamma.”

”Jag förstår det.” Tobias kramade henne ännu hårdare.

Lussan vände bort blicken. ”Jag måste gå nu”, sa hon till sist och svepte i sig det resterande vinet i glaset. Lussan reste sig och plockade snabbt ihop sina saker. Agnes lösgjorde sig ur Tobias famn och gick bort till henne.

”Var inte arg på mig, Lussan”, sa hon tyst.

Lussan klappade henne på huvudet, som ett barn. ”Jag är inte arg på dig, gumman. Jag är arg på honom. Och nu är jag knappt ens det längre. Vi hörs.” Hon vände sig hastigt om och lämnade baren. Agnes kunde höra när dörren slog igen bakom henne.

Tobias stannade tills Agnes slutade för kvällen. Han hjälpte till att plocka ut disk efter de sista gästerna och hälsade på Paolo i köket. Paolo tittade frågande på Agnes, men hon undvek blicken. Hon hade fått nog av sanningsmättade avslöjanden för en dag. Tids nog skulle han också få veta vem det var som gjort comeback.

När de kommit hem tog Agnes fram medaljongen igen. Hon tittade på bilden.

Tobias drog henne intill sig. ”Jag tyckte väldigt mycket om din mamma”, sa han mjukt.

”Jag vet”, mumlade Agnes. ”Och mamma tyckte väldigt mycket om dig.” Hon tittade på fotot i medaljongen igen. ”När är det här fotografiet taget, förresten?”

”När jag firade jul med er i Länninge. Jag har haft kortet bland mina saker hela tiden. Nu fick jag ju klippa sönder det tyvärr, men det fick det vara värt.” Han såg nöjt på henne, så la han till: ”Det var en bra jul förresten, en riktig familjejul.”

Ärligt talat hade hon ingen större lust att åka hem till Länninge, men det fanns liksom inget val. Moster Gullan hade åkt tillbaka till Spanien igen och pappa var ensam. Hon visste att han väntade på henne.

Hade inte Tobias dykt upp så hade hon åkt med glädje, hon ville hjälpa pappa så gott hon kunde. Det var svårt nog att bli änkling, han skulle inte behöva vara ensam också. Kanske hade det varit bra om han haft jobbet kvar, tänkte Agnes. Fasta tider och stämpelkort, vänner och kollegor, lunchlåda och tipsbolaget med Pelle, Gert, Olof och allt vad de hette. All trygghet som en livslång anställning kunde ge. Men det var ingen idé att tänka så, verket var stängt och ville de forna kollegorna fortsätta med sitt tipsbolag så fick det bli under andra omständigheter. Hon hoppades att de tänkte på Sven, att alla de där personerna som varit på begravningen skulle höra av sig. Stötta och muntra upp. Han skulle behöva all hjälp han kunde få.

Agnes hade ringt honom nästan varje dag. Hon förstod att han ansträngde sig för att låta som om allt vore normalt, men det var hjärtskärande tydligt att det inte var det. Att Agnes plötsligt fått anledning att stanna hemma en helg var definitivt inte skäl nog att göra det.

Hon ville inte ta med sig Tobias till Länninge heller. Inte ännu. Hon ville åtminstone hinna förvarna Madde först. Det skulle bli minst lika knepigt som med Lussan, det insåg hon. Agnes fingrade på medaljongen hon hängt om halsen. Hon hoppades att Madde också skulle förstå att Tobias ändrat sig. Att han bett om ursäkt och menat det. Om inte annat kanske hon i alla fall kunde acceptera att Agnes behövde honom just nu.

Agnes beklagade sig inför Tobias, sa att hon mycket hellre stannat hemma hos honom i helgen nu när hon för en gångs skull var ledig, men Tobias tröstade. Han skulle finnas kvar. De hade massor av tid på sig. Det var ingen brådska.

När hon gav sig av på lördagsmorgonen sov han fortfarande. Han låg på mage med båda armarna om kudden. Håret hade glidit ner som en gardin över ansiktet. Han snarkade lite och ena benet stack fram under täcket. Agnes smög sig tyst iväg. Det var onödigt att väcka honom.

På Snickarvägen var allt sig likt. Allt och ingenting. Huset såg ut precis som vanligt. Mammas förkläde hängde på en krok vid spisen. Hennes pärlclips låg i en skål på byrån i hallen. Det var tydligt att Sven inte visste vad han skulle göra med allt. Efter middagen, som Agnes lagat, föreslog hon försiktigt att de skulle titta lite på mammas saker. Se om det var något de kunde göra sig av med. Kanske ge bort? Pappa nickade.

”Vill du vara med? Eller ska jag titta själv? Jag tänkte börja i badrummet.”

Sven såg plågad ut. ”Börja du”, sa han. ”Jag kommer sen.”

Agnes gick ut i badrummet och öppnade badrumsskåpet. Det var alldeles fullt med tuber, flaskor och burkar. Maud var inte en fåfäng kvinna, men hon skötte sin hy. Om än inte med speciellt dyrbara produkter. Agnes plockade ut både rengöringsmjölk, ansiktsvatten, dagkräm och nattkräm från Apoteket. Allt för torr hud. I en liten glasburk med rosa lock låg några mystiska små geléartade kulor. Agnes läste på etiketten: *Time capsules*, stod det. Den lovade att vrida tiden tillbaka. Tänk om det ändå hade varit så väl. Agnes visste precis till när, om hon hade fått bestämma. Men det fick hon inte, burken med *Time capsules* var bara, precis som alla andra mirakelprodukter, fylld av löften som aldrig skulle uppfyllas.

Hon fortsatte att plocka ner saker i en plastpåse. Läggningsvätska, hårspray, hårborste, puder och en mycket gammal turkos ögonskugga av märket Jane Hellen. Agnes kunde inte påminna sig att hon någonsin sett sin mor i turkos ögonskugga. Typsnittet på logotypen antydde också att den mycket väl kunde vara från åttiotalet. En intorkad mascara hörde också till de produkter hon slängde direkt. Hudkrämen lät hon stå. Män behövde också hudkräm, även om de inte förstod det själva.

När Agnes var färdig med sitt arbete var badrumsskåpet nästan tomt och kassen på golvet nästan full. Hon försökte sprida ut pappas saker så att det inte skulle se så ödsligt ut i skåpet. Ställde flaskan med Old Spice på en hylla i mitten och la rakhyveln bredvid. Raklöddret stod ensamt på en hylla och deodoranten hade gott om plats bredvid tuben med hudkräm. Det var nära att hon börjat gråta när hon såg utrymmet på hyllorna. Tomrummen efter mamma. Så hörde hon pappas steg på väg mot badrummet. Agnes sträckte på sig. Det var inte läge att börja gråta nu, hon var här för att stötta pappa, inte tvärtom.

”Så där”, sa hon så käckt hon kunde och lyfte upp plastkassen från golvet. ”Jag tar hand om de här grejerna.”

Pappa gick fram till skåpet och öppnade dörren. Han blev stående en stund och studerade resultatet. Agnes ångrade nästan att hon inte lämnat kvar lite fler saker. Så harklade han sig lite besvärat.

”Hm, har du möjligtvis lagt ner min burk med …”

”Med?”

”Med de här små …” Han visade med fingrarna på något av

en ärtas storlek. Agnes böjde sig ner och fiskade upp burken med *Time capsules* ur påsen.

”Menar du de här?”

”Ja, just det.”

Agnes kunde inte låta bli att skratta. ”Var de dina?”

Pappa log lite generat. ”Nja, jag gav dem till Maud i födelsedagspresent en gång. De sa i parfymeriet att de skulle vara så bra, men hon använde dem aldrig. Hon använde ju bara det där Aco eller vad det heter, så jag provade. Och jag tyckte att de var riktigt sköna. Det är som en olja inuti. Man blir mjuk som en barnrumpa om kinderna.” Han skrattade till. ”Jag brukar använda dem när jag ska vara lite extra fin.”

Agnes gick fram och kramade om sin pappa. ”Du är alltid extra fin, vet du det.”

”Förresten”, sa han. ”Jag har ju inte visat dig vad vi fick i veckan. Kom.” Agnes följde efter Sven in i vardagsrummet. På soffbordet låg ett nummer av Allt om trädgård. Pappa plockade upp det. ”Här ska du få se”, sa han och bläddrade hastigt. Agnes undrade vad som kunde vara intressant i den tidningen och väntade lite avvaktande. Så hittade han rätt sida och pekade triumferande på ett uppslag med bilder på fröpåsar, stråhattar, sekatörer och krattor. ”Där!” sa han. Agnes tittade närmare. Under rubriken ”Äkta trädgårdsglädje”, kunde hon läsa: *Hos Maud och Sven Edin i Länninge blommar fruktträden året om. Åtminstone på deras hemsida. Där kan du få veta allt om familjens trädgård: skötsel, problem och glädjeämnen förmedlade med stor kärlek och erfarenhet. Missa inte tipset om hur man skrämmer bort rådjur! Adressen är www.edinslustgard.se.*

Agnes tittade förvånat tittade på sin pappa. ”Vad roligt! Har ni fått några besökare på sajten?”

Pappas leende försvann. ”Jag har faktiskt inte tittat efter”, sa han.

”Varför inte det?” Agnes ångrade genast sin fråga. ”Äh, jag fattar”, la hon snabbt till. ”Kan vi inte kolla nu?”

”Nja, jag vet inte om...”

”Jo, men snälla.”

Sven såg ut som om han sökte efter en lämplig ursäkt, men gav till slut upp. ”Ja, vi gör väl det, då.”

De gick ner i källaren. I mörkret såg man hur dammig bildskärmen var. Agnes torkade av den med sin tröjärm medan pappa slog på datorn. Det tog en bra stund innan de var inne på hemsidan. Pappa gjorde allt långsamt, varje manöver tycktes fylld av motstånd. Agnes tyckte så synd om honom, men det fanns inget hon kunde göra mer än att se på med en stödjande hand på hans axel.

När de väl var inne gav han ifrån sig ett förvånat utrop.

”Vad då?” undrade Agnes.

”Det var som tusan! Vi har haft 887 besökare.”

”Är det så många som har varit inne på er hemsida?”

”Ja.”

”Men det är ju massor!”

”Ja.” Pappa kunde inte låta bli att skratta. ”Titta här i vår gästbok, då! Över fyrtio besökare har skrivit i den. Han började läsa halvhögt för sig själv. Agnes läste över hans axel. *Tack för en trevlig hemsida med underbara bilder och goda råd... Tipset med rävboan låter synnerligen intressant, ska absolut prova... Har ni några tips för min pion? Knopparna svartnar och slår inte ut... Trodde inte man kunde odla Rhododendron yakushimanum så långt norrut, vilket praktexemplar!... Prova att kalka kring kaprifolen, problemen kan bero på för sur jord...* Pappa satt försjunken i breven. Hummade för sig själv ibland. Agnes kramade hans axel och smög sig därifrån uppför trappan.

Det tog över en timme innan Sven kom upp igen. Han hade svarat på några av frågorna, sa han. Resten av kvällen var han försjunken i egna tankar. Det hade han varit tidigare också, men det var annorlunda nu. Han var inte grubblande, mer fundersam liksom. När Agnes slog sig ner framför teven, ursäktade sig pappa och sa att han skulle jobba lite med datorn. Det var några små saker på hemsidan som behövde uppdateras. Agnes tittade efter honom när han gick bort mot hallen. Hans steg var energifyllda och Agnes tyckte till och med att hon hörde honom nynna på väg nerför trappan. Var det verkligen möjligt, tänkte hon, att tre rader i en trädgårdstidning kunde åstadkomma en sådan förändring?

På söndagsmorgonen blev hon än mer övertygad om att så var fallet. Efter frukosten drog Sven på sig handskar och stövlar. På huvudet satte han sin stråhatt, inköpt under en charterresa till Kreta för tre år sedan, som skydd mot den starka vårsolen.

”Får jag inte de där eländiga tomatplantorna i jorden nu så blir det inga tomater i år”, sa han och gick, med stövlarna på, ut genom altandörren. På köksgolvet låg små torkade jordklumpar som lossnat från sulorna. Agnes plockade upp dem och tog ett tag med disktrasan för att få upp det sista. Hon kände sig lugn. Madde väntade barn, pappa planterade tomater och själv hade hon fått Tobias tillbaka.

Mamma var död, inget kunde ändra på det, men familjen skulle klara sig. Det kände hon nu.

Tobias hade verkligen förändrats. Det var så tydligt. Han tog hänsyn på ett annat sätt nu, berättade alltid vart han skulle när han gick ut och när han tänkte komma hem. Frågade hur hon haft det på jobbet, lagade middag – i alla fall en gång – och skrev lappar åt Agnes om hon behövde handla någonting. Han stannade oftare hemma på kvällarna också. Åtminstone de kvällar som Agnes inte jobbade. De tittade på teve tillsammans och Agnes lyssnade när han övade på gitarren – kanske inte alla tre timmarna i sträck, men hon brukade sitta kvar i soffan en halvtimme i alla fall. Ibland vände han sig direkt till henne och spelade något. Angie, till exempel, Stones-låten, fast han döpte om den till Agnes. Hon kände sig lite fånig då, blev generad, men Tobias uppriktiga allvar fick henne att släppa det. Det var mysiga stunder.

På restaurangen rullade det på. Det var fortfarande dåligt med gäster, något fler än den första månaden, men inte tillräckligt för att lugna Kalle. Han blev tystare och tystare. Satt ofta med högar av papper och en räknemaskin vid något av borden när Agnes kom på eftermiddagen. Nu beklagade han sig inte ens, såg bara olycklig ut. Till slut var Agnes tvungen att fråga honom hur det stod till, fast hon egentligen inte ville veta. Kalle suckade uppgivet.

”Månaden ut klarar vi, sedan är det kört.”

Agnes satte sig på stolen mitt emot. ”Finns det inget vi kan göra?”

Kalle skakade på huvudet. ”Visst, vi skulle kunna börja servera sämre mat gjord på billigare råvaror, men då går jag faktiskt hellre i konkurs.” Han bet ihop och rätade på ryggen, men efter någon sekund sjönk han ihop igen. ”Jag hade verkligen hoppats på den där recensionen”, sa han tyst. ”Jag fattar inte varför den inte kommer.”

”Hon är väl noga.”

”Jo visserligen, men vad är det mer hon ska kolla? Hon har ju ätit sig igenom hela vår meny. Jag trodde att den skulle ha kommit i lördags, men då var det den där fiskrestaurangen på Linnégatan. Nu är det två veckor till nästa recension och är det inte vi då, så kan vi lika gärna lägga ner.”

Agnes ville säga något uppmuntrande, men hon kände på sig att det inte tjänade mycket till. Kalle hade rätt i det han sa, det gick inte att driva en restaurang som gick back i princip varenda kväll.

”Det vore väldigt synd”, försökte hon trösta. ”Jag har verkligen trott på den här restaurangen.”

”Jag med.” De satt tysta en stund och begrundade restaurangens kommande öde. Så reste sig Kalle. ”Men än har vi inte lagt ner!” Han försökte låta käck, men det gick inget vidare. ”Dags att börja jobba.”

Om det var ett svar på deras böner eller inte, visste inte Agnes, men kvällen började i alla fall bra. Före klockan åtta var restaurangen nästan full och precis när det verkligen började hetta till i köket, och Kalle och Filip slet så att svetten rann, dök ytterligare ett gäng upp. Fem svartklädda killar, några med solglasögon, några med stora blänkande bältesspännen, klev ner för trappan. Agnes tittade sig oroligt omkring, kanske skulle hon kunna klämma ner dem i hörnan, om en av dem kunde sitta på gaveln? Först då fick hon syn på Tobias i sällskapet. Han blinkade mot henne.

”Här kommer jag med lite gäster”, sa han glatt.

”Är det du?” Agnes blev förvånad, men samlade sig snabbt. ”Vad kul, ni är jättevälkomna!” Agnes tryckte hans hand, men slingrade sig undan när han ville kyssa henne. ”Ni kan slå er ner där borta.”

Två av killarna gick bort till garderoben och ställde sina gitarrfodral mot väggen. Musikerkollegor, förmodligen. Ljudnivån i lokalen höjdes betydligt efter de fem männens entré, men Agnes klagade inte. De beställde både förrätt och varmrätt och redan första halvtimmen hade hon serverat sällskapet åtta stora stark.

Hon fick mycket att göra. Hade de vetat att det skulle bli en sådan påsättning hade de givetvis kallat in Pernilla eller Henrik, men det var så dags nu. Till råga på allt dök Lussan upp också. Hon ville som vanligt inte ha någon mat, utan satte sig direkt i baren där redan ett annat par slagit sig ner i fåtöljerna med varsin vodka-cranberry. Agnes hällde upp ett glas vin åt henne. Även om de inte hann prata någonting var Agnes ändå glad att hon kommit. Det måste ju betyda att hon inte var sur längre i alla fall.

Det blev inte en lugn stund på kvällen. De var till och med tvungna att avvisa några gäster som inte fick plats. Agnes slet som ett djur för att hinna med allt, men vid tiotiden hade det lugnat sig och bara några av borden var fortfarande besatta. I killgänget var det bara tre stycken kvar, inklusive Tobias. Han lämnade de övriga två en stund vid bordet och gick bort till Agnes och Lussan i baren. Lussan tittade med avsmak på honom.

”Jaha, och hur går det för vår ’rockhjälte’, då?” sa hon utan att dölja sin ironi. Tobias låtsades inte om det.

”Jo tack, det är bara bra.”

”Du har tagit med dig några vänner också.”

”Ja, de är musiker.”

”Tänk jag anade det. Är ni alla möjligen klonade ur samma rockcell, Keith Richards gamla tånaglar kanske?”

”Vad då?”

”Det var inget.”

Agnes började bli nervös. Lussan var kanske inte arg på henne längre, men hon var definitivt på hugget när det gällde Tobias. Agnes ursäktade sig och gick ut i matsalen. När hon kom tillbaka höll de fortfarande på.

”Millennium of Rock, säger du? Tusen år av rock, alltså.” Lussan log elakt.

”Ja, med Christer Hammond.” Tobias såg stolt ut. Agnes fick en klump i magen, han verkade inte alls ana Lussans fälla.

”Så intressant. Vilka rockorkestrar var det som var aktuella på tolvhundratalet? Påminn mig, jag har lite dåligt minne.”

”Vad då tolvhundratalet?” Tobias började se misstänksam ut.

”Eller fjortonhundratalet? Det måste ju finnas oerhört mycket fin rockmusik att välja bland om man har ett helt millennium att plocka från. Men så är det ju också ”The Greatest Rockshow Ever” du jobbar med, inte sant?”

”Lussan, vill du ha något mer?” Agnes försökte avleda.

”Ja tack.” Hon drack upp det sista ur glaset och sköt fram det för påfyllning. ”Jag håller på att prata lite med Tobias om den här showen han jobbar med.” Hon tog sats igen. ”När ni säger ’ever’, menar ni då ’ever’ under det här millenniet eller är det ’ever’ sedan tidernas begynnelse?” Tobias försökte hänga med, men det verkade inte gå något vidare. ”Jag menar”, fortsatte Lussan, ”när man tänker på det så är det ju inte klokt egentligen vad folk är inskränkta. Tänk vad många som inte kommer längre bak än till Chuck Berry och Elvis Presley när de talar om rock. Vad tror de egentligen att cromagnonmänniskorna svängde sina lurviga till? Jo men, rockmusik, såklart! Och tänk, nu har Christer Hammond och du, och dina vänner, plockat fram de här sköna gamla låtarna och satt samman dem till den här praktföreställningen. Det är ju fantastiskt! Vilken kulturgärning." Lussan var verkligen i sitt esse. Tobias satt bara och gapade, så reste han sig från barstolen och vände sig mot Agnes.

"Du, jag tror det är dags för oss att gå nu."

"Redan, jaha … Men då ses vi hemma."

"Ja, jag kanske blir lite sen, vi ska nog dra vidare."

"Okej." Agnes nickade. Det var faktiskt inte så tokigt. Det hade varit en väldigt jobbig kväll och hon skulle förmodligen slockna så fort hon la sig. "Jag kommer med notan, då", sa hon och gick bort till kassaapparaten. Tobias kom efter med snabba steg.

"Men alltså, jag trodde att … Alltså, jag drog ju hit lite folk för att jag trodde att ni behövde reklam för stället. Jag menar, nu kan ju de gå ut och berätta för sina polare att den här krogen var helt okej … om du fattar vad jag menar." Tobias såg nöjd ut.

"Menar du att du trodde att …"

"Ja, men det är väl klart! Det är ju musiker hela gänget, det är ingen som har råd att gå ut och äta en sådan här flådig middag."

Agnes stod med handen på kassaapparaten. Hon visste inte vad hon skulle tro. Hon kunde inte bjuda fem personer på middag. Det var inte ens hennes krog. Vad skulle hon säga till Kalle? Han som inte ens lät sin brorsa äta gratis.

"Men jag kan inte …" stammade hon.

"Äh, du fixar det där på något vis." Han kysste henne i pannan. "Inte sura nu, älskling. Inte när jag har fixat reklam åt er. Det är ju nästan jag som borde ha betalt, förresten!" Han skrattade. "Nej då, jag bara skojade", la han till, som om det i själva verket legat ett uns av sanning i skämtet. Så vände han och gick bort till de två kompisarna som satt kvar vid bordet och rökte. De reste sig och drog på sig jackorna. Tobias vinkade och kastade en slängkyss åt Agnes som stod kvar vid kassaapparaten. Hon höjde sakta handen och vinkade tillbaka. När de gått slog hon ut notan. Tvåtusenfyrahundrafyrtiosju kronor. Det fanns bara en lösning på det här, hon fick betala den själv. Så fick hon ta upp det med Tobias i morgon. De kanske kunde dela i alla fall. Han hade ju rätt på sätt och vis. Det var bra reklam med nya gäster. Och sådana där typer hängde mycket på krogen, även om de inte alltid åt trerätters middagar. Dessutom hade hon nyss fått lön så hon hade pengar på kontot. Inte mycket, men det borde räcka. Och egentligen var det ju inte något att tjafsa om.

När hon var på väg ut för att hämta sitt kreditkort passerade hon Lussan som satt med fullt glas igen. Hon måste ha fyllt på själv. Det gjorde inte så mycket, även om länsstyrelsen knappast skulle uppskatta att gästerna serverade sig själva alkohol. Lussan betalade alltid för sig. Var skulle hon annars lägga sina pengar om inte på konkurshotade krogar, brukade hon säga och envisas med att Agnes tog med allt, också jordnötterna, på notan.

Lussan ropade på henne. ”Vad var det där om?” Agnes låtsades inte förstå.

”Vad då?”

”Vad var det ni pratade om vid kassaapparaten?”

”Jaså, jaha, eh, det var inget speciellt.”

”Försökte han få rabatt, eller?”

Agnes försökte skratta till. ”Nej, det var ett litet missförstånd bara.” Så skyndade hon sig iväg. Det var nog lika bra att inte säga något till Lussan, hon skulle säkert dra förhastade slutsatser. Och det skulle ju knappast gynna någon av dem.

När Agnes kom hem till Aspudden var hon så trött att hon tog hissen upp för de tre trapporna. Benen värkte och fötterna kändes som om hon badat dem i cement.

Hon stod en stund och letade efter nycklarna i väskan. Det var inte länge sedan hon gjort detsamma, men med Tobias väntande bakom sig. Hon var glad att hon inte hade lytt sin impuls då och bett honom dra åt helvete. Hon hade gett honom en chans till och han hade tagit den. Så fantastiskt kunde livet vara.

Hon vred om nyckeln och drog upp dörren. Först då la hon märke till vad tyst det var i trappuppgången. Ingen Deep Purple, ingen Neil Young, inte ens något nasalt grymtande från Bob Dylan. Hon försökte komma ihåg om det hade lyst i Davids lägenhet, men hon mindes inte.

Hon hade fortfarande lite dåligt samvete för att hon hade glömt bort hans inbjudan den där kvällen. Visserligen hade hon giltigt skäl, men hon kunde ju i alla fall ha ringt på och sagt att hon fått förhinder.

Han hade inte varit på restaurangen heller sedan dess. Agnes som nästan vant sig vid hans ensamma besök hade så när börjat sakna honom. Kanske borde hon knacka på någon dag? Bjuda honom på en kopp te en eftermiddag? Fast det var svårt, Tobias övade ofta då, och på kvällarna jobbade hon. Nåväl, det skulle väl dyka upp något tillfälle, tänkte hon och slog igen dörren efter sig.

Man kunde ana en svag ljusning bakom rullgardinen. Klockans digitala siffror visade på 03.17 och Agnes hade inte sovit många timmar. Som alltid när telefonen ringde mitt i natten blev hon förskräckt. Hon famlade efter luren och hennes ”hallå?” lät hest och oroligt. Det var Tobias.

”Hallå, väckte jag dig?”

”Ja.”

”Förlåt, det var inte meningen.”

”Har det hänt något?”

”Nej. Jag tänkte bara säga att jag sover hos Räven i natt.”

”Hos vem?”

”Hos Räven. Som var med på restaurangen. Vi tänkte lira lite gitarr hemma hos honom.” Tobias sluddrade lite på ordet ”gitarr”, annars lät han förvånansvärt nykter.

”Okej.”

”Jag tänkte att du ville veta det. Så att du inte blir orolig.”

”Ja. Det var bra att du ringde. Kommer du hem i morgon?”

”Det är klart jag gör. Nu får du somna om, gumman.”

”Ja.”

”Puss puss.” Han la på innan Agnes hann pussa tillbaka. Hon la ifrån sig telefonen på sängbordet och låg en stund och blinkade i halvmörkret innan hon kände sig redo att somna om. Det var sant, Tobias var verkligen förändrad. Hon log för sig själv innan hon slöt ögonen. Så omtänksamt av honom att ringa.

Dagen efter var det lika tomt som vanligt i restaurangen. När kvällen var över hade inte mer än åtta personer ätit och betalat för sig. Det var extra olyckligt eftersom Kalle ringt in Henrik för att täcka upp, om anstormningen skulle bli densamma som kvällen innan. Nu fick Agnes och Henrik dela på det lilla jobb som var, resten av tiden stod de sysslolösa och spejade mot gatan efter flera gäster. I köket var stämningen lika loj.

Inte ens Lussan kom förbi. Hon var på dejt med en man hon mött på Sturecompagniet några kvällar tidigare. Han hade Armanikostym, guld-amex, välputsade skor, tunt hår och ingen humor, hade hon sagt till Agnes. Visserligen var han torr som en mandelkubb, menade hon, men han matchade hennes nya handväska och var tillräckligt väluppfostrad för att åtminstone skratta åt alla hennes skämt. Högre krav än så hade hon inte nuförtiden, hade Lussan hävdat när Agnes undrade om det verkligen räckte för en dejt.

Även om Henrik var underhållande när han i detalj beskrev sina försök att bli författare – aldrig blev det så välstädat som de dagar då han bestämt sig för att skriva på sin roman – så längtade Agnes efter Tobias. Han hade inte kommit hem förrän vid tre på eftermiddagen och då omedelbart lagt sig att vila på sängen. Efter två minuter hade han somnat. Han och Räven hade tydligen suttit uppe till sju på morgonen och spelat gitarr. Och druckit sprit, kunde Agnes tillägga, för han luktade surt av gammal fylla när han kom hem.

När Agnes gick till jobbet hade han inte vaknat ännu. Hon var i och för sig van vid att han hade en annan dygnsrytm än hon, och förmodligen skulle han vara pigg och vaken när hon kom hem, men hon hade ändå saknat att prata med honom.

Klockan halv elva var restaurangen tom och Kalle kom suckande ut från köket och bad Agnes att stänga. Även om hon givetvis var ledsen att kvällen blivit misslyckad, var hon glad över att komma hem lite tidigare än vanligt. Eftersom de var så många gick det fort att städa och innan klockan var elva satt Agnes på tunnelbanan.

Det lyste i fönstret och Agnes skyndade sig uppför trapporna. Att komma hem till Tobias var lite som att veta att det låg en present där hemma och väntade. Hon låste upp dörren och klev in i hallen med ett förväntansfullt "hallå!".

Tobias låg i soffan och tittade på teve. På soffbordet stod en tom pizzakartong och ett halvt glas mjölk. Han tittade upp på henne.

"Fan, vilken skit det är på teve!" sa han utan att notera hennes tidiga hemkomst.

"Stäng av, då."

"Och göra vad då?"

"Tja …"

"Läsa en bok, va? Tror inte det, va." Det var inte det att Tobias inte läste böcker. Så vitt Agnes visste hade han läst både Jack och På drift och några böcker av Charles Bukowski. Och så hade han försökt att läsa Zen och konsten att sköta en motorcykel ett par gånger. Men i grund och botten var han nog inte den litterära typen.

”Men nu är jag hemma.” Agnes gick in i vardagsrummet och kröp ner bredvid Tobias i soffan. Det blev trångt och Tobias gruffade lite när han blev tvungen att lägga sig på sidan för att hon skulle få plats. Hon kysste honom. Han luktade fortfarande lite av bakfylla, och lök och mjölk. Det gjorde inget. Hon kysste honom igen. Den här gången kysste han henne tillbaka.

”Jaså du, kommer du här”, sa han och drog upp henne så att hon hamnade ovanpå honom och han kunde återta sin position i ryggläge. Hon fortsatte att kyssa honom och snart kunde hon känna att han inte var helt ointresserad av hennes invit. De låg med varandra i soffan, hon ovanpå honom, och han mumlade belåtet mot hennes hår att om hon blev sådan här av att jobba, så borde hon kanske fundera på att ta något extraknäck också.

Efteråt låg de kvar en stund i soffan. Agnes smekte Tobias över de smala armarna.

”Du, älskling”, sa hon försiktigt.

”Mhm.”

”Jag tänkte på den där notan …”

”Vilken nota?”

”Från i går, på restaurangen.”

”Vad är det med den?”

Agnes tvekade, det var inte ett optimalt läge att prata pengar, men det var lika bra att ha det gjort. ”Jag kunde inte fixa det, så … jag fick betala den själv.” Tobias svarade inte. ”Du … Kanske vi kunde dela på den i alla fall?”

Han teg en stund till. ”Schyst, hörru …” sa han till slut och vred så häftigt på sig att Agnes nästan ramlade ner från soffan.

”Missförstå mig inte”, sa Agnes nervöst. ”Jag är jätteglad att du kom dit med dina kompisar, men tyvärr går inte restaurangen så bra så …”

”Så då försöker ni skrämma bort de som försöker hjälpa er och göra lite reklam för firman. Bra taktik!”

”Men snälla, bli inte sur.”

”Hur mycket ska du ha?”

”Men du ...”

”Hur mycket ska du ha, sa jag?”

”Ja, några hundra i alla fall, vore bra ...” Agnes nästan viskade.

”Visst, visst, du ska få det. Om det är så viktigt för dig så är det klart att du ska få dina pengar. Han föste undan Agnes och reste sig och gick ut i hallen. Efter några sekunder kom han åter in i vardagsrummet, naken, med sin plånbok i handen. Han halade upp två hundralappar och slängde dem på soffbordet.

”Varsågod.”

Agnes vågade nästan inte titta på honom. Det hade inte varit meningen att göra honom arg. Hon samlade ihop pengarna på bordet och sa tack. Sedan pratade de inte mer om saken.

Vid ettiden ville Agnes gå och lägga sig, men Tobias var inte trött efter sin långa eftermiddagssömn. Snarare rastlös efter en kväll inne och dessutom fortfarande sur efter deras diskussion. När Agnes sa god natt och kysste honom i nacken hade han satt sig framför teven igen och zappade mellan Discovery och MTV. Han svor ännu en gång över vilka skitprogram det var och föreslog, precis när Agnes var på väg in i sovrummet, att de borde skaffa filmkanaler. Han hade vant sig vid det på hotellen, sa han. Agnes tyckte inte det var någon vidare idé eftersom hon knappt hann titta på de vanliga teveprogrammen, men nickade mot honom och sa att de kunde tänka på saken. Så knäppte hon av sig medaljongen hon hade runt halsen och gick och la sig.

Vid lunch skulle Tobias iväg och repa. Han hade bildat ett nytt band tillsammans med några av musikerna från showen. De skulle göra egna låtar, underströk han, inte bara spela covers som hos Christer Hammond.

Även om han var stolt över att ha ett riktigt jobb som musiker, var det tydligt att han var frustrerad över att befinna sig så i bakgrunden. Han var inte Christer Hammond, stjärnan, och han var inte gästartist eller någon av de andra sångarna, han var inte ens orkesterledare. Han var gitarrist, en av gitarristerna, i denna jätteshow. Hans uppgift var inte att synas eller utmärka sig, utan att lyfta fram och serva de andra som skulle synas och utmärka sig. Det var ett knepigt läge för någon som alltid stått längst fram, visserligen bara på Tre Backar och ställen som Farsta ungdomsgård, men ändå.

När han nu satte på sig cowboyhatten och tog sitt gitarrfodral var det så Agnes kände igen honom. Hon tittade genom fönstret och såg honom vandra gatan bort. Hon tyckte han var sexig.

När Madde ringde hade hon fortfarande Tobias i tankarna och innan hon riktigt hade hunnit tänka efter hade hon berättat om hjältens återkomst.

Madde blev skitförbannad. Hon fräste och spottade och skällde och svor tills Agnes fick säga åt henne att lugna sig annars tänkte hon lägga på. Madde tog ett djupt andetag och sänkte rösten en aning.

”Du är en idiot, Agnes!” sa hon med eftertryck.

”Sluta nu!” Agnes kände hur hon började bli arg.

”Ska *jag* sluta?! Jag ska berätta vem som borde sluta. *Du* borde sluta! Du borde sluta upp med att ta tillbaka det där kräket varenda gång han kommer krälande tillbaka!”

”Tobias är inget kräk.” Agnes fick anstränga sig för att inte skrika tillbaka.

”Jo!”

”Nej!”

”Hur vet du att du kan lita på honom den här gången, då?”

”För att jag vet det. För att min intuition säger mig det.”

”Din *intuition*?” Madde lät som om hon funderade på att brista ut i gapskratt. Istället kom det en torr fnysning.

”Ja, min intuition. Det är det enda man kan gå på, känsla.”

”Vad sägs om förnuft?”

”Sedan när började du läsa Jane Austen?”

”Vad då?”

”Det var inget.” Det blev tyst ett ögonblick.

”Du är en idiot”, kom det till sist igen. Det blev droppen för Agnes.

”Det skiter jag i! Och du ska fan inte bestämma över mitt liv och vem jag ska leva det med! Sitt du där, din självbelåtna apa, med din unge och ditt fula radhus och din tråkiga kille och var nöjd med dig själv då, men lämna mig ifred!” Så slängde hon på luren. Hon andades flåsande, stötvis, och darrade i hela kroppen. Det var nästan så att hon blev rädd. Hon brukade inte reagera så här. Madde hade pressat in henne i ett hörn. Försökt tvinga henne att välja. Men hon hade ju redan valt. Hon hade valt Tobias.

Agnes sjönk ihop i soffan. Hon darrade fortfarande och efter en liten stund började tårarna att rinna. Till slut låg hon hopkrupen som en liten boll och grät så att det blev mörka fläckar på det ljusa sofftyget.

”Fan fan fan”, upprepade hon för sig själv som ett ondsint mantra. ”Fan fan fan.”

Så småningom lugnade sig gråten och Agnes låg bara stilla, fortfarande som en liten igelkott med taggarna ute. När det ringde igen visste hon inte riktigt vad hon skulle göra. Svara eller låta bli. Det var förmodligen Madde som ville be om ursäkt. Som ville säga att hon gått över gränsen, att hon lagt sig i saker hon inte hade med att göra och att hon givetvis önskade Agnes och Tobias lycka till.

Agnes satte sig upp och grep telefonen hon demonstrativt slängt ifrån sig i andra änden av soffan.

”Ja?” sa hon kort. Hon tänkte inte bjuda Madde på något varmt välkomnande. Det blev en stunds förvirrad tystnad i andra änden av luren.

”Eh, finns Tobias där?” sa till slut en kvinnoröst.

”Nej, han är och repar. Vem är det jag pratar med?”

Kvinnan ignorerade frågan. ”Vet du om han har mobilen med sig?”

”Nej, det vet jag inte. Vem är det som frågar?”

Kvinnan tvekade. ”Det är en kollega.” Hon ville lägga på, det hördes.

”Kan jag hälsa något?”

”Nej.” Någonting i kvinnans röst fick Agnes att reagera.

”Men vad ville du, då?”

Hon tvekade igen. ”Tobias glömde lite grejer i går.”

”I går?” Agnes tänkte efter. ”Hos Räven?”

”Hos Räven?” Kvinnan skrattade till. ”Ja visst”, sa hon. ”Hos Räven.”

Om det var kvinnans röst, eller det hon sa, eller det där retfullt klingande skrattet som fick Agnes att ställa den sista frågan var svårt att säga, men utan att tänka efter kom det.

”Skulle jag hälsa från Ida, sa du?”

”Ja, just det.” En sekunds tystnad uppstod. Agnes såg framför sig hur den blonda kvinnan med piercad navel och rejäla bazookas grimaserade åt sitt övertramp.

Den här gången behövde inte Agnes slänga på luren. Istället hörde hon det avslutande klicket i örat och så var samtalet över.

Hon hade inte gråtit, inte skrikit, inte förlamad fallit ihop i sängen eller på soffan eller på golvet. Hon kände ingen förtvivlan, hon var inte kräkfärdig och hon hade ingen klump i halsen. Hon hade bara lagt ifrån sig telefonen och satt igång.

Det var inte mycket, och med Agnes metodiska lugn gick det snabbt att plocka ihop de få pinalerna. Ett par slitna Converse, tandborsten, hårgelén, lite skivor, den röda Fendern och så väskan med kläder, större delen uppfiskade ur tvättkorgen.

Högen utanför dörren blev liten, patetiskt liten. Agnes ville att den skulle vara större, att hennes sammanbitna raseri skulle synas på mängden saker hon slängde ut från sitt hem. Om inte gitarren redan varit trasig kunde hon åtminstone dängt den i väggen eller något. Eller om han haft en flygel hon hade kunnat slå sönder och elda upp ... Men det hade han inte.

Hon tittade sig omkring i lägenheten, var det här verkligen allt? Så fick hon syn på tavlan. Den ögonlösa gubben med den stora näsan. Tobias älskade Lundell. För andra gången häktade hon ner tavlan från väggen. Hon bar den otympliga tingesten genom hallen och ut i trappuppgången. Där ställde hon den tillsammans med Tobias andra saker.

Högen blev större nu, det var bra, men den såg för städad ut. Kläderna i väskan var visserligen ihopslängda och nerknölade, men det syntes inte eftersom Agnes varit vänlig nog att stänga dragkedjan. Och de röda gymnastikskorna stod prydligt uppställda bredvid varandra. Hon sparkade till dem så att den ena for bort en bit. Det blev bättre. Men tavlan stod där, intakt och anskrämlig. Tobias skulle i princip bara kunna ta väskan över axeln, gitarren i ena handen och tavlan i den andra – möjligen med lite besvär, den var trots allt ganska stor – och vandra iväg. Som om ingenting hade hänt.

Agnes stod stilla en stund och stirrade på tavlan med det obegripliga gotlandsmotivet, så gick hon in i lägenheten och kom tillbaka med en penna. En tjock, röd tuschpenna. Det var inte helt utan vånda hon började måla, vandalisering var inte riktigt hennes grej, men hon bet ihop.

Ovanför den stora näsan ritade hon två uppspärrade ögon. Nu var det definitivt en gubbe. Han såg alldeles vansinnig ut. Agnes målade raskt dit en mustasch också. Det gick lättare efter de första strecken och hon fortsatte med ett par rosiga kinder, en ring i örat och en hästsvans. När hon till sist slutade kände hon sig nästan yr av sin bedrift. Det enda tråkiga var att tavlan var snyggare nu, efter hennes bidrag. Förhoppningsvis skulle inte Tobias hålla med om det.

Så gick hon in i lägenheten och slog igen dörren.

Det hade gått mindre än en halvtimme sedan telefonsamtalet och nu satt Agnes vid köksbordet igen. Plötsligt blev hon rädd. Inte för vad hon gjort, inte för den iskyla som gripit tag i henne, utan för att den skulle släppa taget. Tänk om ilskan skulle rinna av henne. Om hon plötsligt skulle stå där, med tårarna och sorgen igen. Eller ännu värre, tänk om hon skulle ångra sig och ta tillbaka Tobias ännu en gång.

Hur länge hon hade suttit där vid bordet visste inte Agnes, men hon ryckte till när det plötsligt ringde på dörren. Det ringde en gång till, och så en knackning.

Adrenalinet rann till, instinktivt. Men det var inte den jagade gasellens instinkt, det var den rasande tigern som reste sig från bordet och gick ut i hallen.

”Dra åt helvete!” skrek hon så högt och så våldsamt att det inte skulle ha förvånat henne om dörren pulveriserats av tryckvågen. ”Dra åt helvete!” kom det igen. Lika kraftfullt, men mer morrande den här gången. Förutom Agnes tunga andning var det knäpptyst i hallen och från trappuppgången hördes inte ett ljud. Gav han upp så lätt? Agnes blev nästan besviken, hon hade ju bara hunnit visa huggtänderna. Skulle han inte ens bjuda henne på strid, låta henne slita honom i småstycken och spotta ut de blodiga resterna från sitt liv, precis som hon gjort med hans skitiga kalsonger?

Då kom det en till, en mycket försiktig knackning, knappt hörbar. Det räckte. Agnes stormade fram emot ljudet, vred om låset och slängde upp dörren på vid gavel.

”Vad i helvete tror du att du ...!?” Längre än så kom hon inte. David Kummel hoppade förskräckt åt sidan och lyckades precis undvika att få dörren på sig. Istället dunkade den med kraft i väggen, så att det knakade i gångjärnen, och studsade sedan tillbaka mot Agnes som lyckades fånga den med ena handen. Hon tittade förvirrat på David. Utskällningen hon hade påbörjat låg fortfarande som en spya i munnen. Hon kunde inte svälja ner den nu när hon börjat. ”Och vad i helvete gör *du* här!?” fick hon ur sig. Hon stirrade ilsket på David som tog ett steg bakåt.

”Jag ... jag såg grejerna och undrade ...” Längre kom han inte.

”Undrade vad då!? Vad har du med mina grejer att göra?” fräste Agnes, fortfarande oförmögen att lägga band på sin ilska trots att den inte hade något att göra med den stackars mannen som stod där utanför.

”Jag ber om ursäkt. Det var inte meningen ...” Han backade några steg till och famlade efter trappräcket. ”Jag ska inte störa.” Han vände om och började hastigt gå nerför trappan. Agnes stod kvar utanför dörren. Andningen hade lugnat sig en aning. Hon tittade efter Davids rygg.

”Vänta!” ropade hon. ”Förlåt, det var inte meningen …” Hon såg honom inte längre men stegen i trappan hade upphört. ”Du …” Plötsligt lät hon ynklig. Ett ögonblicks tystnad följde, sedan kom stegen tillbaka. Efter en sekund syntes David i trappan igen.

”Jag ville verkligen inte störa”, sa han försiktigt. ”Jag var uppe på vinden och så såg jag sakerna här utanför på vägen ner och blev lite orolig … Har det hänt något?” Han hade hunnit upp till trappavsatsen igen. Agnes suckade. Den försvinnande adrenalinkicken lämnade kvar en svag darrning i kroppen. Hon visste inte vilket som var störst, lättnaden över att det inte varit Tobias som ringt på, eller besvikelsen.

”Jag trodde det var någon annan”, sa Agnes till slut. ”Förlåt att jag skrek så.”

”Det var ingen fara.” De tittade på varandra en stund. Ingen av dem visste vad de skulle göra eller säga nu.

”Du kanske vill komma in en stund?” Agnes tittade på David. Han hade blåjeans på sig, inte de bruna i manchester, och en helt vanlig svart t-shirt. Hon sänkte blicken. Och skor, riktiga skor med strumpor.

”Ja …” Han tvekade lite. ”Är du säker på det? Jag menar, jag kan komma tillbaka någon annan dag.” Han sneglade på högen med Tobias saker. Agnes såg det. Hon blev arg igen. Så Tobias skulle hindra henne från att bjuda in sin granne? Och det trots att han inte ens var här, mer än i form av en väska med smutskläder och en vandaliserad tavla.

”Ja, jag är säker”, sa hon bestämt. ”Kom in!” Det lät mer som en order än en inbjudan. David klev försiktigt in i Agnes hall.

”Vill du ha te?” frågade hon, fortfarande med ilska i rösten.

”Ja, tack.” David log lite nervöst.

Agnes gick in i köket och började göra i ordning en kanna. Någon mjölk hade hon inte, den hade Tobias druckit upp till pizzan i går. Hon ångrade sig redan. Vad skulle hennes granne göra här? Var det någonting hon inte ville ha nu så var det sällskap. Åtminstone inte av en främling. David kom ut i köket och satte sig på en av stolarna vid köksbordet.

”Får man fråga vad det handlade om där ute?” Han nickade mot ytterdörren. Agnes slamrade när hon tog fram två koppar ur skåpet. Hon ville inte berätta, David hade inte med henne och Tobias att göra. Men kanske var det just det som ändå fick henne att börja prata. Han var inte involverad, han hade inga förutfattade meningar. Hon var inte tvungen att försvara vare sig Tobias eller sig själv. Istället berättade hon historien, rätt upp och ner. Från mötet på Tre Backar och den omedelbara förälskelsen, åtminstone från hennes sida, via otrohet, lögner, försoningar och löften, till dagens telefonsamtal från Fröken Plastbröst. David satt tyst nästan hela tiden, nickade och lyssnade. De drack upp hela kannan te och Agnes gjorde nytt. Hon kände sig hungrig och tog fram några skorpor till dem och en gammal marmeladburk hon hittade längst in i kylskåpet.

Det började bli kväll även om solen hade många timmar kvar på himlen. Gräset utanför huset på andra sidan gatan lyste redan intensivt grönt, det hördes fågelsång genom den stängda fönsterrutan. Några varma dagar till och naturen skulle explodera i blommor.

Agnes doppade sin skorpa, en liten bit föll av i det avsvalnade teet. Hon tittade upp och mötte Davids blick. Han tittade allvarligt på henne, från vänster öga till höger, från höger till vänster. Agnes orkade inte ens bli generad eller slå undan blicken.

”Jag tycker du är modig”, sa han till sist.

”Vad är det för modigt med att låta sig luras och trampas på år efter år?”

”Det är modigt att säga stopp.”

”Jag har sagt stopp förut.”

”Är det inte annorlunda den här gången?”

Agnes kände efter, letade efter stråket av hopp och längtan

som alltid fanns kvar mitt i all ilska och besvikelse. Hon blundade ett ögonblick. Andades lugnt. ”Jo”, sa hon till sist. ”Det är annorlunda den här gången.”

”Där ser du.” David log. ”Du har ändrat dig. Sådant kräver mod.”

När Tobias till sist satte nyckeln i låset var all ilska borta. Agnes gick bara ut i hallen och bad honom ta sina saker. Tobias låtsades inte förstå vad det handlade om. Han stod på tröskeln, spelade sårad och orättvist behandlad. Vad höll hon på med? Han som bara hade varit och repat. Den här gången ville hon inte ens tro på honom.

”Gå nu”, sa hon kallt. Hon ville inte bli arg igen.

Tobias sneglade på högen bredvid dörren. ”Vad i helvete har du gjort med min tavla?”

”Jag har förstört den, hoppas jag. Om du ursäktar, men jag blev lite förbannad när din flickvän ringde.”

”Vad då, flickvän? Jag har ingen flickvän!”

Agnes log skevt åt Tobias ofrivilliga felsägning. ”Nej, mycket riktigt”, sa hon vasst. ”Det har du inte.”

”Du är ju för fan inte klok, du har sabbat min Lundell! Det här får du betala!”

”Ska jag betala för en tavla jag redan har betalat?”

”Den är ju min, det har du ju sagt själv!”

”Ja, och det är den fortfarande. Varsågod, jag har bara förbättrat den lite. En avskedspresent.”

”Men, lägg av! Du kan ju inte bara slänga ut mig så här.” Han började låta ynklig, vädjande. ”Du har ju inte ens hört vad jag har att säga.”

”Vad har du att säga, då?”

”Att … Att … Att det är ett jävla missförstånd.”

”Vad är ett missförstånd?”

”Att … Och vem fan är han?”

Agnes vände sig om. David hade dykt upp i hallen.

”Kommer du inte ihåg mig? Vi har faktiskt hälsat”, sa David med överdriven artighet. Agnes borde be honom gå. David hade inte med det här att göra, men på något sätt kändes det skönt att han stod där. På hennes sida.

”Nej, jag kommer inte ihåg alla jävla idioter jag har hälsat på!” Tobias vände sig till Agnes igen, uppenbart störd av Davids närvaro. ”Mina grejer, då?” Den ynkliga tonen var borta.

”De står ju där.” Agnes pekade på högen bredvid dörren.

”Det där kan inte vara alla mina grejer.”

”Jo.”

”Men … men mina plektrum, då?”

”I väskan.”

”Men Agnes, för fan …” Tobias började låta vädjande igen. ”Jag älskar ju dig.” Han sneglade nervöst på David. ”Vi har ju haft det så bra ihop.”

”Ja, det var synd att du skulle knulla bort det. Med andra, menar jag.”

”Men, snälla du … okej, jag vet att det var dumt, men det var ju bara en engångshändelse …”

”Menar du första gången, eller menar du andra? Eller kanske tredje? Eller har alla gångerna du varit otrogen varit engångshändelser, flergångs-engångshändelser liksom?”

”Vi får snacka om det här, Agnes.” Tobias gjorde en ansats att kliva in i hallen.

”Hörde du inte att Agnes bad dig gå?” David talade med låg röst och tog ett steg fram emot honom. Tobias stannade till, han hade inte väntat sig något motstånd.

”Vad fan …! Agnes, släng ut den där idioten. Eller vill du att jag ska göra det?”

”Nej, det vill jag inte. Jag vill att *du* ska gå. Och du ska göra det *nu*!” Plötsligt tog ilskan tag i henne igen. Från en punkt mitt i bröstet strålade den ut i kroppen. På bråkdelen av en sekund var hon stridsberedd. Hon höjde händerna och knuffade till Tobias. ”Gå, sa jag, din idiot! Stick!” David slöt upp bakom henne.

Tobias snubblade till. ”Vad gör du?”

”Jag säger åt dig att dra åt helvete och aldrig någonsin mer komma tillbaka! För nu har jag fått nog av dig!” Hon knuffade honom en gång till. Tobias tog ett steg tillbaka över tröskeln. Agnes slet tag i dörrhandtaget och drog till. Tobias fick dörren på sig och ojade sig. ”Flytta på dig!” Agnes tog ny sats och Tobias hoppade åt sidan. Dörren flög igen med en smäll.

Agnes blev stående i hallen och hörde hur Tobias svärande plockade ihop sina saker där utanför. Stegen när han gick nerför trapporna hördes ända in i lägenheten. Så blev det tyst. Agnes hade fortfarande inte rört sig. Så kände hon en hand på sin axel. Först då kom hon ihåg David.

”Hur är det?” frågade han mjukt.

Först var det bara en rysning längs ryggraden, ett häftigt andetag. Sen kom det. Gråten, skriken, förtvivlan. Han tog tag i henne och höll om henne. Hennes brölande var osammanhängande och snyftningarna kvävde orden som stockade sig i halsen. Hon märkte inte ens Davids tafatta smekningar över hennes rygg. Hon var ensam. Fullkomligt ensam och när den insikten nådde henne djupt inne i all snorig förtvivlan var det enda hon kunde uppfatta det svaga ekot av ett ord. Mamma.

Det var första gången, nej förresten, andra. När hon hade stukat foten under en joggingrunda för ett par år sedan hade hon också varit tvungen att sjukskriva sig. Annars kunde hon inte påminna sig när hon senast ringt sig sjuk till ett jobb. Inte ens när hennes mamma dött var hon hemma, inte mer än den ledighet som krävdes för att ta hand om pappa och begravningen.

Nu låg hon i sängen. Hon hade inte ljugit för Kalle, bara sagt att hon inte kunde jobba på ett par dagar. Att det var privata grejer och att hon snart skulle vara tillbaka igen. Kalle hade varit förstående. Han skulle ringa Pernilla och Henrik, det var säkert inga problem. Han hade antagit att det handlade om hennes mamma. Att sorgen till sist hunnit ifatt henne. Kanske hade han rätt. Att det handlade om mamma, åtminstone på något plan. För Agnes spelade det ingen roll om det var mamma eller Tobias. Hon kände sig bara tom. Nu låg hon på sängen och hörde hur det svaga surrandet från kylskåpet i köket slog av och på.

Lussan hade ringt. Hon lät orolig, kanske var det Agnes enstaviga svar som hon inte kände igen. Hon hade bjudit in sig själv till kvällen. Agnes hade försökt protestera, hon ville inte ha sällskap, men Lussan hade varit påstridig.

Klockan var halv sex. Lussan skulle komma efter jobbet hade hon sagt. Det kunde betyda nu, eller om två timmar. Agnes hoppades på det senare, men efter tjugo minuter ringde det på dörren. Agnes masade sig upp och öppnade. Lussan stirrade på henne.

”Men, lilla gumman, hur ser du ut egentligen?”

”Vad då?”

”Men titta på dig själv i spegeln!”

Agnes vände sig om. Det fanns något genomskinligt över gestalten i spegeln. Den tunna huden var ljus, nästan vit, läpparna bleka, ögonen stora och mörka. Hon såg faktiskt lite spöklik ut. ”Jag låg och vilade”, sa hon ursäktande.

”Du behöver lite blod i kroppen.” Lussan håvade upp en flaska rödvin ur väskan.

”Nej tack, jag vill inte ha.”

”Du behöver järn, det ser man ju. Det här innehåller massor! Ett glas får du i alla fall ta.” Lussan gick ut i köket och plockade fram två glas och en krokskruv. ”Har du ätit något?”

”Nej.”

”Jag ringer efter pizza.”

”Inte för min skull.”

”Du behöver mat.”

”Inte pizza.”

”Okej, vad har du hemma?” Lussan började leta i skafferiet. ”Är nudelsoppa bättre?”

”Nej.”

”Havregrynsgröt?”

”Nej.”

”Spagetti?” Hon öppnade kylskåpet och tittade in. ”Spagetti och parmesan, får du i dig det?” Agnes svarade inte. Hon ville lägga sig igen, men motvilligt kände hon hur Lussans energi smittade av sig. Lussan fyllde en kastrull med vatten och satte på spisen, så hällde hon upp vin till Agnes och sig själv. ”Okej, få höra nu. Han var otrogen igen och du slängde ut honom. Och sen...?"

"Och sen inget mer."

"Han har inte hört av sig? Du har inte ringt?"

"Nej."

"Det är slut?"

"Ja."

"På riktigt?"

"Ja."

Lussan satt tyst en stund. Hon avhöll sig från gratulationer och hurrarop. Det var Agnes tacksam för. "Vet du vad jag tror", sa hon till sist. Agnes tittade upp. "När du ser tillbaka på det här om några år, så kommer du att se att det var här det vände."

"Vände?"

"Ja. Det låter kanske konstigt, men jag tror att det i allas liv finns en vändpunkt. En eller flera händelser som tvingar in ens liv i en ny bana."

"Vad då, som någon sorts öde, eller?"

"Ja, det kanske man kan säga. Fast inte ett sådant där öde som drabbar en, utan ett som man skapar själv."

"Skulle jag ha skapat det här själv, menar du?"

Lussan skruvade på sig. "Ja, jag vet att det låter lite tufft..."

"Skojar du, du låter som värsta scientologen. *Åh, vad synd att du sitter i rullstol, men det är för att du har syndat i ett tidigare liv...*"

"Jag menar bara att jag tror det finns en mening med allt det här. En mening för dig. Fast det kanske är svårt att se den just nu..."

Vattnet i kastrullen började koka och Lussan reste sig för att lägga i spagettin. Agnes var tacksam för att hon tystnade. I och för sig kanske hon hade rätt, det kanske verkligen var en vändpunkt. Slutet på något gammalt, början på något nytt. Kanske. Eller så var det bara olycka.

Lussan verkade känna hennes tvivel, för hon fortsatte inte

med sina utläggningar. Istället frågade hon om Tobias sorti medan hon la upp den färdigkokta spagettin i två djupa tallrikar och rev på rejält med parmesan. Agnes petade i maten. Så började hon berätta, till en början motvilligt. Lussan visste ju redan slutet, själva poängen, vad tjänade det då till att älta det som hänt? Men efter ett tag märkte Agnes att det gick lättare att berätta. Det blev som en historia, mer som en anekdot än som en tragisk händelse ur hennes liv. Lussan frågade, ville ha detaljer, bad henne upprepa vissa sekvenser. Och Agnes berättade. Lussan skrattade rått när hon fick höra om tavlan.

”Men du, den här David, vart tog han vägen sen?” sa hon till slut.

”Han gick hem till sig antar jag. Jag somnade, och när jag vaknade var han borta.”

”Har han inte hört av sig?”

”Det var någon som knackade på i förmiddags, men jag orkade inte öppna.”

Lussan satt tyst ett tag. ”Han verkar trevlig.”

Agnes tittade upp på henne. ”Sluta!” sa hon skarpt.

”Vad då?”

”Tänk inte ens tanken.”

”Vilken tanke?”

”Försök inte, jag känner dig.”

Lussan flinade till. ”Men snälla du, du kan väl i alla fall ringa på och säga att du lever. Jag menar, han måste ju undra. Han är säkert orolig med tanke på ditt skick i går.”

”Ja …” Det låg något i vad Lussan sa. ”Men inte nu.”

”Nej nej, det är klart du inte ska göra det nu! Nu är ju jag här. Men sen …”

”Vad då, sen?”

”Sen när jag har gått.”

”Du är inte klok!” Agnes kunde inte låta bli att skratta. ”Jag har precis kraschat ett förhållande och du tycker jag ska börja stöta på en granne.” Hon skakade på huvudet.

”För det första: jag har inte sagt något om att *stöta* på David. Det var det du som sa.” Lussan försvarade sig. ”Jag tyckte bara att du kunde ringa på och säga att du är vid liv.”

”Ja ja, visst …”

”Och för det andra: du har inte kraschat något förhållande. Tobias har kraschat ett förhållande. Du har avslutat ett.”

”Och vad är skillnaden?”

”Värdighet.” Lussan hällde upp det sista ur vinflaskan. ”Du har värdighet. Han har det inte.”

När Lussan gått hem satt Agnes kvar en stund i köket och funderade. Det var märkligt, det hade bara gått ett dygn sedan Tobias lämnade henne, eller hon honom, eller hur man nu skulle se det, och hon kunde redan andas igen. Hon hade varit igenom det förut, så sent som för några månader sedan. Det brukade inte gå så här lätt. Något hade hänt, något var annorlunda. Kanske var det så att hon redan brutit med Tobias så många gånger att hon egentligen var färdig med det? Kanske hade hon sörjt klart redan förra gången.

Hon reste sig upp för att plocka undan tallrikarna. Hon borde gå ner till David, som Lussan föreslagit. Bara säga hej och visa att hon stod på benen igen. Han kanske faktiskt var orolig. Ja, det skulle hon göra, absolut, bara inte i kväll. Klockan var visserligen bara tio, men hon var för trött.

Innan hon la sig ringde hon Kalle på restaurangen. Sa att hon kunde komma i morgon om han behövde henne. Han lät lättad, protesterade inte ens mot hennes korta sjukskrivning. Det hade tydligen inte varit så lätt att lösa hennes frånvaro som han hade hoppats på.

”Toppen!” sa han bara. ”Då ska jag meddela Pernilla det, hon skulle egentligen ha rest bort, så hon blir nog glad.”

När Agnes en stund senare la sig kände hon på nytt tomheten i kroppen. Men den var annorlunda nu. Det kändes inte tomt som i avsaknad av något, utan tomt som i väntan på något.

Jodå, visst var han hemma. Melankolisk sång hördes från lägenheten. Vad var det nu han hette, han den där snygge? Chris Isaak – alla känslosamma mäns skyddshelgon. Definitivt ett steg framåt i hennes grannes musikaliska bildning.

Agnes tvekade en sekund innan hon tryckte på dörrklockan. Hon strök med handen genom håret och tog ett tag med tummen och pekfingret vid mungiporna. En reflex, hon hade inte ens läppstift på sig. Volymen sänktes innan David öppnade dörren. Han log lite nervöst när han såg vem det var.

”Hej.”

”Hej.” Agnes tittade hastigt ner i golvet. Att säga att hon lämnat ut sig till mannen i dörröppningen vore definitivt en underdrift. Hon hade hängt i hans armar, gråtit och ropat på sin döda mamma. Han hade lyft upp henne och lagt henne i sängen. Bäddat ner henne, strukit henne över håret tills hon somnat. Det hade förmodligen känts mindre genant om hon bara hade legat med honom. Iklädd kaninkostym, förkläde och handfängsel.

”Hur mår du?”

”Bättre.” Hon gjorde en liten paus, David sa ingenting. Ljudet från en halvakustisk gitarr hördes från vardagsrummet. *I thought you loved me. I was wrong, but life goes on…* ”Tack för hjälpen.”

”Det var så lite så.”

”Nej, det var det inte.”

David kastade en blick inåt lägenheten. ”Du …” började han trevande. ”Jag skulle bjuda in dig, men … Jag är lite upptagen. En kompis skulle komma och …”

Agnes kände sig dum, backade automatiskt ett steg bort från dörren. ”Visst. Jag ville inte … Jag menar, jag är på väg till jobbet just nu.” En sekunds spänd tystnad uppstod. ”Du kan väl titta in på restaurangen någon dag, om du vill alltså … Jag kan bjuda på en cappuccino.”

”Ja, kanske det.” Han lät inte särskilt övertygande.

”Ja, men då så. Jag ville bara säga tack. Som sagt.”

David nickade. ”Okej.” Han flyttade tyngden från det ena benet till det andra. ”Men vi ses.”

”Absolut.” Agnes försökte låta käck. ”Hej!” Hon vände och gick snabbt ner för trapporna. Ljudet av dörren som slog igen nådde henne halvvägs ner.

När hon kom ut på gatan var hon tvungen att stanna till en liten stund. Hjärtat klappade, hon andades häftigt. Vad hade hon väntat sig? Det var klart att killen drog sig undan. Han hade ju bara ringt på härom kvällen för att kolla hur läget var. Istället hade han hamnat mitt i ett känslomässigt skeppsbrott. Det är klart det blev för mycket. Alldeles för mycket för vem som helst.

Hon började gå längs gatan. Det var varmt nu, snart sommar. Hon behövde inte ens ha jackan på sig och nylonstrumporna hon hade till den tunna kjolen kändes klibbiga och obekväma. Hon ökade på stegen, snubblade till lite och svor till högt för sig själv. En kvinna som rastade en hund tittade upp och kastade en ogillande blick på henne.

Agnes gick ner i tunnelbanan och vandrade rastlös längs perrongen i väntan på nästa tåg. När tåget kom läste hon reklamen, om och om igen. Som om den innehöll något dolt budskap till henne. Gjorde den det, lyckades hon i alla fall inte dechiffrera det innan det var dags att stiga av vid Slussen.

Kalle märkte genast att det inte stod rätt till, men hon förmådde inte svara på hans frågor. Mumlade bara avvärjande, sa att hon hade lite ont i huvudet. När gästerna började komma fick hon annat att tänka på. Det var långt ifrån fullsatt, men vid halv åtta var i alla fall sex av borden upptagna. Agnes hade precis gått ut till baren för att hämta en flaska vin när det anlände nya gäster. Hon hörde dörren och skyndade sig ut i matsalen igen för att ta emot dem. Hon stannade till när hon fick syn på vem det var som stod där. Som på ett osynligt kommando ställde hon ifrån sig vinflaskan och sträckte på ryggen.

Det var Lola.

Agnes tog några tveksamma steg framåt, nickade och sa god kväll. Lola nickade tillbaka med antydan till ett leende. Agnes tittade sig snabbt omkring för att se om hon hade sällskap och vilket bord som kunde vara lämpligt, men Lola avbröt henne.

"Jag har inte kommit för att äta", sa hon kort. Leendet var borta. "Jag har ett annat ärende."

Agnes visste inte vad hon skulle säga. Hon tyckte att alla gästerna tittade på dem. Förmodligen var det bara inbillning. Lolas röst var visserligen tydlig, men hon talade lågt och stod ganska nära Agnes.

"Jaha?"

"Vad heter du, förresten?"

"Agnes."

"Agnes, så trevligt." Hon log igen, mycket kort, innan hon fortsatte. "Jag har en fråga till dig, Agnes. Kan vi ses i morgon, till lunch. Klockan ett?"

Agnes tvekade. Innan hon hann svara fortsatte Lola.

"Utmärkt. Hotell Diplomat. Du kan fråga efter Beatrice Brunelle i receptionen." Hon sträckte fram handen. Det tog ett ögonblick innan Agnes förstod att den var menad för henne. Hon tog den och Lola tryckte sin svala handflata mot hennes. ”Då säger vi så. À demain!”

Agnes nickade stumt. Hon stod kvar mitt på matsalsgolvet och tittade efter den välklädda kvinnan som gick ut från restaurangen. En svag doft av exklusiv parfym låg kvar i luften.

”Hm …” Någon harklade sig en liten bit bort. ”Vårt vin, fröken …”

Agnes tittade upp. Ja visst ja, vinet. Hon hämtade det snabbt och skyndade fram till bordet för att servera de törstiga gästerna. Sedan gick hon ut till Kalle och Paolo i köket.

”Någonting konstigt hände just”, sa hon långsamt och satte sig på pallen vid dörren.

”Vad då, konstigt?” Kalle tittade upp från såspannan han stod och vispade i.

”Lola var här.”

Han ryckte till. ”Lola? Är hon där ute?”

”Nej.”

”Men du sa ju att …”

”Att hon var här, ja. Hon gick igen.”

Paolo kom fram. ”Vad ville hon?”

”Hon ville träffa mig. I morgon på Hotell Diplomat.”

Kalle och Paolo tittade på varandra.

”Lola ville träffa *dig*?”

”Ja.”

”Varför det?”

”Ingen aning. Hon sa bara det. Att hon ville träffa mig i morgon klockan ett på Hotell Diplomat. Att hon hade något hon ville fråga mig om. Hon heter inte Lola förresten. Hon heter Beatrice …”

Kalle avbröt henne. ”Lola är ju en pseudonym. Det visste vi ju. Jag fattar ändå inte … Jag trodde det var kört, att det inte skulle bli någon recension.”

Agnes ryckte på axlarna. ”Vi får väl se i morgon vad det är frågan om.” Hon reste sig igen för att gå ut. Innan hon hunnit lämna köket skrattade Paolo till. Hon vände sig om.

”Du har väl skaffat dig en beundrarinna”, sa han flinande. Agnes fnös till. ”Och du, glöm inte att vara tillmötesgående. För restaurangens skull…”

Agnes hade svårt att koncentrera sig resten av kvällen. Jobbrutinerna hade visserligen lyckats tränga undan tankarna på de senaste dagarnas händelser, men Lolas mystiska uppdykande störde henne, och utan att vilja det blev hon nervös. Tänk om Paolo hade rätt, att Lola var intresserad av henne. På det sättet. Tänk om hon dragit ut så på recensionen för hennes skull. För att ha ett skäl att besöka restaurangen så ofta. Agnes kände sig inte helt bekväm med den tanken. Hur skulle hon kunna avböja en sådan invit utan att ställa till det för restaurangen?

När Lussan kom in en stund före stängning blev Agnes glad. Lussan brukade se klart på saker och ting. Men något var konstigt med väninnan. Det tog en stund innan Agnes fattade vad det var. Lussan var full. Hur det hade gått till kunde Agnes inte förstå. Så många gånger som hon hade sett Lussan dricka sprit, stora mängder sprit till och med, och aldrig ett tecken på berusning. Eller inte berusning som Agnes menade det i alla fall. Visst kunde Lussan bli slirig någon enstaka gång, men inte full.

Nu satt hon på stolen vid baren och pratade högljutt med två killar som satt i fåtöljerna med varsin öl. Hon skrattade forcerat när hon spillde ut gin och tonic över sin korta kjol. Agnes tittade oroligt på henne samtidigt som hon slog ut notan till de sista gästerna. Killarna i baren avslutade också sina öl. Den ene vände sig om och tittade en extra gång på Lussan innan han skakade på huvudet och lämnade restaurangen.

Agnes lämnade notan till gästerna i matsalen och tog emot ett kreditkort. Hon skyndade sig ut igen med kvittot för att få en påskrift. Så blev de ensamma i restaurangen. Lussan hade försett sig med en ny drink. Huvudet hängde och den ena stövelbeklädda foten vippade i takt till en sång hon försökte gnola på. När hon tittade upp fick hon syn på Agnes.

”Agnes! Nu ska vi gå ut på stan!” sluddrade hon. ”Vi ska ha jävligt kul, du och jag.”

”Hur är det med dig, Lussan?” Agnes gick fram och la handen på väninnans axel.

”Finfint! Men det är lite dåligt drag här, vi måste sticka ner på stan.” Lussan gjorde ett försök att hoppa ner från barstolen, men ena klacken hade fastnat i fotstödet och hon föll framstupa ner mot golvet. Agnes lyckades rädda henne från en fullständig kraschlandning. ”Aj, som fan!” gnydde Lussan, så började hon skratta. När hon vinglande kom på benen med hjälp av Agnes hade det gått ett stort hål i de svarta strumpbyxorna och det rann lite blod från ena knäet.

”Du gjorde dig illa.”

”Ingen fara.” Lussan grabbade tag i glaset på disken och drack upp det sista som var kvar. Det var mycket och vätskan rann på sidorna om munnen och droppade ner längs hakan och vidare på den tunna, röda blusen. Lussan märkte det inte ens.

”Lussan, nu får du lyssna på mig!” Agnes tog tag om hennes båda axlar och försökte fixera hennes blick. Hon hade blivit orolig, så här hade hon aldrig sett Lussan förut. ”Vad är det som har hänt? Du är ju packad som en gris.”

”Det är ingenting som har hänt, sa jag ju!” Lussan fräste till och slog undan Agnes ena arm. ”Får man inte ha lite roligt kanske?”

I samma stund kom Paolo ut från köket. Han hade redan bytt om. Det tog inte många sekunder för honom att fatta hur det stod till när han fick syn på Lussan. Han gick fram till henne.

”Du ska hem”, sa han kort.

”Men är det inte min vän Paolo.” Lussan lyste upp i något som skulle föreställa ett leende. Hon tog ett snedsteg och höll på att ramla igen. Agnes fångade upp henne. ”Vackre, kloke Paolo … Så du tycker Lussan ska åka hem?”

”Ja. Agnes, ring efter en taxi.”

Agnes skyndade sig till telefonen och slog numret till Taxi Stockholm. Hon hörde hur Lussan fortsatte att sluddra.

”Kommer du med mig hem då, lille Paolo?” Hon la armarna om hans hals. Paolo tog bort dem igen och tryckte ner henne i en av fåtöljerna.

”Jag ska plocka ihop dina saker så följer jag och Agnes med dig hem”, sa han och tittade allvarligt på henne. Så sträckte han ut handen och klappade henne hastigt över kinden.

Hon såg liten ut där hon satt med det korta mörka håret i oordning och blodet som stelnat på det sönderslagna knäet. Hon skulle kunna ha varit en liten flicka som cyklat omkull på asfalten. Som gjort sig illa och behövde tröst.

Agnes gick fram till Paolo. ”Taxin är här om några minuter, är det säkert att du också kan följa med?”

”Självklart. Jag ska bara säga till Kalle att han får stänga själv i kväll.” Han försvann iväg till köket och kom tillbaka efter en kort stund. ”Allt i ordning. Kalle vet att vi åker.” Så vände han sig mot Lussan, vars huvud fallit ner mot bröstet. Det såg ut som om hon sov, men när Paolo började hjälpa henne upp satte hon igång att prata igen.

”Ni behöver inte följa med mig hem. Jag klarar mig själv!”

”Visst, vi vet det”, sa Paolo vänligt. ”Men just nu *vill* Agnes och jag följa med dig hem. Okej?” Paolo tecknade åt Agnes att ta tag i Lussan på andra sidan. Så hjälptes de åt att baxa upp henne ur stolen och ut till den väntande taxin.

Taxichauffören tittade misstänksamt på den lealösa kvinnan. ”Spyr hon får ni pröjsa för det”, sa han surt. Agnes nickade. I bilen somnade Lussan mot Paolos axel. Hon andades tungt med vidöppen mun. Hon luktade starkt av sprit, både andedräkten och kläderna.

Taxin stannade utanför porten på Sankt Eriksgatan och Agnes betalade för resan medan Paolo försökte väcka Lussan. Det var inte lätt, men till slut fick de henne ur bilen, in genom porten och upp i hissen. Agnes var tvungen att leta igenom Lussans väska för att hitta nyckeln till lägenheten. Hon plockade först upp plånboken och mobiltelefonen för att hitta bättre. På botten av väskan låg nyckelknippan tillsammans med en puderdosa från Face, läppstift, kajalpenna, ett halvt paket Extra, några lösa halstabletter, en kulspetspenna, två tamponger, ett tomt godispapper, några kvitton och en liten burk.

Agnes låste upp dörren. De fick bana sig igenom röran i hallen för att få in Lussan till den obäddade sängen. Paolo gick diskret ut medan Agnes tog av henne kläderna och stoppade ner henne under täcket. Avsminkning var det inte tal om, förresten hade det mesta av makeupen ändå nötts av. Kajalen hade runnit ner under ögonen, läpparna var bleka och kinderna likaså. Bara den vattenfasta mascaran verkade sitta som berget.

När Agnes släckte sänglampan och lämnade sovrummet snarkade redan Lussan högt. Agnes gick ut till Paolo som satt på en stol i köket. På köksbänken stod en tom halva Absolut Kurant och en flaska Russian. Ett stort glas med en torkad citronskiva i stod också där. Agnes satte sig ner.

”Har hon blivit så här förut?” frågade Paolo efter en stunds tystnad.

”Nej. Jag har aldrig sett henne så här.”

”Vet du om något hade hänt?”

Agnes skakade olyckligt på huvudet. ”Förresten, jag såg en grej”, sa hon plötsligt och reste sig upp och gick ut i hallen. Hon kom tillbaka efter några sekunder med Lussans väska i handen. Hon öppnade den och plockade upp den lilla burken hon sett tidigare. Det var någon sorts medicin. En röd triangel lyste på etiketten. Hon gav den till Paolo som läste på burken.

”Ja du”, sa han sakta. ”Har hon knaprat några sådana här till vodkan så är det ett under att hon över huvud taget kunde stå på benen.” Han slöt handen om burken och tystnade. ”Vad är det för jävla läkare som skriver ut sådan skit till någon som inte mår bra?” sa han till sist. Han såg sammanbiten ut. ”Fan, det är mitt fel det här!”

”*Ditt* fel?”

”Ja.” Han suckade tungt. ”Vi kom överens om att hon skulle gå och prata med någon …”

”Vad då, som en psykolog?”

Paolo nickade. ”Det var mitt förslag. Jag tyckte hon skulle ta kontakt med någon psykvårdsmottagning. Det var det vi pratade om på den där middagen när du såg oss.” Han log snett och skakade på burken han hade i handen så att tabletterna rasslade. ”Här har du resultatet.”

”Men varför skulle hon gå till en psykolog?” Agnes fick inte ihop det. Visst, Lussan hade en trasslig barndom, det hade hon ju förstått. Men hon fixade det ju. Eller?

”För att hon är en olycklig människa som försöker döva sina problem med sprit. Och jobb.” Paolo tittade sorgset på henne. ”Jag försökte prata med henne, men hon slog det ifrån sig. Förstås. Sa att hon kunde låta bli att dricka hur lätt som helst. Jag gick nästan på det. Trots att jag, om någon, borde veta bättre.” Agnes tittade frågande på Paolo. Han bet tankspritt på ena nageln.

”Och får jag fråga varför du borde ha fattat det som ingen av oss andra fattade?”

Han började gnaga på en ny nagel. Agnes väntade. ”För att jag också har varit där”, sa han till slut. ”Jag kunde också ha varit alkis, visste du det?” Agnes skakade sakta på huvudet.

”Du? Du dricker ju nästan aldrig.” Hon blev förvirrad. Det Paolo sa stämde inte alls.

”Nej, just det. Men förr gjorde jag det. En jävla massa till och med. Du vet ju hur kroglivet är.”

Jodå, Agnes visste. Det var många kockar som stod i köket och drack vin hela kvällarna, det var många som stannade kvar efter stängning och festade. Vardagar som helger.

”Men vad hände, då?”

”Jag höll på och festade jämt, varenda dag. Försökte inbilla mig att det var lugnt, att det var en livsstil. Men så var det en morgon, jag var bakis som vanligt och hittade en öl i kylskåpet som jag öppnade. Så satt jag där vid köksbordet med en macka och en bärs och plötsligt var det som att jag såg mig själv. Där satt jag och drack öl till frukost. Ensam. Jag fick sådan jävla panik att jag hällde ut ölen i vasken och sedan satt jag bara där och darrade. Började räkna efter hur många dagar i rad jag hade druckit. Över en månad kom jag fram till. Herregud, jag hade inte ens fyllt trettio och höll på att bli alkis. Då bestämde jag mig för att jag aldrig mer skulle dricka när jag jobbade. Inte så mycket som en lättöl."

"Och det har du hållit?" Agnes tittade imponerat på Paolo. Det hon fått höra förändrade bilden av honom. Plötsligt var det inte samma person som satt där på andra sidan bordet. Paolo som alkoholist, nej, det kunde hon aldrig ha gissat.

"Ja. Faktiskt", svarade han och log svagt. "Det är klart att jag har varit sugen, när andra har tagit en öl efter jobbet och så, gått ut och festat, men då har jag tänkt på den där morgonen i köket. Och så har jag låtit bli. Förstår du, jag var så här nära..." Paolo knep ihop tummen och pekfingret i luften. "Så här nära att bli alkis. Och jag fattade det inte ens själv."

"Du har aldrig sagt något..."

"Nej, det är min lilla hemlighet." Han gjorde en liten grimas. "Jag är tacksam om du inte säger något till de andra på jobbet."

"Självklart inte..." De satt tysta ett tag. Vad skulle hon säga? Hon hade inte anat något av det Paolo berättat. För att inte tala om det som hänt med Lussan. Hon hade varit så upptagen med sig själv att hon inte fattat hur dåligt väninnan i själva verket mådde. Att hon till och med hade varit hos en läkare. Och fått medicin. Visst hade hon tänkt på att Lussan drack mycket, för mycket till och med. Men sedan hade hon blundat för resten. Låtit Lussan trösta henne istället. Hon skämdes.

Paolo sträckte ut en hand över bordet. Han verkade förstå vad hon tänkte. "Agnes, det är inte ditt fel att Lussan mår dåligt", sa han stilla.

”Kanske inte”, sa hon sorgset, ”men jag borde ha sett det. Jag är hennes bästa vän. Varför stoppade jag inte hennes drickande, åtminstone?”

”Hur då? Hur skulle du ha stoppat det?”

”Jag vet inte … På något sätt. Gjort något!”

”Det är inte ditt fel, Agnes. Fatta det”, upprepade Paolo.

”Varför såg jag inte vad som har hållit på att hända, då?”

”För att du inte visste vad du skulle titta efter. Hon ser inte ut som någon på en parkbänk, eller hur?”

”Nej. Hon blir aldrig ens full.” Agnes tittade trotsigt på Paolo. ”Förrän nu.”

”Där ser du.” Han slog ut med händerna i en uppgiven gest. ”Jag såg det för att jag kände igen det. Och knappt ens då. Hon är tuff, Lussan. Hon har stått på egna ben så länge att hon inte fattat att den bästa taktiken inte alltid är att hålla sig upprätt, utan att lära sig falla mjukt.”

De satt tysta en stund. Köksklockan tickade, den var nästan halv två.

”Så, vad gör vi nu?” frågade Agnes till slut.

”Låter henne sova. Sedan pratar vi med henne i morgon. Den här gången blir det svårare för henne att komma undan.”

”Tror du att vi kan göra tillräckligt?”

”Tillräckligt finns inte. Hon är tvungen att göra det svåra själv. Förhoppningsvis kan vi hjälpa henne med det. Annars får vi ta hjälp. Bättre hjälp än den här skiten.” Han tog upp burken han ställt ifrån sig på bordet. ”Jag lämnar inte kvar den här”, sa han och reste sig upp. Agnes gjorde detsamma.

”Vågar vi gå, tror du?” frågade hon. Paolo ryckte på axlarna.

”Vi kan inte göra mer i kväll ändå.” Han började gå mot ytterdörren.

”Vänta.” Agnes tittade sig omkring i köket och fick syn på ett tomt kuvert. Hon plockade upp pennan ur Lussans väska och skrev ett kort meddelande. Hon ville att Lussan skulle veta att de tänkte på henne. Att de fanns där, att de inte tänkte släppa taget om henne. Hon avslutade med en kram och ett litet hjärta. Innan de lämnade lägenheten slank hon in i badrummet och kom ut med en tom hink. Hon ställde den bredvid sängen där Lussan fortfarande sov djupt. Så smög de sig ut.

På morgonen vaknade Agnes med en stark obehagskänsla i magen. Hon hade inte kommit hem förrän sommarnatten ljusnat och sömnen hade varit orolig. Det första hon tänkte på var Lussan, borde hon ringa nu? Hon tittade på klockan. Tjugo över tio. Risken var nog stor att Lussan fortfarande låg och sov. Lika bra att vänta lite.

Hon låg kvar en stund i sängen. Så kom hon plötsligt ihåg lunchen. Klumpen i magen drog ihop sig ytterligare ett snäpp. Hon hade inte den minsta lust att gå dit. Hon hade viktigare saker att göra. Vad skulle hon förresten säga till Lola? Eller Lola till henne? Hade Paolo rätt? Hade hon skickat ut så fel signaler? Hon reste sig upp och gick ut i badrummet. Kanske borde hon ändå gå, för restaurangens skull, för Kalle.

Hon duschade länge, önskade att klumpen i magen gick att ta bort med tvål och vatten, men hon var minst lika obehaglig till mods när hon klev ut ur det ångande badrummet.

Kvart i tolv ringde hon Lussan. Inget svar. Hon försökte med mobilen. Inget svar där heller. Agnes knappade in ett meddelande och skickade iväg det. *Hallå? Är du där?* Hon väntade några minuter, men inget kom tillbaka. Hon borde åka dit, till Sankt Eriksgatan, tänkte hon, men hon behövde sticka nu om hon skulle komma i tid till mötet med Beatrice Brunelle. På vägen till tunnelbanan ringde hon Paolo. Han verkade bli glad av att höra av henne, även om han lät misstänkt nyvaken.

”Visst”, sa han snabbt när Agnes hade förklarat läget. ”Jag åker bort till Lussan på en gång.” Hon kände sig lite lugnare efter samtalet, men det dåliga samvetet malde. Vad var hon för en kompis egentligen? Så snart hon klarat av den där förbannade lunchen skulle hon ringa Lussan igen.

Fem i ett steg hon in i receptionen på Hotell Diplomat. Receptionisten lyfte telefonluren och meddelade att Agnes kommit. Hon bad Agnes slå sig ner i en av skinnfåtöljerna så länge. Agnes kände sig nervös och när Beatrice Brunelle kom ut ur hissen reste hon sig snabbt och torkade av den svettiga handflatan mot byxorna. Den äldre kvinnan var som vanligt oklanderligt klädd i kjol och matchande kavaj. En dubbelradig pärlcollier hängde runt halsen, pärlorna i öronen var av samma sort. Handväskan var översållad med Yves Saint Laurents logotyp. Hon hälsade än en gång på Agnes med sin svala hand.

”Jag har reserverat ett bord”, sa hon och pekade mot ingången till matsalen. Agnes gick efter, som en lydig hund. Hon hade verkligen ingen aning om vad som skulle komma, vad kvinnan i dräkten ville henne. Hon slog sig stelt ner på andra sidan av det runda lilla bordet. Beatrice beställde en hummersallad och en Perrier. Agnes gjorde detsamma. Inte för att hon var sugen på hummersallad, hon var faktiskt inte sugen på någonting, utan för att inte i onödan förlänga det här pinsamma mötet med att vela kring maträtterna i en meny.

Beatrice Brunelle lutade sig tillbaka i rottingstolen och la fingertopparna mot varandra. Hon log. Förmodligen ville hon verka vänlig, men Agnes tyckte mest hon såg skräckinjagande ut i all sin nästan overkliga perfektion. En stund pratade hon på om vädret och om hur vackert Stockholm var och om hotellets historia. Agnes tittade misstänksamt på henne. När servitören kom in med deras sallader lutade hon sig till sist framåt mot Agnes.

"Jaha, Agnes", började hon. "Du kanske undrar vem jag är och vad jag vill." Hon tittade allvarligt på Agnes, men ögonen glittrade. Situationen verkade roa henne.

Jag vet vem du är, tänkte Agnes men höll tyst. Bäst att inte säga någonting om recensionen, Lola skulle ju kunna tro att hon fått specialbehandling om hon visste att de visste. Det vore inte bra. Kvinnan på andra sidan bordet gjorde en liten paus och signalerade till Agnes att börja med salladen.

Agnes började känna sig otålig. Hon ville iväg. Hon borde inte vara här över huvud taget, hon borde vara hemma hos Lussan. Inte sitta på en tjusig lunch tillsammans med en människa som förmodligen just nu försökte föreställa sig hur Agnes såg ut i strumpeband och balconette.

Lola tuggade långsamt färdigt innan hon fortsatte. "Då kanske jag ska berätta det då", sa hon till slut. "Jag arbetar för ett företag som heter Brunelle & Hubert SA." Hon gjorde en paus och tittade på Agnes. Ingen reaktion. "Jag är gift med Georges Brunelle", fortsatte Beatrice, som om det förklarade allt.

"Jaha…"

"Ja, du känner kanske till vårt företag…"

"Tyvärr…" Agnes visste inte vad hon skulle tro. Lola jobbade ju på en tidning. Men gift var hon tydligen, alltid något, då kanske det ändå inte var Agnes kropp hon var ute efter.

"Om jag säger La gerbe d'or, L'escapade, Le pré catalan…"

"Ja…" Agnes förstod fortfarande inte. Att restaurangerna Beatrice just nämnt var några av världens främsta visste hon givetvis, hon hade trots allt arbetat på Le bateau bleu. Faktum var att Gérard brukade åka ner till Frankrike ett par gånger om året för att äta på just L'escapade. För att "låta sig inspireras", som han sa. Sedan höll han långa föreläsningar i flera veckor efteråt om varenda liten matgnutta som serverats där. Andäktigt, som om det vore små bitar av Kristi lekamen han tuggat i sig.

Beatrice fortsatte. ”De ingår i vårt konsortium.” Hon tittade på Agnes som fortfarande inte förstod vad hon talade om. ”Min man äger dem alltså”, la hon till, nu lite otåligt. ”Vi har fler restauranger också. I Bryssel, London … Och nu är det dags för Stockholm.” Hon log igen, som om hon just överräckt tjugo röda rosor till Agnes. Det fattades bara ett ”grattis!”.

”Jaså …”

”Vi ska ta över Leonardos lokaler i Millerska palatset. Renoveringen är redan igång. Le bec fin kommer att öppna den första oktober.” Agnes stirrade på henne. Det var för all del intressanta nyheter, men vad hade det med Agnes att göra? Beatrice hade svaret. ”Jag har varit i Stockholm i två månader nu för att leta personal. *Rätt* personal”, tillfogade hon. ”Du är en av dem jag har hittat”, sa hon högtidligt som om hon nu plockat fram ytterligare en vackert inslagen gåva ur den sidenfodrade kavajen. Agnes visste inte vad hon skulle säga. Borde hon jubla? Tacka? Känna sig hedrad? Protestera över att bli behandlad som en flaska diskmedel till extrapris, ett fynd? Hon valde det näst sista alternativet.

”Jag känner mig hedrad”, sa hon, om än något tveksamt.

”Du är skicklig i ditt jobb, Agnes, det tycker min make också. Ja, du kanske minns honom?” Agnes nickade sakta. Fransmannen i hennes sällskap. Visst kom hon ihåg honom. Beatrice fortsatte. ”Med lite träning tror vi du har all möjlighet att komma upp i den standard vi kräver av vår personal.”

”Jaha …”

”Tre månaders utbildning på vår anläggning i Nice och du kommer att lära dig mer om restaurangliv än du gjort under hela din karriär hittills. Vår utbildning är *mycket* grundlig. Men det är klart, den kräver vissa grundkvaliteter …” Beatrice Brunelle tittade så intensivt på henne att Agnes började undra vad hon egentligen menade med ”grundkvalitet”. Kanske var det ändå Agnes kropp hon var ute efter? Hon blinkade till för att försöka bli av med bilden av sig själv fastknuten vid en sänggavel med madame Brunelle lutad över henne med en ridpiska i handen.

”Men varför jag?” sa hon och svalde nervöst.

Beatrice skrattade till. ”Jag måste erkänna att det var något av en slump. Jag tog en promenad på Söder en kväll, det har ju blivit så pittoreskt där, inte alls som när jag flyttade från Stockholm på sjuttiotalet. Då var det bara palestinasjalar och husockupanter.” Hon viftade avvärjande med handen, som om hon ville jaga bort de otäcka minnena. ”Och så fick jag syn på er restaurang, Små citroner gula. Ja, det var en ingivelse att gå in faktiskt. Det är en trevlig restaurang ni har.” Hon nickade som om hon just låtit en pärla trilla ur munnen och väntade på att Agnes skulle plocka upp den.

”Tack.”

”Lite provinsiell kanske, men maten håller bra klass … För att vara Stockholm. Ja, jag får väl erkänna att jag inte blev helt, hur säger man … 'såld', första gången jag såg dig, men min make övertygade mig om att du är rätt person för jobbet.”

”Vore det inte enklare att söka personal via arbetsförmedlingen?”

”Arbetsförmedlingen … Bara ordet ger mig rysningar. Socialdemokrater, bidrag, arbetsförmedlingen, snöslask … Huh, allt det jag avskyr med det här landet!” Hon tystnade och tittade ut genom fönstret. På andra sidan Strandvägen var en skärgårdsbåt precis på väg ut från Nybroviken. Hon suckade lite. ”Men det är vacker natur här, faktiskt alldeles underbar. Åtminstone så här års.” Hon vände sig tillbaka till Agnes. ”Nå, vad säger du?”

”Det är ett väldigt frestande erbjudande”, sa Agnes sakta.

”Då så!” Beatrice höjde glaset med mineralvatten, som för att skåla för beslutet.

”Men …” Agnes hejdade henne. ”Jag måste fundera lite på saken.”

Beatrice såg besviken ut. ”Jaså, jaha …” Agnes väntade sig nästan att hon skulle dra tillbaka erbjudandet, men ingenting kom. ”Jag behöver besked senast nästa vecka”, sa Beatrice istället.

”Visst, absolut.”

De åt några tuggor av hummersalladen under tystnad. Agnes hade hur många frågor som helst, men hon fick ingen ordning på dem. Istället tuggade hon på utan att känna smaken av vare sig hummer eller frisésallad. Beatrice ställde några frågor om hennes bakgrund, mest av artighet verkade det som. Brunelle & Hubert SA anställde uppenbarligen inte folk på formella meriter.

Beatrice avböjde kaffe när servitören kom för att ta ut tallrikarna. Agnes gjorde detsamma. Så reste de sig och Beatrice tog upp ett kort ur sin handväska. ”Ring mig så snart du fattat ett beslut”, sa hon och sänkte rösten en aning. ”Du förstår säkert att vi har reserver till platsen.” Så log hon för att markera att samtalet var över. Agnes tog tigande emot kortet och stoppade det i fickan.

Beatrice hade redan gått bort mot hissen och tryckt på knappen när Agnes till sist öppnade munnen.

”Och Lola?” sa hon, som om hon äntligen lyckats formulera den fråga som kretsat runt i huvudet på henne.

”Förlåt?” Beatrice vände sig om.

”Lola?” Agnes stirrade på kvinnan i dräkten, som om svaret stod att finna där någonstans mellan de dammfria mockapumpsen och de garanterat äkta pärlorna. ”Vem är då Lola?”

”Ja”, svarade Beatrice med ett höjt ögonbryn innan hon klev in i hissen som just anlänt. ”Vem är Lola?”

Kalle tittade misstroget på henne. ”Vad då, 'inte var Lola'?”

”Det var inte hon”, upprepade Agnes. ”Lola var inte Lola. Hon heter Beatrice Brunelle och är …” Kalle avbröt henne.

”Stopp, stopp! Vad hette hon, sa du? I efternamn?”

”Brunelle.”

Kalle stirrade på henne. ”Har hon händelsevis något att göra med Georges Brunelle?”

”Det är hennes man.”

”Herregud!” Kalle slog båda händerna för ansiktet. ”Har Georges Brunelles fru ätit hos oss …” Agnes harklade sig.

”Georges Brunelle själv också.”

”Va!?”

”Kommer du ihåg fransmannen i hennes sällskap? Det var han.”

”Herregud …” upprepade Kalle och tog stöd med ena handen mot köksbänken.

”De tyckte Små citroner gula var en trevlig restaurang.”

”Sa hon det?”

”Ja. Hon tyckte maten höll bra klass.”

”Herregud”, mumlade Kalle för tredje gången. ”*Bra klass…*” Han log fånigt. ”Men vad ville hon?”

Agnes visste inte riktigt hur hon skulle säga det. Hon kände sig dum, att det i själva verket handlade om henne och inte om restaurangen. ”Ja …” Hon tvekade.

”Men berätta, då!”

”Hon erbjöd mig jobb.” Kalle tittade på henne, som för att se om hon skojade.

”Hon erbjöd dig jobb?”

”Ja.”

”Vad då för jobb?”

”De ska öppna en restaurang här i Stockholm och då …”

”Vänta nu här! Ska Brunelle & Hubert öppna en restaurang i Stockholm?”

”Ja.”

”Men det är ju fantastiskt!”

”Ja.” Agnes visste inte riktigt om hon tyckte att det var fantastiskt eller om hon bara rycktes med av Kalles entusiasm. ”De håller på att renovera Leonardos gamla lokaler i Millerska palatset.”

”Och nu vill de att du ska jobba där?” Kalle tittade storögt på henne. Agnes blev generad.

”Ja. Men jag har inte sagt ja”, la hon snabbt till.

”Varför inte?”

”Ja …” Agnes blev förvirrad av frågan. ”Jag jobbar ju här.”

Kalle log. ”Du är fantastisk, Agnes, vet du det”, sa han och kramade om henne. ”Men det förstår du väl att du måste ta ett sånt erbjudande.”

”Måste jag?”

”Ja. Framför allt som …” Han tystnade och leendet dog snabbt ut. ”Jag måste stänga restaurangen”, sa han efter en stunds paus.

”Men …”

”Det är fantastiskt roliga nyheter för dig, Agnes. Det menar jag verkligen, men …” Kalle tystnade ett ögonblick innan han fortsatte. ”Det här betyder ju att det inte blir någon recension. Och utan en recension så ...” Han ryckte på axlarna. ”Jag vet inte vad jag har gjort fel, men vi har för få gäster. Det vet du. Och jag har inga pengar kvar. Det går inte längre.”

Agnes ville protestera. Hon ville inte att Små citroner gula skulle stänga. Det kändes som det var hennes restaurang lika mycket som Kalles. Dessutom var det var en bra restaurang. Herregud, till och med Georges Brunelle hade ätit hos dem. Och kommit tillbaka! Med ett sådant kundregister skulle de kunna ta emot kungafamiljen utan att skämmas.

”Men din kompis sa ju att Lola skulle recensera oss ...”

”Han hade väl fel. Eller så ångrade hon sig.” De stod tysta en stund och tittade på varandra. ”Vi kör i dag, och i morgon och så på söndag”, sa Kalle till sist. Rösten lät konstigt tjock. ”Sedan går det inte längre.”

Den här gången var det Agnes tur att krama om Kalle. ”Hur blir det med dig, då?”

”Det ordnar sig. Jag får ta jobb som kökschef igen.” Han skrattade till lite torrt. ”Sofia blir nog glad, hon har inte sett så mycket av mig på sistone. Det tar tid att driva eget.”

”Du får öppna en ny restaurang”, försökte Agnes trösta.

”Ja, jag får väl göra det. Om en tio femton år när jag fått ihop tillräckligt med pengar igen ...” De stod tysta en stund. Det fanns inte så mycket att säga. ”Nej, jag måste fortsätta med det här nu.” Kalle pekade menande på sin Sabatier-kniv och högen av oskalad schalottenlök som låg framför honom på köksbänken. ”Ska vi gå till botten, ska vi i alla fall göra det med flaggan i topp.” Han log skevt.

”Vill du att jag stannar?”

”Nej, du är ledig i dag. Gör något kul istället. Fira ...” Han stötte till henne med armbågen som för att be henne rycka upp sig.

”Jag känner mig inte direkt på humör för att fira”, mumlade Agnes.

”Äh, det ordnar sig! Även om det ser lite mörkt ut just nu ...

Saker händer som man inte vill, som man inte har planerat. Och det är jävligt frustrerande, men så händer något annat istället. Kanske till och med något bättre ...”

”Du låter som Lussan.”

”Jaså.” Kalle skrattade. ”Ja, jag har fått öppna min restaurang. Och haft väldigt roligt. Nu får jag väl slicka mina sår ett tag och försöka fundera ut vad som gick fel. Och sedan får vi se vad som händer. Det är ingen fara, Agnes. Det är tråkigt, riktigt, riktigt tråkigt att behöva stänga restaurangen, men livet går vidare. Se så, stick och fira nu! Vi ses i morgon.”

Så fort Agnes kommit hem ringde hon Lussan. Hon fick tag på henne på mobilen. När hon hörde den välbekanta rösten rös hon till av lättnad.

”Hur är det? Hur mår du?” frågade hon snabbt.

”Som jag förtjänar, antar jag”, svarade Lussan. ”Det känns som om jag har spelat bowling med mitt huvud i natt.”

”Var är du nu?”

”På Muffin. Jag försöker kurera mig med en jättelik kaffelatte och en monsterstor muffin fylld med dumlekola.”

”Funkar det?”

”Jag vet inte. Men summan av lasterna sägs ju vara konstant ...”

Agnes tvekade. Lussan lät plötsligt så vanlig, som om gårdagen inte varit mer än en ordinär utekväll som gick att avhandla på några minuter i en mobiltelefon. Det vore lätt att hänga på, skratta med och gå vidare som om ingenting hade hänt. Agnes fick anstränga sig för att frammana bilden av den lealösa Lussan, vodkaflaskan och tablettburken.

”Lussan ... Jag blev riktigt orolig för dig i går.” Hon väntade sig ett avvärjande skratt, en vitsig bortförklaring, men Lussan blev tyst. Agnes kunde höra hur folk pratade och skrattade på uteserveringen i bakgrunden.

”Jag förstår det.”

”Ska jag komma över så kan vi prata?”

”Ja ... kanske inte just nu. Jag är här med Paolo.”

”Okej.” Agnes kände sig dum. Och hon som skulle föreställa någon sorts bästa vän. Som gått på en lunch och fått ett glassigt jobberbjudande istället för att ta hand om Lussan. Nu hade Paolo gjort det. Nu var det han som satt där och tröstade och pratade allvar. Det kändes konstigt, men ändå var hon glad att Lussan inte var ensam.

”Vi kan väl höras i morgon. Jag vet inte hur mycket allvar jag orkar med i dag. Paolos föreläsning är inte alls lika lättuggad som dumlemuffins ...” Hon skrattade och Agnes såg framför sig hur hon tittade på Paolo.

”Okej”, upprepade Agnes. ”Då hörs vi i morgon. Du ringer om det är något, va?”

”Absolut. Och du ...” Lussan lät lite besvärad, tvekade innan hon fortsatte. ”Tack för i går. Och för lappen. Jag blev glad när jag såg den. Och tack för att du bussade Paolo på mig.”

Agnes log. ”Det var så lite så.”

”Du är en bra vän.”

”Du med.”

Agnes gick av och an i den lilla lägenheten. Hon kände sig rastlös, instängd. Det hade blivit riktigt varmt ute, sommar definitivt. Åtminstone försommar. Nästa vecka var det skolavslutning och på stan drällde det omkring ungdomar i studentmössor. Skräniga, självsäkra, på väg ut i livet. Som om livet vore en institution som väntade: ett universitet, en arbetsplats, en utlandsresa, en familj. Som om det vore så enkelt.

När telefonen ringde skyndade hon sig att svara. Kanske var det Lussan? Det var det inte.

”Hej, det är Madde”, hördes en trulig röst i andra änden.

”Hej.” De hade inte hörts sedan bråket. I vanliga fall var det Agnes som tog initiativet till försoning när de rykt ihop om något, men den här gången hade motståndet varit för stort. Dessutom kändes det ju inget vidare att behöva erkänna att Madde hade haft rätt.

”Hur är det?”

”Jo då.” Båda var på sin vakt, stela.

”Du ... jag skulle bara säga förlåt.”

”Jaha.”

”För det där jag sa om Tobias. Det var dumt.”

”Nej.” Agnes suckade.

”Vad då ’nej’?”

”Det var inte dumt.”

Madde blev förvirrad. ”Nähä?”

”Det är slut.”

”Igen?”

”Nej, inte igen. Inte på samma sätt som förut. Det är slut på riktigt nu.”

”Är det sant? Vad är det som har hänt?”

”Det tänker jag inte säga, för då säger du bara vad var det jag sa.”

”Nej, jag lovar!” Madde lät ivrig.

”Han var otrogen igen.”

”Vilket svin!”

”Nej, lägg av med det där!”

”Okej.” Madde gjorde en liten paus. ”Får jag inte ens säga grattis?”

”Nej.”

”Vad synd. Det hade passat bra.”

Agnes kunde inte låta bli att skratta. ”Du är ju helt hopplös!”

”Ja, men han är ju ett svin, eller hur?”

”Ja, det är han. Men nu räcker det.”

”Okej.”

”Jag sa väl en del dumma saker jag också. Förlåt. Jag tycker inte att Jonas är tråkig.”

”Det var ju tur, för om jag berättade det för honom, så tror jag inte han skulle vilja ha dig som gudmor åt vår unge.”

”Är det sant? Ska jag få bli gudmor?” Det var verkligen en glad överraskning. Det var inte så att hon längtade efter barn själv, men sedan hon fick veta att Madde var gravid hade hon i alla fall tänkt på det ibland. Hur det skulle vara med ett litet barn. Nu var det ju inte aktuellt i hennes fall, men ändå … Att få bli gudmor åt sin systers barn verkade vara ett steg i rätt riktning.

”Vi tänkte det. Om det nu blir någon unge. Det känns som en hel evighet till november.”

”Det kommer att gå jättefort! Ni får väl inreda barnkammaren så länge.”

”Så du vill, då?”

”Bli gudmor? Självklart! Jag blir jätteglad att ni frågar! Fast nu kommer väl jag också tycka att det tar evigheter till november.”

”Du kanske blir skengravid du också, precis som Jonas. Han har redan gått upp fem kilo. Det är ju nästan mer än jag.” Madde skrattade. Agnes också.

”Jag kan riktigt se er om tio år. Den lilla familjen i radhuset. I matchande träningsoveraller, Jonas med lite klädsamma extrakilon under jackan, du i nypermanentat hår. Ungarna …”

”Ungar*na*?”

”Ja, minst en två tre stycken. Kanske fler.”

Madde skrattade igen. ”Och du, då?”

”Vad då?”

”Vad gör du själv om tio år?”

Agnes tystnade, funderade ett ögonblick. ”Ingen aning, faktiskt. Jag önskar jag visste.”

”Det vore väl tråkigt.”

”Ja, kanske det …”

Agnes var tacksam när Madde bytte samtalsämne. ”Kommer du och hälsar på snart?”

”Jag jobbar i helgen, nästa vecka kanske. Det ser … ganska lugnt ut då.”

”Gör det!”

”Hur är det med pappa förresten?” Agnes hade lite dåligt samvete, visserligen ringde hon sin pappa ganska ofta. Och han henne. Men det var några veckor sedan hon var där nu.

”Jag tror det går ganska bra. Eller förhållandevis. Det är klart att han är ledsen och jag tycker han har blivit äldre, men han håller på med trädgården och med datorn. Det går väl upp och ner, antar jag.”

”Ja. Och du själv?”

”Med mamma, menar du?”

”Ja.”

”Jag saknar henne otroligt. Det känns så fruktansvärt sorgligt att hon inte kommer att få träffa mitt barn.”

”Jag förstår det. Jag saknar henne också …” De tystnade bägge två. Ingen av dem behövde säga mer, de förstod varandra ändå. Det var Madde som först ryckte upp sig.

”Nähä, dags att göra lite nytta”, sa hon. ”Hoppas vi ses nästa vecka.”

”Ja. Tack för att du ringde. Hej då.”

”Hej då. Och du …”

”Ja?”

”Grattis!”

Hon hade funderat hela kvällen. Vänt ut och in på argumenten. Tänkt igenom. Vägt fram och tillbaka. Fanns det egentligen något skäl för henne att säga nej? Nej. Svaret var enkelt. Kalle hade rätt. Hon hade fått världens chans. I hennes bransch kunde det inte gärna bli bättre. Och som en liten bonus kunde hon inte låta bli att tänka på vilken skön hämnd det vore på Gérard om hon plötsligt dök upp som anställd på Brunelle & Huberts nya, lyxiga stockholmskrog.

Ja, hon hade fattat sitt beslut. Ödet hade stängt en dörr och öppnat en annan. Det var bara att kliva in.

Hon hade gått och lagt sig tidigt, faktiskt sovit riktigt gott. Trött förstås, efter den föregående natten och allt som hänt med Lussan, men också nöjd. Nöjd med att ha fattat ett beslut. Ett bra beslut dessutom. Nu kanske det äntligen kunde bli ordning på hennes liv också.

När telefonen ringde vid tiotiden på morgonen hade hon redan varit vaken i två timmar. Utsövd, men fortfarande i morgonrock.

”Är du vaken?” Det var Kalle. Han lät pigg trots att han varit uppe och jobbat kvällen innan.

”Sedan länge.” Hon drog efter andan. ”Jag förstår varför du ringer. Jag har fattat ett beslut …”

”Nej!”

Agnes blev förvirrad. ”Jo. Om jobbet.”

”Nej, jag vill inte höra.”

”Men du sa ju i går …”

”Jag vet vad jag sa, men du måste göra mig en tjänst först, innan du säger något.”

”Jaha?”

”Gå ut och köp tidningen.”

”Men …”

”Snälla, protestera inte. Gör det!”

”Okej.”

Agnes klädde sig långsamt. Hon kände sig lite besviken. Hon hade gärna velat berätta för Kalle om sitt beslut. Fått höra av någon att det var rätt, det enda rätta faktiskt. Men han hade inte lämnat något utrymme för det. Hon anade varför.

Agnes slog igen dörren och gick nerför trapporna. Hon sneglade mot Davids dörr när hon passerade den. Det var tyst där inne.

Nere i tobaksaffären plockade hon åt sig tidningen i stället framför disken. Kvällstidningarna hade redan kommit. Hon köpte dem med. Expressen hade en nyhet om Michael Jacksons misslyckade näsoperation på framsidan. Aftonbladet toppade med nyheten om falska nakenbilder på Carola.

När hon betalade märkte hon att handen darrade lite. Ute på gatan stannade hon till ett ögonblick och tog ett djupt andetag. Så började hon gå hemåt med tidningarna hårt inklämda under armen.

I köket hemma la hon tidningshögen på bordet och började ordna med te. Medan hon väntade på att vattnet skulle koka tog hon fram bröd, smör och ost. Marmeladen var nästan slut, men om hon skrapade botten på burken skulle det nog räcka till åtminstone en macka.

När frukosten var förberedd slog hon sig ner vid bordet. Hon tittade på tidningarna och tog den som låg överst. Michael Jacksons uppspärrade ögon och omplåstrade näsa fick honom att se fullkomligt galen ut. Agnes bläddrade sakta igenom tidningen. Så la hon ifrån sig den och tog nästa. Det var Aftonbladet. De falska bilderna på Carola hade publicerats på Internet. Den kända sångerskan var upprörd, sårad och chockad. Agnes tittade på de falska nakenbilderna som tidningen haft vänligheten nog att illustrera artikeln med och tänkte att hon nog snarare skulle ha blivit smickrad om någon, Gud till exempel, monterat hennes huvud på en sådan kropp.

När hon inte kunde hitta något annat intressant la hon ifrån sig också den tidningen. Nu låg det bara en kvar på bordet. Agnes tog upp den. Försökte att nonchalant bläddra sig framåt, men det gick inte att lura sig själv hur länge som helst. Hon visste vilken sida hon borde leta efter, borde ha slagit upp med detsamma. Hjärtat slog häftigare för varje blad hon vände. Så var den där. En halvsida, precis som vanligt. Inga bilder, inga gafflar, inga getingar, inga plustecken. Bara text. Och en rubrik. ”Syrligt på Söder.”

Agnes svalde. Hon vågade nästan inte läsa vidare, fick tvinga sig själv att ögna igenom den korta ingressen.

Få gäster verkar ha hittat till den relativt nyöppnade restaurangen Små citroner gula på krogtäta Skånegatan. Det är synd. Här serveras fräsch medelhavsmat med höga ambitioner.

Hjärtat ökade takten ytterligare när Agnes fortsatte att läsa.

Restaurangen är belägen en halv trappa ner från gatan, och citron är ledordet, från de stora skålarna med citroner i fönsterna till de intensivt citrongula väggarna. Stämningen är välkomnande och informell, ibland i överkant, men personalen är trevlig och hjälpsam.

Det är knappast nytänkande som styr menyn på Små citroner gula. Medelhavsinspirerad mat har vi sett mer än mycket av i Stockholm ända sedan åttiotalet, och att servera skaldjur, fisk och kyckling med vitlök, olivolja och färska örter kan väl knappast kallas spännande.

Agnes spände sig. Hon stirrade så intensivt på texten att ögat sved till när hon blinkade.

Ändå lyckas denna lilla kvarterskrog med att gjuta nytt liv i konceptet. Med en blandning av utmärkta råvaror, lagom mycket fantasi och ett gediget kunnande i köket förvandlar man till och med en av många restauranger så misshandlad klassiker som bruschetta, vitlöksbröd med tomatröra, till en njutning för både öga och gom.

Den mesta inspirationen har man hämtat från Italien, som den läckra färska tagliatellen med scampi och gräddig sås smaksatt med saffran, men även andra länder runt Medelhavet har fått lämna sina bidrag. Till exempel spanska småtapas med manchegoost och sardeller och de saftiga lammfärsspetten från det marockanska köket, varsamt kryddade med spiskummin och serverade med en klick perfekt svalkande myntayoghurt. Men köket har även låtit sig influeras av den nyasiatiska vågen, med Thailand och Japan som främsta företrädare. De ljuvliga pilgrimsmusslorna, perfekt stekta, serveras tillsammans med en kall nudelsallad med chili, färsk koriander och rostade sesamfrön. Kan fås både som förrätt och varmrätt. Ett utmärkt exempel på lyckad cross-over. Även biffspetten med en satayliknande, aromatisk sås med finhackade valnötter doftar av Asien och smakar utmärkt.

Den stekta kycklingen med timjansky och rostade grönsaker är en mycket prisvärd varmrätt. Saftig kycklingfilé i skivor och spänstiga grönsaker efter säsong. Fisksoppa med havskräfta och marulk är visserligen betydligt dyrare, men prisvärd den också. Dock kunde man ha hoppat över räkorna som i sammanhanget varken gör från eller till.

Rosmarindoftade tonfisk med sparrisrisotto kan vara en fullträff, men tonfisk är svårt och inte ens kockarna i det här köket lyckas alltid med stekningen.

Efterrätterna är också de genomtänkta och vällagade. Mango-

sorbeten med anis är en både oväntad och lyckad kombination, likaså hallonpannacottan. Husets tiramisu är läckert krämig och har en distinkt smak av marsalavin. Även mockabruléen är ett bra val. Över huvud taget satsar köket på säkra kort. Inget fel med det, om man gör det bra. Och det gör man på Små citroner gula, en restaurang som har alla förutsättningar att bli en klassiker i Stockholms krogvärld.

Artikeln var slut. Bara den korta lilla signaturen *Lola* stod längst ner. Agnes lät blicken glida över sidan. Ord som *läcker, lyckad, perfekt* och *klassiker* höjde sig ur texten.

Hon lyfte luren och slog numret till Kalle. Det var Sofia som svarade. Kalle hade stuckit till restaurangen, sa hon. Agnes kunde ringa dit, han var nog där redan.

Agnes gjorde som hon sa, men det var upptaget. Hon väntade några minuter och försökte igen. Fortfarande upptaget. Efter ytterligare några försök med samma resultat drog hon på sig jackan och gympadojorna.

På vägen satt hon och fånlog i tunnelbanans svarta fönster. Tänkte på vad stolt mamma skulle ha varit över henne. När hon kom in på restaurangen stod Kalle och pratade i telefon. Han vinkade åt henne. Efter några sekunder avslutade han samtalet och gick fram emot henne. De kramade varandra hårt och skrattade. Sa saker som att det inte var klokt och andra meningslösheter. Gratulerade varandra. Så ringde telefonen igen. Kalle slog ut med armarna.

”Så här har det varit ända sedan jag kom hit i dag. Det ringer och ringer och ringer! Folk som vill ha bord. Kvällen blev uppbokad på tio minuter. Vi har bokningar så långt som tio dagar framåt. Han lyfte luren. Det var ytterligare en bokning. När han lagt på lyfte han omedelbart luren igen.

”Jag måste ringa in Pernilla och Filip. Vi behöver all förstärkning vi kan få i kväll.” Hon hörde hur han fick tag i dem. Berättade om recensionen, övertygade dem om att det var sant. Skrattade, bubblade. När han var klar vände han sig mot Agnes som satt sig vid ett av borden. ”Du behöver inte vara här nu”, sa han. ”Men om du kan komma in lite tidigare, säg vid fyra, så vore det toppen. De andra kommer då också.”

”Visst.” Agnes nickade. Så ringde telefonen igen och Kalle vinkade hej då till henne medan han bläddrade i den hittills nästan oanvända bokningslistan med luren klämd mot axeln.

Hon gick ut. Högtrycket höll i sig. Till och med i skuggan var det varmt. Hon promenerade upp till Nytorget och köpte en glass, satt en stund på en parkbänk innan hon reste sig för att gå vidare. Hon hade några timmar på sig innan hon skulle vara tillbaka på jobbet. Det var något hon måste göra först.

Agnes tryckte på den lilla mässingsknappen. Hon var nervös, kände hur huden på halsen förmodligen blivit alldeles rödflammig. Hon väntade några sekunder. Lyssnade. Ingenting. Hon tryckte en gång till. Trots att hon tydligt hörde ringsignalen där inne knackade hon också, för säkerhets skull. Fortfarande ingenting. Hon funderade ett ögonblick på att hänga paketet på dörren, men ångrade sig. Hon ville överräcka det personligen. Hon tvekade några sekunder, så knackade hon en sista gång. När ingen öppnade den här gången heller gick hon sakta därifrån.

Henrik och Pernilla var redan där. Filip också. Det var bara Paolo de väntade på. Kalle for runt i lokalen, alla pratade, skrattade. När Agnes kom in kramade de alla om varandra och turades om att gratulera. Efter en liten stund kom Paolo och proceduren upprepades. Kalle försvann iväg, men kom tillbaka efter någon minut med en bricka med glas och en flaska champagne. Alla applåderade.

”Ni anar inte”, sa han högtidligt när champagnen var upphälld och alla väntade på skålen. ”Vad jag har väntat på den här dagen. Och då menar jag inte bara sedan jag öppnade den här underbara krogen, utan sedan jag första gången satte min fot i ett restaurangkök, eller grillkök kanske jag ska säga ... ” De andra fnissade, Kalle hade berättat om korvkiosken i Hökarängen där han, till sin fars fasa, som femtonårig sommarjobbare inlett sin bana i restaurangvärlden. ”Jag vill verkligen tacka er, för att ni hjälpt mig att förverkliga den här drömmen. Utan er hade den här recensionen ... ” han höll upp tidningen mot dem, ” ... aldrig blivit skriven. Det hoppas jag att ni förstår.” Han tittade allvarligt på dem var och en. När han kom till Agnes höll han kvar hennes blick till dess hon slog undan den. ”Så skål, för er och för oss. Och för Små citroner gula!” Han höjde glaset och alla sa skål. Så drack de. Till och med Paolo tog en klunk av champagnen, noterade Agnes, men när de ställde ifrån sig glasen såg hans nästan orört ut. ”Ni får inte mera nu”, sa Kalle med låtsad stränghet medan han fördelade de sista dropparna. ”Vi har ett jobb att sköta, men när vi stänger i kväll hoppas jag att ni alla har lust stanna kvar en liten stund, och då lovar jag att öppna fler sådana här.” Han höll upp den tomma flaskan och alla nickade och sa att självklart ville de stanna.

När sällskapet upplöstes för att ta tag i arbetsuppgifterna som väntade, blev Agnes sittande. Precis när hon skulle resa sig kom Kalle fram till henne.

”Kan vi snacka lite?” frågade han. Hon nickade och följde efter honom in på det lilla kontoret.

”Jag vet att du har fattat ditt beslut, Agnes. Och jag har full respekt och förståelse för det. Det är en fantastisk chans du har fått och jag skulle inte ha tvekat en sekund om jag vore du, men… läget har ju ändrats något sedan i går.” Kalle log. Agnes nickade och log tillbaka. ”Det kommer att bli mycket att göra här”, fortsatte Kalle. ”Jag har sett det förut. Det blir kul, men tufft.”

”Det kan jag tänka mig.”

”Jag kommer knappast att klara det själv.” Agnes skulle precis börja protestera när Kalle höjde handen och stoppade henne. ”Inte som läget är nu i alla fall, när Sofia väntar barn.”

”Är hon med barn?” Nu var det Kalles tur att nicka. ”Grattis!”

”Tack. Det är jätteroligt, men det kommer inte att funka att jobba så här mycket som jag har gjort hittills. Inte om jag ska behålla Sofia i alla fall!” Han skrattade till. ”Agnes, jag har inte mycket att komma med jämfört med vad fru Brunelle har erbjudit dig. Men om du i alla fall kan tänka dig att överväga det, så är mitt förslag… att du blir delägare i Små citroner gula. På lika villkor.”

”Skulle jag få bli delägare? Men jag har inga pengar.”

”Jag vet det. Låt oss säga att den lön du har innestående gäller som kapital.”

”Jag har ingen lön innestående…”

”Jo, det har du. Massor! Du har slitit som ett djur här. Hade det inte varit för dig hade inte den här restaurangen sett ut som den gör i dag. Bokstavligen. Jag kommer aldrig att ha råd att betala dig de pengarna. Så det här är mitt erbjudande. Och om du inte har fattat det, så vill jag säga att jag inte gör det här för din skull, utan av helt egoistiska skäl. Jag behöver din hjälp.” Han tittade vädjande på Agnes. Hon visste inte vad hon skulle säga. Det här hade hon inte väntat sig. Inte alls. ”Fundera på det i alla fall, snälla”, vädjade Kalle. ”För min skull.”

”Okej.”

”Tack! Det är allt jag begär.” Han tog hennes händer i en symbolisk gest och tryckte dem i sina. Så släppte han dem och skakade på sig. ”Nej, nu måste vi sätta igång och jobba, vi har en fullbokad restaurang att sköta!”

Agnes hade nästan glömt hur det var att jobba i så högt tempo. Från klockan sex var det full fart. Hennes kunskaper som hovmästare kom väl till pass. Det var ett väldigt pusslande för att utnyttja antalet platser maximalt. Hon placerade gäster, serverade drinkar, frågade om allt smakade bra, hjälpte till att ta upp beställningar och bära ut mat när det behövdes. Hon trivdes, det var så här det skulle vara, även om benen började värka av trötthet framåt kvällen.

Vid tiotiden dök Lussan upp. Hon tittade sig imponerat omkring. Restaurangen var fortfarande fullsatt, även om de flesta gästerna vid det här laget var inne på kaffet.

”Jag kom för att gratulera”, sa Lussan när Agnes lyckades smyga sig till en ledig minut. ”Paolo ringde och berättade om recensionen. Jag fattade ju att det var viktigt, men att det skulle bli ett sådant här resultat…” Hon nickade mot matsalen. ”Ni är verkligen värda det måste jag säga.”

”Tack. Och hur är det med dig?”

”Bra. Eller okej i alla fall.”

”Vänta lite, jag kommer snart tillbaka.” Agnes skyndade sig bort till kassaapparaten och slog ut en nota som hon bar ut till några väntande gäster. Så återvände hon till Lussan. ”Det lugnar sig snart här.”

”Njut av stormen, jag har ingen brådska.”

”Hur gick det med Paolo i går?”

”Bra.” Lussan tittade ner.

”Rodnar du?”

”Nej.”

”Jo!” Agnes skrattade. ”Har du blivit kär?”

”Nej!” Lussan sänkte rösten och tittade sig omkring. Så flinade hon till. ”Eller förresten, vem vet …”

Agnes skrattade till ”Jag visste det!” Så blev hon allvarlig igen. ”Lussan, det är så mycket jag vill prata med dig om. Jag känner mig så dum för att jag inte har fattat …”

Lussan avbröt henne. ”Äh, sluta att be om ursäkt! Det finns inget att be om ursäkt för.”

Agnes suckade. ”Okej, men prata vill jag göra i alla fall.” I samma stund såg hon hur en av gästerna vinkade på henne. Lussan såg också.

”Se så, ut och jobba nu! Det blir nog tid att prata.”

En halvtimme senare var lokalen betydligt tommare. Agnes slog sig ner bredvid Lussan på en ledig barstol. Hon visste inte riktigt var hon skulle börja.

”Så, vad talade ni om, Paolo och du?” frågade hon försiktigt.

”Om sprit. Och tabletter … Romantiskt, va?”

”Inte särskilt, kan jag tänka mig.” Agnes tvekade. ”Möjligen intressant, han vet ju vad han talar om …”

Lussan tittade frågande på henne. ”Så du vet?”

”Ja, han berättade det för mig när vi hade kört hem dig.”

Lussan såg lättad ut. ”Jag är ledsen att jag var så hemlighetsfull, men jag hade lovat att inget säga.”

”Jag fattar. Jag borde ha litat på dig.” De var tysta några ögonblick innan Lussan fortsatte.

”Svårt att tro att han haft problem med spriten, eller hur?”

”Ja. Men han la av.”

”Inte helt.”

”Nej. Och du?”

”En månad har vi sagt. Helt vit. Sedan får vi se.”

Agnes var förvånad över hur lätt Lussan använde sig av ordet ”vi”. Som om det vore den naturligaste sak i världen att hon och Paolo skulle hjälpas åt.

”Jag är glad att du har fått hjälp av Paolo. Jag borde ha gjort någonting själv.”

”Du *har* gjort någonting, Agnes! Du har försökt att prata med mig.”

”Kanske det, men jag har ju inte *gjort* något ...”

”Vad skulle du ha gjort? Jag ville ju inte ens lyssna på det du sa, fast jag visste hela tiden att du hade rätt.”

”Som när du tjatade på mig om Tobias ...”

”Precis. Skulle jag ha kunnat *göra* något som skulle ha fått dig att slänga ut honom?”

”Nej ...”

”Där ser du. Man måste fatta själv.”

”Har du fattat nu då?”

”Jag tror det. Hur långt det nu räcker. Vi får väl se om jag klarar en månad. Fyra veckor, det känns jävligt långt om jag ska vara ärlig.”

”Du får ta en dag i taget.”

”Har jag något val?” Lussan flinade till. ”Det är väl så veckor är konstruerade, dagar staplade på varandra ...”

”Jag hjälper dig, det vet du va? Och Paolo.”

”Ja.” Lussan såg plötsligt ledsen ut. ”Fast det är ju inte bara det här med spriten. På något konstigt vis känns det faktiskt som det enklaste.”

”Hur menar du?”

”Ja men, titta hur mitt liv ser ut!” Lussan slog ut med händerna. ”Jag jobbar ju jämt. Jämt. Klarar inte av att sitta hemma själv en hel kväll. Och så träffar jag idiotiska karlar som är ungefär lika intresserade av mig som av en bit oxfilé till extrapris.”

”Är du inte lite hård nu?”

”Det är möjligt, men det är inte direkt så att Torben, eller någon annan av dem, har frågat mig om jag vill tillbringa resten av mitt liv med honom.”

”Skulle du vilja det?”

”I en härlig trekant med hans fru då … Nej, tack!” Lussan flinade. ”Äh, du fattar vad jag menar.”

”Jo, det gör jag.” Agnes tvekade lite innan hon fortsatte. ”Man vill bli älskad för den man är. Hela vägen igenom. Eller hur?”

”Just det. Precis. Hela vägen igenom.”

När de sista gästerna gått kom Kalle ut ur köket och plockade fram den utlovade champagnen. Stämningen var förnöjsam, nästan loj. Paolo och Lussan skålade i apelsinjuice. Pernilla hade tagit av sig skorna och lagt upp fötterna i knäet på Henrik som skämtsamt beklagade sig över odören. Filip hade skurit sig i tummen tidigare på kvällen och ville gärna ha de andras sympati. Kalle kallade honom vekling och visade upp sina olika ärr efter brännskador och skärsår på händerna. Själv kände Agnes sig dödstrött och feststämningen ville inte riktigt infinna sig. Hon såg hur Kalle tittade på henne då och då. Hon förstod att han väntade på ett besked. Han skulle få det också. Bara inte just nu.

Hon var den första att bryta upp. Innan hon gick såg hon hur Lussan krupit upp mot Paolo i soffan. Han hade sin arm runt hennes axlar. Lussan och Paolo? Ja, varför inte. Han var allt hon inte var van vid och det var väl en bra början. På något nytt.

Kvällsluften var kylig. Dagens värme räckte ännu inte för att värma upp den ljusa natten och Agnes svepte jackan om sig. Så skyndade hon sig mot tunnelbanan.

Det satt en lapp på hennes dörr. Hon vek upp den och läste. *Te?* Klockan var halv ett, men från gatan hade hon sett hur det lyste från lägenheten på andra våningen.

När hon ringde på öppnades dörren nästan genast. David log när han fick syn på henne.

”Kom in!” sa han och klev åt sidan för att ge plats.

Hon klev in hallen som inte var mycket större än hennes egen. David tog hennes jacka och hängde den på en galge. Hon tittade nyfiket in mot vardagsrummet. Det här var också en tvåa, men hon fick intrycket att den var lite mindre än hennes. Kanske för att han hade fler möbler än hon. Ett litet skrivbord med en dator var placerat vid fönstret och en vackert sliten skinnsoffa och två rödblommiga fåtöljer stod runt ett litet soffbord i teak. Ena väggen var fylld av bokhyllor och på golvet låg en trave lp-skivor. Bostaden var prydlig och välstädad. Hon visste inte riktigt vad hon hade väntat sig, något mer bohemiskt kanske, ungkarlsstökigt?

”Ska vi sitta i köket?”

Agnes nickade och gick efter David. Han satte på vattenkokaren som stod på köksbänken. På slagbordet brann ett stearinljus i en liten mässingsljusstake och Agnes slog sig ner på en stol.

Det ångade från teet när David hällde upp det i två stora koppar. Agnes hällde i lite mjölk, tog en försiktig klunk och ställde ner koppen på bordet igen.

”Tack”, sa hon och tittade allvarligt på David.

”Det är inget att tacka för, det är ju bara lite te.”

”Inte teet. Recensionen. Det är du, eller hur? Som är Lola?”

David såg generad ut, tvekade ett ögonblick. ”Just nu i alla fall”, sa han till slut. ”Vi turas om.”

Agnes skrattade till. ”Du lurade oss.”

”Det var inte meningen.” Hon kunde se att det glittrade i de bruna ögonen.

”Varför dröjde det så?”

”Jag ville göra ett bra jobb, vara säker på det jag skrev…” Agnes fortsatte att titta på honom. Han slog ner blicken. ”Och så ville jag kanske dra ut på det…” Han tittade upp igen och tog ny sats. ”Men så råkade jag försäga mig härom veckan. Berättade för min chef att du bor granne med mig. Hon är väldigt mån om att saker och ting ska gå rätt till, så jag fick lova att inte ha någon mer kontakt med dig.”

”Var det därför som du…”

”Ja. Jag är ledsen om jag var otrevlig.”

”I såna fall har du bett om ursäkt på ett väldigt generöst sätt…”

”Men du får inte tro att recensionen har någonting att göra med… Jag menar vartenda ord jag skriver!”

”Desto bättre.” De tystnade, tittade ner i bordet. Drack te. ”Förresten”, sa Agnes plötsligt. ”Jag har något till dig.” Hon skyndade sig ut i hallen och hämtade paketet hon haft i väskan. ”Varsågod”, sa hon och sträckte över det till David. Han såg förvånad ut.

”Till mig? Varför det?”

Agnes ryckte på axlarna. ”För att jag ville det.”

David fick av papperet och läste högt på omslaget till cd-skivan som legat i paketet. ”Norah Jones … Tack!” Han tvekade lite. ”Är den bra?”

Agnes skrattade till. ”Det får du bestämma själv. Jag tyckte bara att du kunde få höra att det finns musik som är gjord på den här sidan tvåtusentalet också. Du har väl cd-spelare, förresten?”

”Ja, faktiskt … Ska jag sätta på den?” David reste sig upp.

”Om du vill.”

Han försvann ut i vardagsrummet och strax hördes musiken i lägenheten. David återvände till köket och satte sig vid bordet igen.

”Jag känner igen det här”, sa han efter att ha lyssnat en stund. ”Det är bra.”

”Bättre än Bob Dylan?”

”Det vågar jag inte uttala mig om.” David log. ”Jag måste nog fråga min musikcoach först.”

”Ja, det är väl bäst det.” Agnes log tillbaka. Så satt de tysta igen. Agnes visste inte vad hon skulle säga. Så mycket hade hänt. Så mycket hon inte velat, så mycket hon inte väntat. Och nu satt hon plötsligt här, i Davids kök, mitt i natten. Var det vad Lussan hade pratat om? Var det här det vände?

”Men du …” sa Agnes till slut försiktigt. ”Hur länge gällde det där kontaktförbudet, då? Bryter du några regler nu, eller?”

David såg allvarlig ut, men återigen kunde Agnes se hur det blänkte till i de bruna ögonen. ”Hon definierade inte det”, svarade han långsamt, ”så jag antar att det är en tolkningsfråga.”

”Och hur ser din tolkning ut?”

Han tittade ner på sin armbandsklocka. ”Tja, morgonens tidning är redan i tryck, så då får man väl anse att vi inte kan påverka historien längre …”

”Betyder det att du och jag skulle vara ett avslutat kapitel, menar du?” Agnes tittade på David. De log mot varandra.

”Nej”, sa han och sträckte försiktigt ut en hand över bordet. ”Det hoppas jag verkligen inte.”

Agnes tvekade en sekund innan hon tog den utsträckta handen. Den var varm. ”Vad bra”, sa hon sakta. ”För jag tror jag gillar den här historien.”

En massa tack

Den här boken utspelar sig delvis på en restaurang. Jag är i och för sig en flitig restaurangbesökare, men min erfarenhet av arbetet bakom kulisserna är begränsad. Därför är jag ett stort tack skyldig Clas Westfelt som med sin kunskap om ”rejäla påsättningar” och salamandrar guidat mig genom denna väldoftande och stressiga värld.

Tack också till Malin Westfelt för att du inspirerat och stöttat under mina fem år av romanskrivande.

Jag vill också tacka min vän Karin Nordlander för att hon är den hon är. Konstruktiv kritik är i och för sig bra, men inte när man darrande sträcker fram sina första tjugo sidor för en genomläsning. Då är det bara översvallande beröm som gäller. Tack för att du är så bra på det, Karin.

Om Karin är min ”good cop” så är Lasse definitivt ”bad cop”. En minst lika viktig uppgift, men grymt otacksam. Lasse är den som läser och grymtar, som säger otrevligheter som ”det här hänger inte ihop", "det här fattar jag inte" och "är det här så lyckat?". Tack för att du orkar göra mig på dåligt humör, trots att du lever med mig. Ditt grymtande är till stor hjälp. Jag älskar dig.

Och tack förstås till alla på bokförlaget Forum: Karin Linge Nordh som haft vänligheten att säga Ja! till mina manus, Anna Käll som så precis har fångat mina böcker med sina fina omslag. Och så förstås till min redaktör, Eva Holmberg, som gjort hundjobbet med böckerna och som, trots det, alltid är så fantastiskt positiv och uppmuntrande!

Och så till sist tack till min mamma som, förutom att vara min främsta stödköpare, alltid låter mig veta att jag duger.